Beltz & Gelberg Taschenbuch 448

Sjoerd Kuyper, geboren 1952, lebt in den Niederlanden. Er hat Philosophie studiert und arbeitet heute als freier Schriftsteller. Außer Kinderbüchern und Romanen für Jugendliche schreibt er Gedichte, Erzählungen, Essays und Drehbücher für Puppenspiele. Bei Beltz & Gelberg erschien bisher die Weihnachtsgeschichte *Robin und Gott* (Taschenbuch 78379).

Sjoerd Kuyper

Der rote Schwan

Ein Fantasy-Roman

Aus dem Niederländischen
von Lourine Tielmann
und Gerold Anrich

BELTZ
& Gelberg

Dieses Buch ist meiner Frau Margje gewidmet und meinen Kindern Joost und Marianne, mit denen ich so oft auf der Brücke stand.

www.beltz.de
Beltz & Gelberg Taschenbuch 448

Erstmals in deutscher Sprache erschienen 1998 bei Anrich
Die niederländische Originalausgabe erschien unter dem Titel
De Rode Zwaan bei Uitgeverij Leopold, Amsterdam

Aus dem Niederländischen von Lourine Tielman und Gerold Anrich
Lied der Königin, deutsche Fassung: Maike Dörries
Neue Rechtschreibung
Einbandgestaltung: Max Bartholl
Einbandbild: Dieter Wiesmüller
Gesamtherstellung: Druckhaus Beltz, Hemsbach
Printed in Germany
ISBN 3 407 78448 1
1 2 3 4 5   07 06 05 04 03

Die Frucht der Götter

„Auf der kleinen Insel im Dünensee, hier gleich hinter dem Haus im Wald, stand einst der Baum, auf dem die Früchte der Götter wuchsen. Den Früchten verdankten die Götter ihr ewiges Leben. Für Menschen war die Insel verboten. Ein Ungeheuer bewachte die Insel, den Baum und die Früchte. Und doch gab es immer wieder Mutige, die es wagten dem Tod zu trotzen und zur Insel fuhren. Statt des ewigen Lebens fanden sie den frühen Tod.

Aber der Held dieser Geschichte, ein Junge von sechzehn Jahren, ließ sich nicht abschrecken von den Geschichten über das traurige Los derer, die die Früchte begehrt hatten. Er war verliebt. Das Mädchen war noch keine fünfzehn Jahre alt, aber sie schmiegte sich gerne im Gras an ihn und verzauberte ihn mit ihren Augen, die wie grüne Sterne unter ihrem pechschwarzen Haar funkelten.

Er flüsterte: ‚So sollte es für immer sein, wir zusammen, eng umschlungen, für immer und ewig.‘

Sie antwortete mit Lippen, die so rot waren, dass es schien, als spräche ihr Blut: ‚Fahr zur Insel und pflücke eine der Götterfrüchte. Wir werden zusammen davon essen.‘

Der Junge blickte in ihre Augen und wusste, die Welt würde untergehen, würden diese Sterne aufhören zu leuchten. Er versprach ihr das ewige Leben.

Am nächsten Morgen ging er zum See. Er fand ein Ruderboot, nahm die Ruder und stieß das Boot vom Ufer ab, aufs Wasser hinaus. Er begann zu rudern. Aber auf einmal wurden ihm die Ruder mit großer Kraft aus den Händen geschlagen. Sie flogen über Bord und trieben davon. Erschrocken blickte der Junge sich um. Das Ungeheuer? Jetzt schon? Er sah die Insel. Der Baum, an dem die Früchte der Götter wuchsen, ragte hoch über die anderen Bäume. Das Ungeheuer sah er nicht. Es hielt sich versteckt oder hatte noch nicht bemerkt, dass ein Wagemutiger auf dem Weg zur Insel war. Mit den Händen im Wasser paddelte der Junge zu den Rudern und zog sie zurück ins Boot. Er legte sie in die Dollen und ruderte weiter, aber er hatte noch keine zwei Schläge getan, da wurden ihm die Ruder erneut mit enormer Kraft aus den Händen geschlagen.

Er starrte ins Wasser. Es war so klar, er konnte bis zum Grund sehen. Er sah sich wiegende Wasserpflanzen, er sah Fische ruhig dahinschwimmen, aber selbst als er den Kopf unter Wasser tauchte, konnte er nichts sehen, was ihm die Ruder aus den Händen hätte schlagen können. Er paddelte wieder den Rudern hinterher, zog sie ins Boot, legte sie in die Dollen und ruderte weiter. Aber …"

„Zack! Weg sind die Ruder!", sagte Jakob.

„Genau", sagte Großvater.

„Wie oft ist das passiert?"

„Eine Warnung wiederholt sich immer dreimal. Wer es dann noch nicht begriffen hat, der ist selber schuld. Der fordert das Schicksal heraus."

„War es eine Warnung?", fragte Jakob. „Von wem? Vom Holzvolk?"

Das Holzvolk waren kleine Wesen, die zwischen den Men-

schen und der See in den Wäldern und Dünen lebten. Sie kamen oft in Großvaters Geschichten vor.
„Wer weiß“, sagte Großvater. „Vielleicht wollte er sich selbst vor der Gefahr warnen.“
„Aber er ließ sich durch nichts abschrecken! Das hast du gerade gesagt!“
„Der Junge selbst nicht, nein. Aber vielleicht dachte sein Weggefährte da anders. Der wusste von Anfang an, was passieren würde.“
„Er saß aber doch allein im Boot!“
„Dein Weggefährte ist unsichtbar. In jedem Fall für dich selbst. Aber er ist öfter da, als du denkst ... Es ist schwer zu erklären. Die Leute glauben es eben.“
Großvater dachte nach. Jakob schwieg. Eigentlich wollte er den Rest der Geschichte hören. Jetzt wurde sie gerade so spannend. Das mit den Rudern geschah dreimal, so weit waren sie gekommen, es konnte weitergehen. Aber wer war dieser unsichtbare Weggefährte? Das machte ihn neugierig.
„Nein“, sagte Großvater. „Über den Weggefährten erzähle ich ein anderes Mal, wenn du es willst. Sonst komme ich jetzt durcheinander. Lieber eine Geschichte gut erzählen als zwei Geschichten verderben. Pass auf.“
Großvater streckte den Rücken. Er nahm einen kräftigen Schluck Cidre und sagte:
„Und wieder wurden ihm die Ruder aus den Händen geschlagen. Zum dritten Mal. Aber der Junge ließ sich nicht beirren. Die Liebe hatte ihn für die Gefahren, die ihn bedrohten, blind gemacht. Er forderte das Schicksal heraus. Zum dritten Mal fischte er die Ruder aus dem Wasser, legte sie in die Dollen und ruderte weiter. Er ruderte und nichts hielt ihn mehr auf.

Bald erreichte er die Insel. Mit scharfem Blick schaute er sich um. Er sah nichts, das ihn hätte beunruhigen müssen. Er lauschte aufmerksam, aber kein Laut drang an sein Ohr. Er sah den Baum, an dem die Götterfrüchte hingen, hoch über die anderen Bäume hinausragen und er sah die Früchte!

Makellos rund waren sie. Wie die Sonne, wie der Mond so rund hingen sie glänzend an den Ästen. Einige waren so weiß wie die Haut seiner Liebsten, andere blutrot wie ihre Lippen, es gab auch grüne, die ihn an die Farbe ihrer Augen erinnerten. Für einen Moment glaubte er, der Baum wäre seine Liebste, die nackt vor ihm stand. Plötzlich duckte er sich in sein Boot. Hatte er etwas gehört?

Es war das Wasser des Sees, das in kleinen Wellen gegen den Rumpf des Bootes schlug wie der Fuß eines Geigers, der den Rhythmus des Liedes mitklopft. Der Zauber war gebrochen. Er musste vorsichtig sein. Lautlos zog er das Boot ans Ufer und legte die Ruder ins Boot. Erneut betrachtete er den riesigen Baum, doch dieses Mal ließ er sich nicht verzaubern vom Glanz der Früchte. Er dachte daran, weshalb er gekommen war."

Ha!, dachte Jakob vergnügt. Jetzt geht's richtig los! Großvater starrte in den Kamin, als würde sich die Geschichte dort abspielen und er müsste nur das berichten, was er dort sah. Er hatte einen Glanz in den Augen wie ein Goldsucher, der nach jahrelangem Schürfen endlich auf eine Goldader gestoßen war.

„Der Junge hatte nichts bei sich. Er wusste, dass es auf Erden keine Waffe gab, mit der er das Ungeheuer hätte besiegen können. Die einzige Möglichkeit, eine Frucht zu bekommen, war, so raffiniert vorzugehen, dass das Ungeheuer nichts merkte. Bisher war alles gut gegangen. Er war auf der Insel, den Baum, an dem die Früchte der Götter hingen, gab es wirklich, nicht nur in den Sagen, und das Ungeheuer hatte sich noch nicht blicken lassen.

Der Junge ließ das Boot am Ufer zurück und lief los. Die Äste der kleineren Bäume versperrten ihm die Sicht, sodass er den Baum, an dem die Früchte der Götter hingen, aus den Augen verlor. Aber die Insel war klein, verirren konnte er sich nicht. Vorsichtig setzte er einen Fuß vor den anderen und passte genau auf, dass er nicht auf einen Zweig trat, der knacken, oder gar auf trockenes Laub, das rascheln könnte. Bei jedem Schritt blickte er sich nach dem Ungeheuer um.

Gab es überhaupt ein Ungeheuer? Den Geschichten zufolge schon. Aber von wem stammten die Geschichten? Von den Männern, die in vergangenen Zeiten zur Insel gefahren waren? Nein. Denn die konnten sie nicht erzählt haben. Und warum nicht? Genau! Noch vorsichtiger schlich der Junge weiter. Es war ein schöner Sommertag. Das Sonnenlicht drang durch die Blätter und ließ den Boden flimmern. Rings umher war das Gezwitscher der Vögel zu hören. Es schien alles friedlich. Und gerade das machte dem Jungen mehr Angst als jede wirkliche Gefahr. Fast wünschte er sich das Ungeheuer herbei. Wenn es zum Vorschein käme, wüsste er wenigstens, woran er war.

Langsam näherte er sich der Mitte der Insel, der Stelle, wo der Baum stand. Er machte kein Geräusch, berührte keinen Zweig, kein Blatt, und atmete lautlos ein und aus. Schließlich erreichte er eine Lichtung, die in grelles Sonnenlicht getaucht war. Mitten auf der Lichtung, ganz nah, höher und dicker, als der Junge erwartet hatte, stand der Baum, an dem die Früchte

der Götter wuchsen. Und auch hier kein Ungeheuer! Nichts konnte den Jungen davon abhalten, schnell eine Frucht für seine Geliebte zu pflücken und so schnell wie möglich zu verschwinden. Sie würden zusammen davon essen und sie und ihre Liebe wären unsterblich.
Dies alles schien so greifbar, dass der Junge alle Vorsicht vergaß. Es schien so einfach! Die Früchte hingen zwar sehr hoch, höher als der Junge reichen konnte, aber da! – die Natur selbst half ihm. Eine Wurzel des Baums war aus der Erde heraus als Spirale um den Stamm nach oben gewachsen. Je höher die Spirale reichte, umso dünner wurden sie. So war eine natürliche Treppe mit glatten, runden Stufen entstanden. Einmal auf der obersten Stufe angekommen würde der Junge ohne große Anstrengung eine der unteren Früchte pflücken können. Ohne länger nachzudenken, stürmte er auf die Treppe.
Es ging gut! Es ging gut! Mit großen Sprüngen die Treppe rauf! Hinauf! Und je höher er kam, umso kleiner wurden die Sprünge. Die Sprünge wurden Schritte. Er war fast oben. Die Schritte wurden zu Schrittchen. Noch ein Schrittchen …
Aber gerade, als er auf der obersten Stufe angekommen war und seine Hand nach einer grün glänzenden Frucht ausstreckte, spürte er die Stufe unter seinen Füßen wegrutschen. Nicht nach unten, nein, zur Seite! Der Junge schwankte und fand Halt auf der nächst unteren Stufe. Aber nicht lange! Auch die sackte unter seinen Füßen weg. Und ebenso die darunter. Die ganze Treppe war in Bewegung geraten! Die Stufen glitten mit teuflischer Geschwindigkeit um den Stamm des Baumes …
Es gab nichts, woran sich der Junge hätte festhalten können.

Er kippte nach hinten, stürzte nach unten und landete auf dem Rücken im warmen Sand der Lichtung. Er wollte sich aufrappeln, wollte wieder nach oben, er musste und würde eine Frucht zu fassen bekommen, aber er blieb liegen, wo er lag. Wie versteinert. Die Treppe hatte sich vom Baum losgewunden und streckte sich in ihrer vollen Länge aus.

Die Treppe war das Ungeheuer und das Ungeheuer war eine Schlange.

Drohend stand es da, das Ungeheuer, die Wächterin des Baumes, die Schlange, wippend auf ihrem Schwanz, groß wie … nein, größer als der Baum, an dem die Früchte der Götter wuchsen. Ihr Kopf ragte über die Krone des Baumes und in ihrem Kopf funkelten die Augen wie silberne Wappenschilde in der Sonne. Aus dem riesigen Maul schnellte eine gespaltene Zunge, deren Spitzen lang und rot waren, wie in Blut getränkte Schwerter. Und zu beiden Seiten ragten wie scharfe Dolche die Giftzähne heraus.

Das alles sah der Junge, als sich die Schlange mit weit aufgerissenem Maul über ihn beugte. Das und die Mordlust in den Augen des Ungeheuers. Der Junge versuchte rückwärts zu kriechen, zum Rand der Lichtung, er wollte sich dort unter den Sträuchern verstecken, wollte zum Boot laufen, über den See flüchten … Aber der glühende Blick, der aus den Augen der Schlange schoss, durchbohrte ihn und nagelte ihn auf den Boden. Der Kopf kam immer näher, die Zunge schwang wie ein hypnotisierendes Pendel hin und her und eiskalter Atem streifte den Körper des Jungen im Sand.

Wie gefroren lag er da. Keinen Finger konnte er bewegen. Aber in seinem Kopf tobte es. Gedanken und Erinnerungen wirbelten und schwirrten wild durcheinander. Er sah die Ge-

sichter seiner Eltern, ihr Haus, seine Kindheit, seine Freunde, und als Letztes, lebensgroß, wie von Blitzstrahlen gezeichnet, das Gesicht seiner Liebsten: Die grünen Augen unter den pechschwarzen Haaren, ihre blutroten Lippen, die ihn küssten – so feurig, dass es schien, als würde ihr Herz ihn küssen. So schön und anmutig wie sie war, so grässlich und ungeschlacht war die Schlange. Und er wusste, wollte er dieses frostige Ungeheuer besiegen, musste er alle Kraft aus seiner Liebe heraus aufbringen.
Die Angst wich aus seinem Herzen, die Kälte aus seinem Leib. Er blieb liegen, wo er lag, aber er spannte alle Muskeln, um sich blitzschnell bewegen zu können. Der Körper der Schlange bog sich tiefer und tiefer, der Kopf mit dem weit aufgerissenen Maul kam näher und näher …“
Großvater schwieg. Als ob er Luft holen müsste, nachdem er so lange, ohne zu unterbrechen, erzählt hatte. Und vielleicht musste er auch nachdenken, wie die Geschichte weiterging. Sie saßen zusammen vor dem Kamin, jeder auf einer Luftmatratze. Möbel gab es noch keine im Haus. Das Feuer war bereits runtergebrannt, aber die Scheite, die Großvater vor einiger Zeit nachgelegt hatte, glühten noch. Es war seltsam daran zu denken, dass Großvater in diesem Haus, vielleicht sogar genau hier, wo er jetzt saß und in die Glut starrte, geboren worden war. Hier in Bakkum, dem kleinen Dorf an der Küste, in diesem verfallenen Häuschen, in dem nur dieses kleine Zimmer, in dem sie saßen, einigermaßen bewohnbar war.
Es dauerte lange, wenn Großvater seine Geschichten erzählte. Jakob brauchte weniger Worte. Großvater, der er auch Jakob hieß, wurde vor dreiundsiebzig Jahren in diesem Haus geboren. Seine Mutter war von schwacher Gesundheit. Jakob

blieb das einzige Kind. Sie starb, als er fünf Jahre alt war. Sein Vater arbeitete Tag und Nacht, um es seinem Sohn, der einen scharfen Verstand hatte, möglich zu machen zu lernen. Als er siebzehn wurde, zog Jakob nach Leiden, wo er Jura studierte. Er lernte ein französisches Mädchen kennen, die in Leiden als Kindermädchen bei einem französischen Diplomaten arbeitete und vor Heimweh fast starb. Kurz bevor die Deutschen in Holland einfielen, zogen die beiden gemeinsam nach Frankreich. Sie ließen sich im Süden nieder, ganz in der Nähe des kleinen Dorfes, wo das Mädchen geboren worden war, im nicht besetzten Teil Frankreichs. Jakob beendete sein Studium, lernte akzentfrei französisch und wurde Rechtsanwalt. Sie bekamen Kinder und der älteste Sohn hätte Jakob heißen müssen – so war es schon seit ewigen Zeiten Tradition in der Familie –, aber die junge Mutter sträubte sich dagegen. Ein Jakob war wirklich genug, fand sie, der Name erinnerte sie zu sehr an Holland. So wurde er Jacques genannt. Zum Bedauern seiner Mutter ließ sich Jacques wieder in Holland nieder und sein erster Sohn wurde Jakob genannt – Jakob, der neben seinem Großvater auf der Luftmatratze saß und eine Geschichte erzählt bekam, die einfach so im spannendsten Moment unterbrochen wurde. Pause. Das Ungeheuer hatte sein gruseliges Maul weit aufgerissen und musste so verharren, bis die Pause vorbei war.

„Ein Bakkumer hat keine Eile“, pflegte Großvater immer zu sagen. „Es geht nicht darum, was du erzählst, es geht darum, wie du erzählst. Eile ist der Feind jeder guten Geschichte.“

Großmutter ging nie mit, wenn Großvater seinen Vater, der mit seiner zweiten Frau in Amsterdam wohnte, besuchte. Selbst als ihr ältester Sohn und seine Kinder, deren Großmut-

ter sie immerhin war, in Holland wohnten, weigerte sie sich Frankreich zu verlassen.
„Wenn sie mich sehen wollen, dann müssen sie herkommen."
Das taten sie dann auch. Immer in den Sommerferien zogen Jakob, seine Eltern und seine kleine Schwester in das große Haus von Großvater und Großmutter in Südfrankreich. Herrliche Wochen waren das. Sie verabschiedeten sich immer mit den Worten: „Danke, Großmutter, und komm doch bald mal zu uns."
„Ha!", sagte Großmutter dann. „Es kann so viel passieren auf so einer langen Reise. Nein, nein, ein Mensch muss sterben, wo er geboren wurde. Ich möchte nicht in einem fremden Land meinen letzten Atemzug tun."
„Sie benahm sich wie ein alter Bakkumer", sagte Großvater. Ein halbes Jahr später war sie gestorben, zu Hause, so wie sie es sich immer gewünscht hatte.
In diesen Sommerferien fuhren Jakob und seine Familie nicht nach Südfrankreich. Großvater kam nach Holland. Er wohnte bei ihnen und machte Ausflüge in die Städte und Dörfer, die er aus seiner Jugend kannte. Auch nach Bakkum, und am selben Abend kam er mit der Mitteilung nach Hause, dass er sein Geburtshaus gekauft hätte und beschlossen habe, seine letzten Tage darin zu verbringen.
„Großmutter hatte Recht", sagte er. „Ein Mensch muss sterben, wo er geboren wurde. Das Leben ist ein Kreislauf. Wie eine Schlange, die sich in den eigenen Schwanz beißt; wie ein Skorpion, der sich seinen giftigen Stachel in den eigenen Kopf sticht." Das klang nicht allzu optimistisch, aber er sagte das alles so fröhlich, dass niemand protestierte, und es versuchte

auch niemand ihn davon abzubringen, auch wenn das Haus eher eine Ruine zu sein schien. Aber er hatte es sehr günstig kaufen können.

„Fast geschenkt“, sagte Großvater. „Sie wollen mich dort eben gerne wieder haben, denke ich. Das Haus stand da, als hätte es nur auf mich gewartet!“

Mit einem Handwerksmeister aus dem Dorf würde Großvater das Haus im Oktober renovieren. Das hatte er bereits alles geregelt. Er schäumte vor Energie.

„Vielleicht nehme ich meinen Enkel mit, da hat er doch sowieso Ferien“, hatte er gesagt.

Klar wollte Jakob!

„Hatte ich auch nicht anders erwartet“, sagte Großvater. „Immerhin fließt Bakkumer Blut in deinen Adern.“

Das stimmte, aber es bedeutete Jakob wenig. Es floss auch französisches Blut in seinen Adern und davon merkte er auch nichts. Und Bakkum …?

Großvater behauptete, dass er alle Geschichten, die er erzählte, von einem Nachbarmädchen aus Bakkum gehört hatte, die in seine Klasse ging und mit der er damals viel zusammen war, und die hatte sie von ihrer Großmutter und die wiederum von ihrer Großmutter und so weiter. Jakob wurde ganz schwindelig von den vielen Großmüttern. Als würde er rückwärts durch die Zeit stürzen, an einer Reihe schwarz gekleideter alter Frauen vorbei, die ununterbrochen Geschichten erzählten.

Aber als sie in diesem Haus ankamen und Großvater seinen Koffer auspackte, sah Jakob die vielen Bücher, die zum Vorschein kamen. Mehr Bücher als Kleidungsstücke. Die Bücher lagen neben Großvaters Luftmatratze. Auf dem Stapel lag eine Taschenlampe. Es gab noch keinen Strom im Haus. Auch kein Gas. Sie hatten nur Wasser. Eiskaltes Wasser. Jakob sah sich die Bücher an. Auf fast allen Büchern stand *Volksmärchen* und das oberste Buch hieß *Sagen von Hollands Küsten*. Vielleicht hatte Großvater seine Geschichten nur aus diesen Büchern?

Aber was machte das schon, dachte Jakob, wenn die Geschichten nur spannend waren. Und das waren sie. Jedenfalls erzählte Großvater sie spannend. Er erzählte nicht, als würde er vorlesen oder einen Vers aufsagen. Er erzählte, als könne er sich nur schwer an die Geschichte erinnern. Und manchmal dachte er lange nach. Zu lange … Und das war auch immer in dem Moment, wo man gerne wollte, dass er weitererzählt. Wahrscheinlich tat er es absichtlich, um einen etwas auf die Folter zu spannen, wie das alle guten Erzähler taten – durch scheinbares Nachdenken die Spannung anheizen. Und vielleicht wusste er tatsächlich lange nicht, wie es weitergehen würde mit dem Jungen und der Schlange auf der Insel. Und vielleicht hatte er die Geschichte gar nicht gehört oder gelesen, sondern sie sich selbst ausgedacht!

Er schwieg nun schon sehr lange. Jakob hätte gerne mit einem Stöckchen in Großvaters Gedanken herumgestochert oder in seiner Fantasie, um ihm auf die Sprünge zu helfen. Jakob nahm sein Glas Cidre und trank es in einem Zug leer.

„Kann ich noch was haben?“, fragte er.

Großvater schreckte hoch. „Du hast schon zweimal!“

Das ist das Gute an Großeltern, dachte Jakob. Sie sind nicht so besorgt. Ab und zu erlauben sie einem ein Glas Cidre zu trinken. Auch wenn man schon dreizehn ist, finden einen die Eltern noch zu jung für Alkohol. Und das Gute an einem

Großvater, der fast sein ganzes Leben in Frankreich gelebt hat, ist: Er lässt einen auch mal zwei Gläser Cidre trinken.
„Noch ein Gläschen ...“, bettelte er.
„Du bist wohl nicht ganz bei Trost!“, sagte Großvater. „Du hast genug gehabt. Ich erzähle die Geschichte zu Ende, und dann legen wir uns schlafen.“
Das ist das Gute an einem Großvater, der fast sein ganzes Leben in Frankreich gelebt hat und auch noch gerne Geschichten erzählt, dachte Jakob. Wenn du ihn um ein drittes Glas Cidre bittest, erzählt er blitzartig seine Geschichte weiter.

„Näher und näher kam der missgestaltete Kopf der Bewacherin des Baumes, an dem die Früchte der Götter wuchsen. Näher und näher kam das aufgerissene Maul der Schlange, näher – und da schoss die gespaltete Zunge heraus!“
Jakob rutschte vor Schreck von seiner Luftmatratze.
„So spannend?“, fragte Großvater.
Jakob krabbelte auf die Luftmatratze zurück und lachte.
„Ich habe mich wirklich erschrocken“, sagte er.
„Der Junge auch“, sagte Großvater. „Denn die Zunge war viel länger, als er es für möglich gehalten hätte. Er wurde vollkommen überrascht und hatte keine Zeit sich wegzurollen, keine Zeit aufzuspringen, keine Zeit zu flüchten oder zu kämpfen. Er streckte seine Hände abwehrend aus, und ohne zu begreifen, was er tat, packte er die spitzen Enden der Zunge, mit jeder Hand eine, und hielt sie fest umklammert. Tief aus dem Innern der Schlange stieg ein wütendes Grollen, das langsam näher und schließlich auf den Jungen zu nach draußen stob. Aber der Junge krallte sich mit aller Kraft an den Zungenspitzen der Schlange fest, und als die Schlange sich

wieder in voller Größe aufrichtete, wurde er mit nach oben geschleudert. Im Bruchteil einer Sekunde sah er den Stamm, die Äste und die Früchte an sich vorbeirasen, bis er sich hoch oben in der Krone des Baumes wieder fand.
Für einen kurzen Augenblick hing er regungslos in der Luft, und in diesem kaum wahrnehmbaren Moment sah er die Insel unter sich, sein Boot, den See, die Ufer und die Wiesen und Felder, die sich nach Osten erstreckten, die Wälder und die Dünen mit den Schleichwegen des Holzvolkes im Westen, das Meer … so hoch oben war er. Er sah das ganz Kennermerland, seine Heimat, die er so liebte. Dann glitt er in das aufgerissenen Maul der Schlange.
Aber noch immer hielten seine Hände die Zungenspitzen der Schlange umklammert. Diesem Umstand verdankte er es, dass er nicht weiter in den senkrechten, tiefen Schlund der Schlange hineinrutschte. Das Ungeheuer schloss das Maul und es wurde dunkel, finster und kalt, eiskalt wie in einem aus Eisschollen gezimmerten Sarg.
Der Junge begann am ganzen Körper zu zittern, und das brachte die Schlange wieder in Bewegung. Das Ungeheuer öffnete das Maul und stieß die Zunge mit aller Kraft heraus. Es wollte sich von den Händen befreien, die die Zungenspitzen wie Schraubzwingen umklammerten. Aber ob es nun die Angst war, die die Hände so fest zugreifen ließ, oder ob die eisige Kälte im Maul die Hände des Jungen festgefroren hatte, der Junge ließ nicht los und konnte gar nicht loslassen. Auch wenn er gewollt hätte. Die Schlange zog ihre Zunge wieder rein, stieß sie wieder hinaus, rein, raus, und der Junge wurde rein- und rausgeschleudert, rein, raus, rein, raus, bis er nicht mehr wusste, wo und wer er war. Er wurde ohnmächtig. Aber

auch als sein Geist ausgeschaltet war, hielten seine Hände fest. Er ließ nicht los.
Als er wieder zu sich kam, war er sich ganz sicher, tot zu sein. Er saß aufrecht, im Rücken von etwas Hartem gestützt, und ein eiskalter Wind glitt über ihn. Er konnte seinen Körper nicht mehr bewegen. Nicht einmal seine Augenlider bekam er auf. So wartete er gelassen, bis seine Seele ins Reich der Toten fliegen würde. Aber das geschah nicht. Es passierte gar nichts. Mit all seiner Kraft gelang es ihm, die Augen einen Spalt breit zu öffnen. Er sah seine Hände. Sie lagen wie versteinert in seinem Schoß, jede Hand umklammerte eine Zungenspitze. Und dann … Er lebte noch! Langsam kehrte das Gefühl wieder in seinen Körper zurück. Er konnte seinen Kopf wieder drehen und schaute um sich. Er befand sich noch immer im Maul des Ungeheuers. Das Biest war wohl außer Atem gekommen, denn es ging ein sehr schneller und heftiger Wind und das Maul stand halb offen. Der Junge drehte sich um und sah, dass er mit dem Rücken gegen einen der riesigen Giftzähne lehnte. Nun kam auch wieder Leben in seinen Geist. Langsam und halb blind, wie Männer, die durch einen Schneesturm zogen, schritten seine Gedanken dahin. Und plötzlich, als hätte sich der Sturm gelegt, wurde klar: Es gab noch eine Möglichkeit sich zu retten.
Der Junge spannte seine Muskeln und sprang auf. Er stemmte die Zungenspitzen bis über seinen Kopf und zog die Zunge des Ungeheuers über den scharfen Giftzahn. Sie war zäh wie altes Leder und der Junge musste sich mit seinem ganzen Gewicht an die Zunge hängen, bis der Zahn sie durchstieß und an der Oberseite wieder herauskam. In diesem Moment drang aus der Tiefe des Schlangenkörpers ein fast menschli-

cher Schrei von Schmerz und Angst. Die Zungenspitzen wurden schlaff und glitten dem Jungen aus den Händen. Das Gift mischte sich mit dem kalten Schlangenblut, Zuckungen setzten ein, der Kopf schwankte hin und her. Jetzt, wo ihm die Zunge entglitten war, versuchte der Junge sich am Zahn festzuhalten, aber der war zu groß und glatt, und als das Zucken stärker wurde, wurde der Junge mit aller Gewalt aus dem Maul geschleudert.
Zum Glück landete er in der Krone des Baumes, wo die schönsten Früchte der Götter wuchsen. Er schwang sich auf einen kräftigen Ast, holte tief Luft, streckte seine erstarrten Glieder, damit die Sonne sie auftauen konnte, und betrachtete das erschütternde Schauspiel, das der Todeskampf der Schlange bot. Ihr Kopf fuhr stoßweise vor und zurück wie bei einer kotzenden Katze. Es dauerte nicht lange. Der Kopf richtete sich noch einmal hoch auf, kerzengerade, der Körper fing an zu beben und wurde nach unten gezogen. Der Junge spähte zwischen den Ästen hindurch zum Boden. Am Fuße des Baumes begann sich der Körper um den Stamm zu winden. Genauso wie die lebende Schlange, als sie sich unter den Füßen des Jungen weggleiten ließ, als er die Treppe hinaufstieg, so baute die sterbende Schlange die Treppe wieder auf, Windung für Windung, schleifend, gleitend, an den eigenen Schuppen scheuernd, bis der Kopf auf den obersten Ring fiel. Tot. Tot wie eine Treppe.
Glück gehabt, dachte der Junge, so komme ich einfach nach unten. Doch er hatte noch nicht zu Ende gedacht, als er beinahe von seinem Ast gestürzt wäre. Ein Beben erschütterte den Baum. Und zu seinem Entsetzen sah er, wie der Baum anfing in die Erde abzusacken. Der Baum verschwand! Sollte

doch noch alles misslingen? Verstört blickte er sich um. Am Ende des Astes, auf dem er saß, hing eine Frucht. Wahrlich die schönste und größte von allen. Glänzend rot und größer als ein Reihernest. Die, dachte der Junge, genau die! Während der Baum immer schneller im Sand der Insel versank, rutschte der Junge noch schneller zum Ende des Astes. Er packte die Frucht, riss sie vom Stiel und drückte sie an die Brust. Gerade zur rechte Zeit! Der Baum rauschte nun in die Erde. Der Junge ließ sich fallen, rollte über die letzten glatten Stufen der Schlangentreppe, die noch über der Erde waren, und plumpste in den warmen Sand. Erschöpft blieb er liegen. Mitsamt dem Baum verschwand das Ungeheuer in der Erde. Es schien, als könnte es noch nicht richtig Abschied nehmen. Erst verschwand die Krone des Baumes, danach erst der Kopf der Schlange. Das Letzte, was der Junge sah, war die gespaltene Zunge, die noch einen Moment wiegend, drohend wie ein tanzender Grabstein über dem offenen Grab stand. Und dann verschwand auch sie in der Erde. Der Junge streckte sich im warmen Sand aus und … Scheiße!"

Jakob schreckte aus der Geschichte hoch.

„Soll das den ganzen Abend so weitergehen?", fragte Großvater.

Er schaute aus dem Fenster zur Straße. Es hingen noch keine Vorhänge vor den Fenstern, und da das Haus unmittelbar an der Straße lag, konnte jeder, der Jakob und seinen Großvater beobachten wollte, das ganz einfach tun.

„Ich sehe nichts", sagte Jakob.

„Und du hörst auch nichts?", fragte Großvater.

„Doch, ein Auto."

„Ein Lastwagen! Das ganze Haus bebt!"

Nun hörte Jakob auch das in der Ferne verklingende Dröhnen eines Lastwagens. Es war ihm gar nicht aufgefallen, dass einer vorbeigefahren war. Jakob wohnte in Amsterdam, da gab es immer irgendwelche Geräusche. Da nahm man nicht mehr alles so wahr.
Großvater hatte in Frankreich in den Bergen gelebt, am Ende einer Straße. Er war nichts gewohnt.
„Er ist schon wieder weg“, sagte Jakob.
„Der schon“, sagte Großvater. „Offenbar hörst du schlecht. Es war nicht der erste heute Abend und es wird auch nicht der letzte sein. Wo müssen die denn nur alle hin, so spät am Abend? Großvater seufzte tief, nahm den Zettel mit der Liste der Arbeiten, die noch gemacht werden mussten, knipste die Taschenlampe an und schrieb murmelnd: „Doppelglas ...“
„Und dann?“, fragte Jakob.
„Und dann ...“, sagte Großvater. „Wo war ich stehen geblieben?“
„Das Ungeheuer war in der Erde verschwunden.“
„Sehr gut. Das Ungeheuer war nun völlig in der Erde verschwunden ...“
Und immer mehr Lastwagen donnerten am Haus vorbei. Die Fensterscheiben klirrten und die sorgfältig zusammengeschobene Glut im Kamin fiel auseinander und flackerte noch einmal auf. Großvater nahm seine Liste und schrieb grimmig: „Dreifachglas ...“
Das Geräusch der Lastwagen verklang wie ein abziehendes Unwetter Richtung Egmond.
„Und der Junge“, sagte Großvater, „sackte in den warmen Sand und schlief ein, die Frucht der Götter an seine Brust gedrückt wie den Kopf seiner Liebsten. Er schlief und die

Götter zogen sich zurück in die Erde, sie zogen ihre Hände weg von den Menschen. Die Götter waren erzürnt. Seit der Schöpfung hatten sie den Menschen gedient, aber jetzt war das Maß voll. Wenn ein Mensch die Nahrung der Götter zu sich nahm, dann schien er wohl zu glauben, dass er selbst ein Gott wäre. In diesem Fall waren die Götter überflüssig. Und so fühlten sie sich auch: überflüssig und verletzt. Sie zogen sich zurück in die Erde, nahmen die Früchte mit sich und auch die Schlange, die die Früchte bewacht hatte. Sie gossen ihr den Saft einer Frucht ins Maul und erweckten sie wieder zum Leben.

Denn das war die Kraft dieser Früchte: Sie machten die Lebenden nicht unsterblich, o nein! Sie konnten die Toten wieder zum Leben erwecken. Es waren Wechselfrüchte! Die Götter flößten sich gegenseitig den Saft ein, wenn einer gestorben war, und dann begann ihr langes Leben wieder von vorn. Aber wer während seines Lebens davon aß, der musste sterben.

Der Junge wusste nichts von alledem. Er schlief, und als er erwachte, war es Abend. Die Dämmerung breitete sich über den See aus. Der Junge sprang auf und rannte zu seinem Boot. Er schob es ins Wasser und legte die Frucht, die er den Göttern gestohlen hatte, auf die Ruderbank vor sich. Mit kräftigen Schlägen ruderte er weg von der Insel. Das Ufer, an dem seine Liebste warten wollte, kam schnell näher. Aber der Junge sah nicht das Ufer, er sah nicht die Insel, die langsam von der Dunkelheit der Nacht verschluckt wurde, er sah nur die Frucht. Er wusste nichts von dieser Frucht, die er nach so hartem Kampf erobert hatte, nur dass sie seiner Liebsten und ihm ewige Liebe bringen würde. Und wie im Rausch beugte er sich über die Frucht und küsste sie. Und als sein Mund die tiefrote Schale berührte, die zart war wie die Lippen seiner Liebsten, stieg aus der Frucht ein Geruch auf, so himmlisch, das dem Jungen schwindelig wurde. Da nahm er einen Bissen von der Frucht. Er schloss die Augen, um den Geschmack voll in sich aufzunehmen, und öffnete sie nie mehr.

Seine Liebste war zum vereinbarten Zeitpunkt an der vereinbarten Stelle: eine Stunde nach Sonnenuntergang am Ufer, dort, wo der Junge losgerudert war. Auch der Junge kam pünktlich zur vereinbarten Stelle. Wie von seinem letzten Willen gesteuert, erreichte das Boot das Land. Sein Körper war steif und kalt, die Frucht glänzte im Licht der Sterne, die wie weiße Kiesel am Himmel standen.

Das Mädchen wusste genauso wenig über die Frucht der Götter und ihre wundersame Kraft, die Tote zum Leben erweckte und Lebende zu Tode brachte, aber sie sah den leblosen Körper ihres Liebsten und den Biss in der Frucht und sie begriff, wie nur eine Frau begreifen kann. Sie zog den Körper des Jungen aus dem Boot, legte ihn ans Ufer, nahm die Frucht, legte sich neben ihren Liebsten, bog seine kalten Arme um ihren Körper, schlang ihre Arme um seinen kalten Leib und … nahm einen Bissen von der Frucht. Ein tiefer Friede kam über sie. Wenn wir nicht das ewige Leben zusammen haben können, dachte sie, dann aber für immer vereint den Tod. Sie schluckte den Bissen hinunter und auch sie starb.

Ihre Körper zerfielen zu Staub“, sagte Großvater, „aber die Frucht liegt noch da. Zumindest behauptet man das. Wer von der Frucht der Götter isst, muss sterben und zerfällt zu Staub, und die Frucht der Götter, die von Menschenhand berührt

wurde, verwandelt sich mit der Zeit in Stein und wartet ab. So sagt es die Geschichte. Geh selber gucken. Wenn du von hier zum See gehst, kommst du geradewegs zu einer kleinen Brücke. Von dort aus kannst du die Stelle sehen, an der die Liebenden starben. Dort am Ufer, sagt man, liegt ein glatter runder Stein, größer als ein Reihernest. Es wird sogar behauptet, dass man, wenn man genau hinsieht, die Zahnabdrücke der beiden sehen kann. Ich habe den Stein nie gefunden."
„Hast du wirklich gesucht?"
„Es gab eine Zeit, da hab ich jeden Tag am See gespielt."
„Und du hast nie ...?"
„Ich habe nicht den richtigen Blick. Das sagte das Nachbarmädchen immer, dass ich den falschen Blick hätte. Sie selbst auch und sie fand es schrecklich, dass wir nur Bäume und Gras sahen, wo nach der Geschichte doch viel mehr zu sehen war."
„Das Nachbarmädchen aus deinen Erzählungen?"
„Ja, die."
„Na", sagte Jakob grinsend, „die hatte aber eine mächtige Fantasie. Das kommt bestimmt von den vielen Wäldern in der Umgebung."
„So, genug jetzt, du Stadthähnchen", sagte Großvater. „Zähne putzen und ab in den Schlafsack."
Es war dunkel geworden im Zimmer.
Das Feuer im Kamin war erloschen, nur hier und da glomm noch etwas Glut unter der Asche, aber es war noch behaglich warm im Zimmer.
Das grelle Licht der Straßenlaternen fiel durchs Fenster. Großvater stand auf.

„Komisches Gefühl, wieder hier zu sein", sagte er, nahm seinen Koffer, stellte ihn auf die gemauerte Anrichte und öffnete ihn.

„Früher war dieses Zimmer durch eine Wand geteilt. Hier war die Küche und zur Straße das Wohnzimmer. Wir wohnten in der Küche. Das Wohnzimmer wurde nur benutzt, wenn Gäste kamen."

„Willst du alles wieder genau so wie früher haben?"

„Blödsinn, diese kleinen Verschläge", sagte Großvater.

Jakob zog den Reißverschluss seiner Tasche auf und angelte nach seinem Schlafanzug. Aber statt dessen bekam er sein Kuscheltier zu fassen. Sein altes Kaninchen. Und dabei hatte er seiner Mutter extra gesagt, dass er es nicht mehr mitnehmen wollte! Schnell steckte er es zurück in die Tasche. Zu spät.

„Schau an", sagte Großvater, „da ist ja Jip! Hallo, Jip!"

Jakob zog das Kaninchen wieder heraus. Was machte es schon. Normalerweise schleppte er sein Stofftier nicht mehr mit sich herum, und wenn er bei Freunden übernachtete, schon gar nicht. Aber bei Großvater? Er legte Jip auf sein Kopfkissen, die langen Schlappohren glatt am Kopf angelegt. Denn so musste es sein.

„Warum wollt ihr nur immer so verdammt schnell groß werden?", fragte Großvater. „Immer große Sprünge machen und hoffen, der Kopf bleibt in der Luft hängen und die Füße wachsen zur Erde runter. Wenn du ein Kind fragst, was es werden will, sagt es: Größer als mein Vater."

Hör schon auf!, dachte Jakob. Denn er selbst wollte auch so schnell wie möglich erwachsen werden. Das hatte große Vorteile.

„Großvater“, fragte er, „hast du früher auch ein Kuscheltier gehabt?“
„Früher gab’s noch keine Stofftiere“, sagte Großvater. „Mädchen hatten Puppen. Mit harten Köpfen aus Porzellan. Wenn sie hingefallen sind, sind sie zersprungen. Und das ist oft passiert. Dann musste man sie kleben. Die meisten Puppen sahen aus wie Frankensteins Monster. Aber Jungs? Wir hatten Gewehre aus Holz und Pfeil und Bogen und Stelzen. Mit denen zogen wir durch die Felder …“
„Hast du denn niemand gehabt, mit dem du im Bett reden konntest?“
„Ich …“
Großvater schwieg. Zögerte. Jakob konnte sein Gesicht im Dunkeln nicht sehen, aber er spürte, dass Großvater ihn ansah.
„Nein“, sagte Großvater. „Ein Kuscheltier hatte ich nicht.“
Ein Gefühl der Einsamkeit überfiel Jakob. Heimweh. Ich wurde gewogen und als zu leicht befunden, dachte er. Großvater wollte mir etwas sagen. Aber er hat es nicht getan.
Sie putzten ihre Zähne, nebeneinander am Spülbecken beim Licht der Taschenlampe und krochen in ihre Schlafsäcke.
„Jakob“, fragte Großvater, „warum willst du um Himmels willen so furchtbar schnell erwachsen werden?“
„Weil ich dann tun und lassen kann, was ich will!“
„Das denkst du“, sagte Großvater. „Glaubst du, dass dein Vater alles tun kann, was er will?“
„Nein“, sagte Jakob, „aber der hat es auch total falsch angepackt … Der ist verheiratet!“
Darüber musste Großvater so schrecklich lachen, dass er einige Minuten brauchte, bis wieder richtig atmen konnte.

„Das hat gesessen", sagte er. „Aber ist das der einzige Grund, weil du dann tun kannst, was du willst? Ist es nicht eher, weil du Motorrad fahren willst?"

„Nö ...", sagte Jakob, „ein Motorrad brauche ich nicht ... Ein Auto wäre mir lieber!"

„Es ist schon merkwürdig. Alle Kinder würden am liebsten ihre Jugend überspringen. Zack! Mit einem Schlag erwachsen sein ..."

„Wärst du denn gerne wieder jung?"

„Ich darf mich nicht beklagen, ich hatte ein gutes Leben. Aber in letzter Zeit, ja ... Ich würde gerne noch mal einen Tag durch meine Jugendzeit streifen."

„Hast du deshalb das Haus hier gekauft?"

„Ich glaube schon."

„Aber alles ist anders geworden."

„Alles. Und doch bringt mir dieses Haus meine Jugend näher. Woanders ist nichts mehr davon übrig, aber seit ich zurück bin, kommen mir ab und zu Bilder in den Kopf, verschwommene Bilder von früher, von denen ich glaubte, sie für immer verloren zu haben.

Wenn ich einen Tag zurückdürfte, da würde ich genau hinsehen, genau hinhören, wie würde ich die Gerüche tief in mich aufsaugen! Denn die habe ich ganz vergessen. Ich hatte es auch schrecklich eilig erwachsen zu werden, genau wie du. Ich hab nur nach vorn gesehen. Wahrscheinlich hat das Nachbarmädchen genau das mit dem ‚falschen Blick' gemeint. Ich hab nicht richtig hingesehen, ich hatte meinen Blick nur auf die Zukunft gerichtet, was sie mir bringen würde. Und jetzt? Jetzt blicke ich hauptsächlich zurück ... Keiner schaut richtig um sich – das ist es! Wenn ich meine Kind-

heit noch einmal erleben dürfte, würde ich besser hinsehen. Besser aufpassen ..."
Großvater schwieg und auch Jakob war nicht nach Reden zumute. Er wollte schlafen.
Aber es gelang ihm nicht. Es war irgendwie sonderbar, hier zu liegen in diesem kahlen Haus neben Großvater, der sich hin und her wälzte. Nach zehn Minuten hielt es Jakob nicht mehr aus.
„Kannst du auch nicht schlafen, Großvater?"
„Nein."
„Woran denkst du?"
„Was glaubst du?"
„An früher."
„Wie hast du das nur erraten."
„Willst du noch eine Geschichte erzählen?"
„Nicht jetzt."
„Auch nicht über den Weggefährten?"
„Morgen ... Gute Nacht, Jakob."
„Gute Nacht, Großvater."
Wieder war es still im Haus und draußen. Selbst die Lastwagenfahrer hatten ihre Betten gefunden. Großvater wälzte sich immer noch auf seiner Luftmatratze hin und her, aber Jakob schlief trotzdem ein.
Durch lautes Singen auf der Straße wurde er geweckt. Es wurde gekichert und geschrien.
„O nein!", sagte Großvater. „Franzosen! In Bakkum! Man ist aber auch nirgends sicher."
Es waren Jungs, sah Jakob, ein paar Jahre älter als er. Sie blieben vor dem Fenster stehen.
„Was stehen die hier und glotzen?", fragte Großvater.

„Sie kämmen sich die Haare“, sagte Jakob. „Sie benutzen das Fenster als Spiegel.“
„Eitle Gockel“, sagte Großvater, „typisch Franzosen. Weiter vorne ist eine Jugendherberge, da wohnen die bestimmt.“
Er nahm seine Taschenlampe und richtete sie auf das Fenster.
„Ja, ja, ihr seid schön“, murmelte er. „Schaut nur.“
Er knipste die Taschenlampe an und ein greller Lichtstrahl beleuchtete die gepflegten Frisuren der Jungen.
„Wuhuhu!“, schrie Großvater.
Jakob erschrak fast noch mehr als die französischen Jungen, die gar nicht schnell genug weglaufen konnten.
Großvater grinste. „Franzosen vertragen absolut kein ‚Wuhuhu‘ aus einem leeren Haus“, sagte er. „Die sehen wir so schnell nicht wieder.“
„Schreib mal ‚Vorhänge‘ auf die Liste“, sagte Jakob.
„Vorhänge“, sagte Großvater.
Er knipste die Taschenlampe aus und legte sie neben seine Luftmatratze. Sie krochen wieder in die Schlafsäcke.
„Großvater“, fragte Jakob, „fehlt dir Großmutter sehr?“
„Ja.“
„Hast du geweint, als sie gestorben ist?“
„Ja.“
„Lange?“
„Ja.“
„Und jetzt?“
„Nun ist es vorbei und ich bin immer noch schrecklich glücklich darüber, dass ich sie gekannt habe. Ich hatte Glück.“
„Oh …“, sagte Jakob. So konnte man es natürlich auch sehen.

„Es ist schon eine Weile her“, sagte Großvater, „da habe ich geglaubt, dass das Leben ein Traum wäre. Nicht mein eigenes Leben, aber das Leben der Menschen um mich herum. Dass ich all die Menschen nur geträumt habe. Einige Menschen waren Albträume, andere Menschen graue Träume und es gab natürlich auch Menschen, die mir sehr viel bedeutet haben – das waren meine herrlichsten Träume. Verstehst du, was ich meine?“
Jakob nickte. Er glaubte schon.
„Wenn man einen herrlichen Traum gehabt hat“, sagte Großvater, „dann wacht man fröhlich auf. Du bist froh, dass du diesen Traum geträumt hast. Stimmt's? Du schaust mit Freude und Dankbarkeit zurück auf diesen Traum. Und so ist es auch mit Menschen, die du kennst. Du liebst sie und dann sterben sie. Es ist dann fast so, als würdest du aus den Menschen erwachen. Du reibst dir den Schlaf aus den Augen und jeder glaubt, dass du weinst. Und das ist natürlich auch so. Du weinst. Ich meine damit, bei Menschen ist es doch etwas anders als bei Träumen ... Und dann könntest du alles kaputt schlagen aus Wut und Trauer, aber du kannst auch denken: Was für ein herrlicher Traum! Und wenn du Glück gehabt hast, denkst du: Was hat der Traum herrlich lange gedauert – mehr als fünfundfünfzig Jahre! So lange hat mein Traum von Großmutter gedauert, Jakob. Fünfundfünfzig Jahre! Da darf man sich nicht beklagen.“
Großvater war still. Jakob sagte auch nichts. Er dachte an seine Eltern. Wenn sie sterben würden, wäre er nicht froh darüber, dass er sie dreizehn Jahre gekannt hatte. Er würde verrückt werden vor Trauer. Vor Angst auch. Er wüsste nicht weiter ohne sie. Eigentlich verstand er gar nicht, was ihm

Großvater erzählte. Er sah nur zwei Särge in der Erde versinken. Er sah sich selbst und seine kleine Schwester auf einem Friedhof.
„So habe ich vor langer Zeit gedacht", sagte Großvater, „und ich habe die ganze Zeit über gehofft, dass ich so darüber denken würde, wenn Großmutter vor mir sterben sollte. Aber ich habe mehr geweint, als ich geglaubt hätte, ich fühlte mich verlassener, als ich es für möglich gehalten hätte, und es dauerte länger, als ich wollte. Aber jetzt ... Es scheint zu vergehen. Ich fange langsam an, Großmutter als einen herrlichen, seltsamen Traum zu sehen. So schön ... Aber das Leben ist natürlich noch voll von ihr. Bei jeder Blume, die ich sehe, jedem Geruch, den ich rieche, jeder Melodie, die ich höre, denke ich: Das hat Großmutter auch so gerne gemocht."
Großvater schwieg wieder. Die klare Herbstnacht breitete eine schwere Stille über die Erde aus. Aber Großvater durfte nicht schweigen! Nicht jetzt! Mit all den Gedanken über den Tod im Kopf konnte Jakob nicht schlafen. Er wollte, dass Großvater weitersprach. Von etwas anderem. Um die unheimlichen Gedanken zu vertreiben.
„Großvater", fragte er, „fehlt dir Frankreich?"
„Nein", sagte Großvater. „Ich bin froh, dass ich zurückgekommen bin. Es ist zwar alles verändert, aber das macht nichts. Das ist Heimat, meine alte Heimat, aus der noch immer die Geschichten steigen, die ich als Kind gehört habe. Die Geschichte, die ich dir erzählt habe, über die Frucht der Götter, und all die anderen Geschichten, die ich seit meiner Jugend kenne, seit das Nachbarmädchen sie erzählte – ich trage sie all die Jahre mit mir herum, ohne sie jemandem weitergeben zu können. Ich habe es probiert. Ich habe sie Großmutter

erzählt und deinem Vater, aber dort in Frankreich oder in Amsterdam gelang es mir nicht mehr, sie richtig zu erzählen, vom Weggefährten, vom Holzvolk …"
„Erzähl noch etwas davon", sagte Jakob.
„Nicht jetzt."
„Aber ich kann nicht schlafen!"
„Morgen. Oder übermorgen. Geduld. Jetzt, wo ich zurück bin, fangen die Geschichten in meinem Kopf wieder an zu leben. Hier sind sie zu Hause. Nicht in Frankreich und auch nicht in Amsterdam. Wenn ich sie dort erzählt habe, klangen sie wie Märchen. Lustige Märchen, mehr nicht. Aber wenn ich sie hier erzähle, an dem Ort, an dem sie entstanden sind, kann ich sie so erzählen, wie sie erzählt werden müssen: Als ob sie wirklich passiert wären. Und sie sind auch wirklich passiert. Das weiß ich ganz sicher, seit ich zurück bin, Jakob. Es liegt ein Zauber über diesem Land, alles kann hier wirklich passieren."

Der Weggefährte

Die Vorhänge sollte Großvater ganz oben auf seine Liste schreiben, dachte Jakob, als er aufwachte. Grelles Licht schien durch das große Fenster herein. Montagmorgen. Viele Fahrradfahrer fuhren am Fenster vorbei, unausgeschlafen, und keiner kam auf die Idee reinzuschauen. Das war Jakob nur recht. Er lag gut sichtbar mitten im Zimmer auf seiner Luftmatratze. Großvaters Schlafsack war leer.

Jakob krabbelte aus seinem Schlafsack und ging nur in Unterhose und T-Shirt zum Fenster auf der Rückseite des Hauses. Der Garten war mit Spinnweben voller Tautropfen geschmückt. Hinten im Garten stand eine Scheune. Dahinter lag eine Wiese und hinter der fing der Wald an. Dicht über der Wiese hing dünner, weißer Nebel. Die Wipfel der Bäume am Waldrand fingen das frühe Sonnenlicht ein. Es würde wieder ein schöner Tag werden. Ein verrückter Herbst. Die Bäume standen noch in vollem Laub und man konnte ohne Jacke nach draußen gehen. Der Sommer war sehr heiß gewesen und wollte sich noch immer nicht verabschieden. Wie ein Gast, der schon längst aufbrechen wollte, aber noch Stunden in der Tür stehen bleibt und erzählt.

Ich habe geträumt, dachte Jakob, aber was? Er konnte sich nicht mehr erinnern. Das Einzige, was ihm einfiel, war die Geschichte von der Frucht der Götter. Hatte sein Traum damit zu tun? Je mehr er sich anstrengte, sich etwas von seinem

Traum ins Gedächtnis zu rufen, umso verschwommener wurde alles.
Ganz oben im Haus polterte es. Jakob lief die Treppe hoch. Das Gepolter kam vom Speicher. Eine Aluminiumleiter wies ihm den Weg.
Er stieg hinauf. Mitten auf dem Boden des kahlen Speichers saß Großvater und schaute ganz ruhig um sich. Er leuchtete mit seiner Taschenlampe von einer Staubecke zur anderen und summte vor sich hin.
„Guten Morgen, Großvater", sagte Jakob.
Das Licht traf ihn voll ins Gesicht.
„Du hast mich erschreckt, Junge."
„Entschuldige."
Jakob stieg ganz zum Speicher hinauf und setzte sich neben Großvater.
„Kennst du den besten Geruch dieser Erde?", fragte Großvater, und noch bevor Jakob mit seinem schläfrigen Kopf über Gerüche nachdenken konnte, beantwortete Großvater die Frage selbst: „Äpfel, die bereits Monate auf dem Speicher liegen. In Kisten."
Jakob schnupperte. Er roch nichts.
„Nein", sagte Großvater. „Der Geruch ist verschwunden. Aber hier auf dem Speicher lagerte mein Vater Äpfel und Kartoffeln, und noch Jahre, nachdem meine Mutter gestorben war, standen hier Gläser mit Gemüse und Obst, die sie eingemacht hatte." Er leuchtete wieder mit der Taschenlampe herum.
„Wenn Menschen in ein Haus einziehen", sagte Großvater, „fangen sie an umzubauen – alles! Als hätte der vorherige Bewohner alles falsch gemacht. Aber bevor sie zum Speicher

kommen, sind sie schon müde. Oder sie ziehen wieder um. Dachböden bleiben oft, wie sie sind. Schön ist das. Hier saß ich, wenn ich Probleme hatte. Oder bestraft worden war. Schau ...“

Das Licht der Taschenlampe fiel auf einen dicken, schiefen Balken.

„Siehst du die zwei Löcher? Die habe ich da reingebohrt. Ich hatte einen alten Wecker auf der Straße gefunden, den habe ich zerlegt und von den Federn und Rädern eine Zeitmaschine gebaut. Die habe ich mit Schrauben und Muttern am Balken befestigt. Sie funktionierte großartig. So schlüpften wir in die Geschichte.“

„Mit wem warst du hier?“

„Ich war allein.“

„Aber du hast ‚wir‘ gesagt.“

„Ich hatte ... einen Schwan. Mit dem habe ich viel gespielt. Als du mich gestern gefragt hast, ob ich ein Kuscheltier hatte, musste ich wieder an ihn denken. Aber das war kein Stofftier. Er war aus Holz, aus hartem Holz, damit kuschelt es sich nicht so gut. Er schlief bei mir im Bett, das schon ... Und wenn ich auf Abenteuer ging, war er immer dabei.“

„Und wohin seid ihr gegangen?“

„In Zeiten, die ich in der Schule gerade in Geschichte hatte, zu den Ägyptern, den Griechen ... Die habe ich nachgespielt.“

„Und die Römer?“

„Die habe ich nicht so gemocht. Manchmal versuchte ich auch die Geschichten des Nachbarmädchens nachzuspielen, aber das ist mir nie gelungen. Die Frucht der Götter, der Weggefährte, das Holzvolk, die kleinen Männer und Frauen, die

die verdammten Römer ins Meer gelockt hatten. Das gefiel mir. Die Geschichte kennst du doch?"
„Ich glaube nicht."
„Dann erzähle ich dir später davon. Jetzt sollten wir Brot, Milch und Kaffee einkaufen. Ich habe Hunger wie ein Wolf."
„Hat das Holzvolk zur Zeit der Römer gelebt?"
„Sie leben immer noch, sie existieren in allen Zeiten, Uhren und Kalender sind ihnen egal, sie reisen einfach durch die Zeit, vor und zurück, seitwärts wie ein Krebs am Strand, sie können hier sein, in diesem Moment, auf diesem Speicher, nur wir beide sehen sie nicht, wir haben den falschen Blick. Deshalb konnte ich die Geschichte auch nicht nachspielen. Ich konnte in meiner Fantasie sehen, wie alles geschah, aber ich konnte nicht in so eine Geschichte reinkommen. Ich konnte mich nicht darin bewegen. Mit dem Mittelalter ging das gut. Das Mittelalter fand ich wunderbar. Ritter und Jungfrauen, ein Drache ab und zu. Ich habe viele Kämpfe ausgefochten. Wirklich! Weiter als bis zum Mittelalter bin ich nicht gegangen. Danach fand ich Geschichte langweilig."
„Hast du den Zweiten Weltkrieg nicht spannend gefunden?"
„Den", sagte Großvater, ohne eine Miene zu verziehen, „hatten wir noch nicht im Angebot."
Mist!, dachte Jakob. Als Großvater zur Schule ging, war der Krieg noch gar nicht gewesen. Der sollte erst noch kommen mit all seinem Elend!
„'tschuldigung", sagte er.
„Ich habe damals in Frankreich gelebt", sagte Großvater. „Ich habe ihn miterlebt, aber er hat mich nicht so betroffen. Sie

kamen nicht dorthin, wo ich gewohnt habe. Weißt du, Geschichte war ein bequemes Fach, als ich jung war. Es gab noch nicht so viel Geschichte. Alles sollte noch geschehen."
Er lachte. Jakob lachte schnell mit. Großvater schaltete die Taschenlampe wieder ein.
„Es tröstet mich, dass ich hier bin", sagte er.
Jakob fragte nicht.
Trost hatte etwas mit Trauer zu tun. Die Angst, die er gestern spürte, als Großvater von Großmutters Tod sprach, kam wieder in ihm hoch.
„Ich hatte heute Nacht einen schrecklichen Traum", sagte Großvater, „und er geht mir nicht mehr aus dem Kopf."
„Ich habe auch geträumt", sagte Jakob, „aber ich weiß nicht mehr wovon."
„Ich schon, leider", sagte Großvater. „Es war ein ziemlich kindischer Traum, aber deshalb nicht weniger unheimlich. Ich war wieder ein Junge und wohnte hier. Ich saß unten im Zimmer. Das Nachbarmädchen war auch da. Es war kalt im Haus, weil ein Fenster kaputt war. Auf dem Schornstein vom Haus gegenüber saß ein schwarzer Vogel. Vom Schnabel bis zum Schwanz war er bestimmt acht Meter groß. Er schaute zu uns herüber und das Nachbarmädchen erzählte, dass er jedes Jahr ins Dorf kam, um einen Menschen zu fressen. Hätte sie erzählt, er kam, um Menschen zu fressen, wäre es lange nicht so schlimm gewesen. Aber nein, er kam wegen einem Menschen. Ich wusste, wegen wem er kam. Der Vogel flog vom Schornstein auf das kaputte Fenster zu. Der Himmel verdunkelte sich. Meine Mutter stand hinten im Zimmer und telefonierte. Ich schrie: ‚Mama!' Dann wachte ich auf."
„Kam der Vogel wegen dir?"

„Nein“, sagte Großvater. „Und auch nicht wegen dem Nachbarmädchen.“
Jakobs Traum tauchte wieder auf. Ganz langsam. Wie eine Fährboot aus dem Nebel. „Jetzt weiß ich meinen Traum auch wieder.“
„Erzähl.“
„Nein“, sagte Jakob. „Lieber nicht.“
Sein Traum war so viel kindischer als der Traum seines Großvaters … Im Traum war er ein Zauberer. Und Bennie, Johnny und Kadir, seine Schulfreunde, waren auch Zauberer. Eva war auch da, aber eigentlich war sie unwichtig. Sie war einfach da. Kindisch war eigentlich nur, dass er, Jakob, der Oberzauberer war. Es kamen Hexen, die alles zerstörten und Menschen in Frösche und andere Tiere verwandelten. Sie verwandelten einen Berg in einen Vulkan, der unaufhörlich Lava ausspie. Die vier Zauberer standen auf der Mauer ihrer Burg und sahen die Lava kommen. Sie streckten die Hände aus und bildeten so einen Damm. – Wie komme ich nur auf so etwas?, dachte Jakob. Das kann ich Großvater doch nicht erzählen! – In der Nacht entdeckten die Hexen, wo die Zauberer ihre Zauberkraft verborgen hatten. Sie stahlen die Kraft und versteckten sie. Und dann geschah etwas Komisches. Wir hatten keine Zauberkraft mehr, erinnerte sich Jakob, aber wir hatten noch eine andere Kraft. Eine Anziehungskraft auf unsere eigene Zauberkraft. Und die konnte niemand stehlen. Als wir aufwachten, spürten wir, dass wir unsere Zauberkraft verloren hatten, aber wir spürten auch, wo sie war. Wir gingen direkt darauf zu. Sie war irgendwo begraben. Wir fanden die Stelle sofort.
„Nun?“, fragte Großvater.

„Nein“, sagte Jakob. „So etwas Blödes hab ich noch nie geträumt. Dein Traum ist eigentlich gar nicht so kindisch. Du hast hier gelebt, als du ein Junge warst, und du denkst den ganzen Tag an früher und das Haus ist ein Schutthaufen ... das kaputte Fenster, das verstehe ich schon.“
„Danke“, sagte Großvater. Er stand auf und ging zur Leiter. „Ich habe schon gehört, dass Menschen zusammen träumen, dass man in den Traum des anderen einbrechen kann, um es mal modern zu sagen. Also solltest du von etwas träumen, das gegen schwarze Vögel hilft ...“

Der Speicher war so niedrig, dass selbst Jakob sich bücken musste. Sie stiegen die Leiter nach unten. Im Flur öffnete Großvater die Badezimmertür. Ein kleiner, blau gefliester Raum nur mit einer Dusche. Vom Fenster aus sah man die Wiese und den Wald. Der Nebel hatte sich verzogen. Das Grün leuchtete in der Sonne, als wäre es Mai.
„Als Erstes“, sagte Großvater, „machen wir die Dusche sauber. Die Klamotten kleben mir jetzt schon am Leib, nach nur einer Nacht in meinem schmutzigen Haus. Heute wird alles angeschlossen, heute Abend haben wir Licht und warmes Wasser.“
Er zog einen Fünfzigguldenschein aus der Hosentasche und gab ihn Jakob.
„Alles hat sich natürlich verändert“, sagte er, „aber früher gab es einige Läden am Heereweg, also wirst du hier irgendwo schon was kriegen können. Was brauchen wir? Kaffee, Kaffeefilter, Milch, Zucker, Brot, Käse, Butter ... Wenn du was Süßes aufs Brot willst, such dir was aus.“
Jakob ging die Treppe runter.

„Und Kuchen zum Kaffee!“, rief Großvater ihm nach.
„Kuchen!“, rief Jakob zurück.

Er schlich ins Wohnzimmer, stopfte Jip, der grinsend im vollen Tageslicht lag, tief in den Schlafsack, hob Hose, Socken und Schuhe vom Boden auf und zog sich im Flur an, wo ihn keiner sehen konnte. Er nahm seinen Kamm aus der Hosentasche, kämmte sich und ging.

Draußen blieb er stehen und schaute zum Haus auf der anderen Straßenseite. Es war alt, es war bestimmt schon da gewesen, als Großvater noch ein Junge war. Die Giebelwand lief oben spitz zu und Jakob stellte sich vor, wie ein acht Meter großer Vogel auf dem Dachfirst saß. Mit gigantischen Krallen und einem riesigen Schnabel. Davor Angst zu haben, war nicht kindisch. Es war ein Erwachsenen-Albtraum. Jakob sah genau unter dem Dachfirst ein Schwalbennest. Er war in einem Dorf. So richtig auf dem Land.

Vor dreizehn Jahren war Jakob in Amsterdam geboren worden. Die Familie war oft umgezogen, aber immer innerhalb der Stadt. Jakob war ein richtiger Amsterdamer. Auf dem Land war er bisher nur in Südfrankreich bei seinen Großeltern gewesen.

Etwas entfernt war eine Bäckerei. Bäckerei Krimp. Jakob schaute noch einmal zum Dachfirst des gegenüberliegenden Hauses. Ein großer schwarzer Vogel war immer noch nicht zu sehen. Er konnte sicher über die Straße gehen. Nun ja, er wäre ja verrückt sich so von Großvaters Träumen und Geschichten beeinflussen zu lassen. Er ging über die Straße. Es hupte ganz dicht bei ihm. Starr vor Schreck blieb er mitten auf der Straße stehen. Mit quietschenden Reifen hielt ein Auto, die Stoßstange fast an Jakobs Knie. Eine Frau streckte

den Kopf aus dem Fenster und fragte: „Hat deine Freundin mit dir Schluss gemacht?"
Jakob schüttelte den Kopf. Das Schütteln ging fast von alleine, so schlotterten ihm die Knie.
„Warum willst du dich dann umbringen?"
Jakobs Herz schlug bis zum Hals, er bekam keinen Ton heraus. Die Frau fuhr weiter und Jakob erreichte sicher die andere Straßenseite. Das kommt davon, dachte er, wenn man auf der Straße nur nach acht Meter großen Vögeln Ausschau hält. Mit immer noch weichen Knien ging er zur Bäckerei. Rollos vor den Fenstern. *Montags geschlossen*. Jakob holte tief Luft. Langsam kehrte die Kraft wieder in seine Beine zurück. Freundin? Brot, Milch, Kaffee, Filter, Zucker, Käse, Butter, was Süßes und … eine Postkarte für Eva: „Herbst in Bakkum. Herzliche Grüße von Jakob und seinem Großvater." Oder sollte es heißen: „Liebe Grüße"? Würde er sich trauen?
Er ging die Straße weiter. Nirgendwo ein Geschäft zu sehen. Kein Lebensmittelgeschäft, keine Metzgerei, kein Milchgeschäft. Er sah nur eine Garage. Jakob ging bis dahin, wo die Straße um die Ecke bog und er die letzten Häuser sehen konnte und dahinter Äcker, Dünen und Wald. Er überquerte vorsichtig die Straße und schlenderte zurück.
Gegenüber der Bäckerei Krimp führte ein schmaler Weg in den Wald. Er folgte dem Weg, bis er zu einem Schild kam, auf dem stand, dass er ab hier eine gültige Dünenkarte bräuchte. Er blieb stehen und betrachtete das leuchtende Grün des Waldrands. Hier und da war schon ein bisschen Rot und Braun zu sehen. Dahinter irgendwo lag der See mit der Insel.
Er grinste. Hätte ich doch fast eine Frucht der Götter ge-

braucht, dachte er. Wenn die Frau nicht rechtzeitig gebremst hätte … Sofort bereute er seinen Gedanken – jetzt kreiste die Geschichte schon wieder in seinem Kopf. Die Frucht der Götter. Auch noch am helllichten Tag! In einer Welt voller Autos und Computer und Männern auf dem Mond. Jetzt reicht's aber. Geschichten sind für den Abend, wenn es draußen dunkel ist. Dann kann Großvater loslegen. Die Augen zu und im Kopf alles sehen, was passiert – als wäre da eine Leinwand und mitten im Kopf ratterte ein Projektor. Tagsüber sollte man die Augen offen halten und beim Überqueren der Straße aufpassen und ein Geschäft finden.
Kuchen.
Ansichtskarte.
Liebe Grüße.
Jakob drehte sich um. Der Wald konnte bis morgen warten oder übermorgen, zuerst musste er einkaufen, dann schleppen und Werkzeug reichen, und wenn er Glück hatte, durfte er beim Tapezieren und Zimmern helfen. Wenn er frei hätte, würde er sich mal in der Gegend umschauen, nur um Großvater einen Gefallen zu tun.
In den Sommerferien hatte Jakob die Abenteuer des Odysseus gelesen und die hatten ihm so gut gefallen, dass seine Eltern schon fast beschlossen hatten, in den nächsten Sommerferien nach Troja zu reisen. In die Türkei! Nun, wenn man sich schon die Mühe machte zu sehen, wo sich die Sagen aus fernen Ländern abgespielt hatten, dann konnte man doch zumindest die Geschichten seines Großvaters ernst nehmen und schauen, wo sie stattgefunden haben. Eigentlich machte es keinen Unterschied, ob man auf einer griechischen Insel gegen einen Zyklopen kämpfte oder auf einer Insel bei Bak-

kum gegen eine Ungeheuerschlange. So einfach war das. Aber zuerst Kuchen. Kaffee. Brot. Postkarte und Briefmarken. Eva.

Auf dem Schornstein des Hauses gegenüber saß noch immer kein acht Meter großer Vogel.

Jakob ging an Großvaters Haus vorbei und sah hinein wie die Franzosen gestern. Die hatten im Dunkeln wohl nur ihr Spiegelbild gesehen, aber mit dem vollen Sonnenlicht im Rücken sah Jakob alles: die Schlafsäcke, die Tasche, den Koffer und die Asche im Kamin und vor allem die Leere des Wohnzimmers. Es würde eine Weile dauern, bis es dort gemütlich sein würde. Heute Abend würde er doch lieber oben schlafen, dachte Jakob, so kalt ist es nun auch wieder nicht.

Großvater war nirgends zu sehen. Der war bestimmt im Badezimmer und machte sauber.

Jakob schlenderte weiter, konnte aber kein Lebensmittelgeschäft entdecken. Alte und neue Häuser wechselten sich ab, ständig fuhren Autos vorbei. Eine befahrene Straße, der Heereweg, den Großvater sich als letztes Reiseziel ausgesucht hatte.

Jakob ging bis zu einer Kreuzung. Links führte die Straße landeinwärts, rechts zum Meer. Wenn er geradeaus weiterging käme er in eine schattige Kastanienallee, wo große Villen standen.

Kein Geschäft. Nirgendwo. Jakob beschloss zurückzugehen und mit Großvater zu überlegen, was zu tun wäre.

Auf dem Rückweg sah er den ersten Mensch, der nicht auf einem Fahrrad, Moped oder in einem Auto saß und an ihm vorbeifuhr. Auf der anderen Straßenseite lud ein Mann sein Auto aus.

Jakob ging hinüber.
„He, hallo", sagte der Mann. Er sah Jakob mit prüfendem Blick an, als überlegte er, woher er Jakob kannte.
Jakob beruhigte ihn. „Ich bin neu hier, ich suche einen Laden."
Der Mann nickte. Er hielt in jeder Hand ein großes Gemälde.
„Heute ist Montag", sagte er. „Oder?"
Jetzt nickte Jakob. „Ein Lebensmittelgeschäft oder eine Bäckerei", sagte er. „Für Kuchen, Kaffee und Brot."
Nun nickte der Mann wieder. Seine glatten, schwarzen Haare hingen ihm über die Augen, die Nase und den Schnurrbart. Er stellte eines der beiden Gemälde hin und strich sich die Haare hinters Ohr.
„Der Supermarkt ist Montag früh geöffnet", sagte er. „Dann musst du aber ins Dorf."
Jakob betrachtete das Gemälde, das auf dem Boden stand. Es war sehr gelb. Kleine Häuser und ferne Berge unter einem düster gehaltenen Himmel. Auf einmal erkannte er die Landschaft.
„Ist das Südfrankreich?", fragte er aufgeregt.
„Richtig. Warst du schon mal dort?"
„Mein Großvater hat dort gelebt. Aber jetzt ist er hierher gezogen. Gestern."
„In das kleine weiße Haus?"
„Da, etwas weiter vorne", sagte Jakob und fragte: „Haben Sie das gemalt?"
„Ganz allein, ja."
„Schön", sagte Jakob.
„Danke schön", sagte der Maler.

Er zeigte ihm das andere Bild, einen großen Bauernhof. „Das ist ein Bauernhof hier in Bakkum.“
„Noch schöner“, sagte Jakob.
Er sagte es nicht aus Höflichkeit, er meinte es wirklich. Er musste manchmal mit seinen Eltern ins Museum für moderne Kunst, aber nach einer Viertelstunde hatte er meist genug. Er ging viel lieber ins Reichsmuseum, in die Abteilung Geschichte mit den Rüstungen, Waffen und Gemälden von Seeschlachten, auf denen die Soldaten wie in den Comics halbiert durch die Luft flogen.
Aber die Gemälde, die hier vor ihm auf dem Pflaster standen, gefielen ihm.
Man konnte sehen, dass der Maler die Farbe mit Lust auf die Leinwand gepinselt hatte. Die Kühe vor dem Bauernhof waren dicke Kleckse weiße und schwarze Farbe. Mehr nicht, und trotzdem waren es Kühe.
„Ist der Supermarkt weit von hier?“, fragte Jakob.
„Zehn Minuten vielleicht“, sagte der Maler, „Viertelstunde …“
„In dieser Richtung?“
Jakob zeigte auf die Kreuzung und der Maler nickte nochmals. Eine Viertelstunde hin, eine Viertelstunde zurück, dachte Jakob und ich bin schon mindestens eine Viertelstunde unterwegs. Ich sollte besser erst Bescheid sagen, dass es etwas länger dauert.
„Danke schön“, sagte er und ging in Richtung Großvaters Haus.
„Du gehst in die falsche Richtung!“, rief der Maler. „So kommst du auch hin, aber es ist ein Umweg … Von ungefähr 46.000 Kilometern. Schätze ich.“

„Weiß ich", rief Jakob zurück. „Aber ich gehe erst dahin und dann wieder dahin."
„O ja. Natürlich. Du gehst erst dahin und dann wieder dahin. Naja, das ist nur ein kleiner Umweg."
Er winkte. Jakob winkte zurück, ging über die Straße, ins Haus, die Treppe rauf und stolperte auf dem Flur über Großvaters Werkzeugkasten. Das machte einen unheimlichen Lärm.
Die Badezimmertür flog auf und ein zu Tode erschrockener Großvater erschien mit einem Schwamm und einer Flasche Scheuermittel in den Händen.
„Entschuldigung", sagte Jakob.
„Pfui", antwortete Großvater, „das ist schon das zweite Mal heute. Erst auf dem Speicher und jetzt wieder … Hast du Kaffee?"
„Nein", sagte Jakob.
„Es ist der Traum", sagte Großvater. „Ich bin schreckhaft wie eine Schnecke in einer Salzmine. Du hast keinen Kaffee?"
Jakob erzählte von seinem Streifzug.
„Ein Supermarkt!", rief Großvater. „Schlimmer geht's wohl nicht. Früher gab es hier an die zehn Läden und die waren immer offen, von morgens früh bis abends spät, und so sollte es auch sein."
„Es gibt eine Bäckerei und die hat zu", sagte Jakob.
„Von Montag bis Samstag waren sie geöffnet, und wenn man Sonntags hintenrum ging, bekam man, was man wollte. Noch einen Augenblick, dann komme ich mit."
Er ging ins Bad und spülte das Scheuermittel aus der Dusche und von den Kacheln an den Wänden.
„So", sagte er, als er fertig war und seine Hände abgetrocknet

hatte, „heute Abend können wir duschen. Und jetzt auf zum Supermarkt.“
Sie waren noch nicht richtig draußen, da sprudelte es aus Großvater heraus: „Da ist der Bäcker, das stimmt, aber bist du dir sicher, dass es Piet de Klidder nicht mehr gibt? Oder Cor den Schreihals? Nein, du hast Recht. Die sind alle weg. Ich wusste, dass es sich verändert hat, aber so sehr verändert ... Übrigens, dieses Haus gab es noch nicht, und das da auch nicht ... Die Fahrradwege waren aus Beton, bonk bonk bonk, ging das, wenn man überhaupt ein Fahrrad hatte ... und dort lebte ... und der war verwandt mit ... und dann gab's natürlich die Kirmes!“
Jakob war total verwirrt. Er wollte von seiner Begegnung mit dem Maler erzählen, aber er kam nicht zu Wort. Sie waren schon an der Kreuzung.
„Verkehrsampeln gab es damals auch noch nicht ...“
Sie überquerten die Straße.
„Und schau, dort stehen die Villen der Professoren van Duin und Bosch, bei der zweiten habe ich den Wecker gefunden ... Und sieh mal, meine alte Schule steht immer noch!“
Jetzt war Großvater überhaupt nicht mehr zu bremsen. Die Namen von Freunden und Lehrern purzelten durch- und übereinander, bis Jakob überhaupt nichts mehr verstand. Es war, als würde sich Großvater jeglicher Pflicht entbinden, alles so richtig wie nur möglich zu erzählen. Das alles war wirklich geschehen, es ging jetzt nur um die Information. Ohne Rücksicht auf die Form, die er beim Erzählen von Märchen und Sagen so wichtig fand. Er erzählte schnell und gehetzt, als ob er auf seine Vergangenheit gar nicht zurückblicken würde, aber die Erinnerungen wie eine Horde wilder

Reiter auf sich zu stürmen sah und sich ihnen entgegenstellen wollte, anstatt sie einfach vorbeiziehen zu lassen.
Jakob sehnte sich nach einer Geschichte.
„Und hier“, sagte Großvater, „hier erlaubte mir mein Vater nicht mal, auch nur in die Nähe zu kommen. Das war ein Sündenpfuhl ...“
Sie waren auf einen Platz gekommen und standen vor einer Kneipe, an die in großen Westernbuchstaben „Hotel Café Borst“ gemalt war. Großvater ging mit ausladenden Schritten auf den Eingang zu und drückte die Tür auf.
„Jetzt komm!“, rief er und winkte Jakob. „Mein Vater kann es mir nicht mehr verbieten, und wenn ich auf etwas Lust habe, dann ist es ein dreifacher Strammer Max.“
Sie waren die einzigen Gäste und wählten einen Tisch am Fenster. Sie bestellten Spiegeleier, Cola und Kaffee. Die Kneipe war groß und dunkel. Großvaters Aufregung legte sich, jetzt wo er gemütlich saß. Er wirkte zufrieden.
„Wenn wir heute nicht arbeiten müssten, würde ich mir ein Glas Cognac genehmigen.“ Er schloss die Augen. „Das ist Glück, Jakob. Hier zu sitzen, in Bakkum ... Denn so sehr es sich auch verändert hat, es bleibt doch Bakkum. Hier zu sitzen mit meinem Enkelsohn. Und die Herbstsonne draußen auf dem Platz.“
Jakob witterte seine Chance.
„Großvater, willst du jetzt vom Holzvolk erzählen?“
„Nein“, sagte Großvater. „Heute ist ein Tag, um vom Weggefährten zu erzählen. Denn wenn ich auf jemanden wie auf Zahnschmerzen verzichten kann“, und er lachte laut, „dann ist es der Weggefährte, mein Weggefährte.“
Sie bekamen beide ihren Strammen Max. Großvater nahm

immer nur kleine Bissen, sodass er beim Essen weitererzählen konnte.

„Es wird behauptet, dass du kurz vor deinem Tod dein ganzes Leben wie in einem Film an dir vorbeiziehen siehst. Nun, früher glaubte man, dass gleich nach deiner Geburt etwas Derartiges geschieht – dass du noch in der Wiege blitzartig alles über deine Zukunft erfährst. Dein ganzes Leben. Es gibt Babys, die nur wenige Tage alt sind und auf einmal lachen, aber es gibt auch Babys, die, wenn sie ihre Zukunft erst mal kennen, beschließen zu sterben. Der plötzliche Kindstod, gegen den kein Arzt bisher jemals eine Medizin gefunden hat …

Wie ist das möglich?

Es ist möglich, so behauptet man jedenfalls, weil ein Mensch zwei Seelen hat. Eine, die das ganzes Leben lang in seinem Körper wohnt, und eine, die gleich nach der Geburt aus dem Körper tritt und voraus in die Zeit eilt, um die Zukunft zu erforschen. Die kehrt dann nach drei Tagen von ihrer Reise zurück, beugt sich über deine Wiege wie eine gute oder böse Fee und erzählt dir, was du zu erwarten hast. Wir, die Eltern, die Familie und Freunde, wir stehen an derselben Wiege, aber wir können sie nicht sehen, die zweite Seele, die in den Geschichten der Weggefährte genannt wird. Wir sehen nur das Lächeln des Babys oder wir tragen das Baby zu Grabe … Wenn ein Baby sich entschließt, sein Leben nicht anzutreten, liegt das nicht an den Eltern. Du kannst es schlecht treffen und kriegst eine Reihe unangenehmer Ereignisse aufgetischt, woran deine Eltern und selbst dein Weggefährte nichts ändern könnten. Und was machst du dann …? Als Baby kennst du deine Zukunft, alles, deine Jugend, das Leben als Erwachsener, dein Alter, deinen Tod. Aber das vergisst du wieder.

Genau in dem Moment, in dem du sprechen lernst und alles erzählen könntest, was dir gesagt wurde, genau in diesem Moment fließt alles weg in dein Unterbewusstsein … Weißt du, was das ist?“
Jakob nickte, auch wenn er es nicht genau wusste.
„Wie bei einem Computer“, sagte Großvater. „Die Information ist drin, alles ist gespeichert, aber du weißt nicht, auf welche Taste du drücken musst, um es aufzurufen.“
„O ja“, sagte Jakob lahm.
Er hatte gehofft, dass die Geschichte über den Weggefährten ein Abenteuer wäre wie die Geschichte von der Frucht der Götter, aber es war mehr eine Unterrichtsstunde in Biologie und Informatik. Na ja, der Stramme Max war wunderbar, die Cola auch, und jetzt an einem Montagmorgen mit seinem Großvater in einer Kneipe zu sitzen, das war doch was.
„Möchtest du, dass ich weitererzähle?“, fragte Großvater.
„Ja natürlich!“ Jakob schrak hoch und stach mit der Gabel so heftig in den Strammen Max, dass die Zinken über den Teller kratzten.
„Du siehst den Weggefährten nur dreimal in deinem Leben. Das erste Mal, wenn er gleich nach deiner Geburt aus deinem Körper tritt, das zweite Mal, wenn er nach drei Tagen zurückkehrt, um dir an deiner Wiege deine Lebensgeschichte zu erzählen, und das letzte Mal …“
„Was macht er in den drei Tagen?“
„Die braucht er, um alles zu erleben.“
„Wirklich zu erleben? Ein ganzes Leben in drei Tagen?“
„Der eine braucht länger dafür als der andere. Aber um die Geschichte nicht zu lang werden zu lassen: Das dritte Mal, wenn du deinem Weggefährten begegnest, ist das letzte Mal.

Er kommt zu dir, wenn du im Sterben liegst. Und dann bleibt er bei dir, weil er danach überflüssig ist. Wenn ein Mensch stirbt, stirbt sein Weggefährte mit ihm. Sie sind immerhin zwei Seelen ein und desselben Körpers. Im Tod bist du nie alleine, Jakob."

„Aber wo ist der Weggefährte die ganze Zeit, wenn man ihn nicht sehen kann? Das ganze Leben lang?"

„Er ist immer in der Nähe. Die Katholiken haben einen Schutzengel, der ein bisschen auf sie aufpasst. So ungefähr ist es ... Ein Mensch wird während seines Lebens von vielen Gefahren bedroht und dein Weggefährte rennt gleichsam vor dir her, um dich auf die Gefahren aufmerksam zu machen. Und manchmal kann er sogar eingreifen. Er lebt unsichtbar mit dir auf der Erde."

„Aber warum geht es dann nicht allen Menschen immer gut?"

„Der Weggefährte ist nicht allmächtig. Er ist auch nur eine Art Mensch ... Du musst sehr gut aufpassen, sonst kapierst du seine Warnungen nicht. Wenn er dir drei Mal die Ruder aus den Händen schlägt, könntest du doch kurz nachdenken, warum das so ist. Und es hängt auch davon ab, wie du selber bist. Menschen, die ganz bewusst leben, haben einen nachlässigen Weggefährten und nachlässige Menschen einen sehr wachsamen. Mir zumindest ist aufgefallen, dass Menschen, die einfach so drauf los leben, ganz viel Glück haben. Und Menschen wie ich, die versuchen, alles selbst zu regeln, haben wenig Glück. Nun ja, ich habe natürlich schrecklich viel Glück gehabt ... Ich meine mehr Dusel, also unverdientes Glück oder unerwartete Hilfe im Unglück. Menschen wie ich apellieren fast nie an ihren Weggefährten, also wird er faul, träge im Geist und vergesslich. Aber das macht nichts, denn Menschen wie ich brauchen ihren Weggefährten nicht. Und ganz sicher nicht an einem Tag wie heute, in Bakkum, mit meinem Enkelsohn in der Kneipe und der Herbstsonne draußen."

„Also", sagte Jakob, „jeder, der lebt, hat kurz nach seiner Geburt gesehen, dass es ihm gut gehen wird?"

„Gut genug, um sich zu trauen zu leben", sagte Großvater.

„Und deshalb sind sie am Leben geblieben." Jakob nickte nachdenklich.

„Du hast es begriffen. Drei Tage nach deiner Geburt hast du beschlossen, dass du leben willst. Du hast dein Leben vor dir gesehen und gewusst, dass du das Abenteuer aufnimmmst, du hast gewusst, dass du es kannst und willst ... Heute glauben die Menschen nicht mehr an die alten Geschichten, und wenn sie traurig sind, machen sie die verrücktesten Sachen mit sich, um dem Leben zu entfliehen. Sie haben vergessen, dass es sich lohnt, dass sie gesehen haben, dass es einen Sinn gibt. Würden die Menschen noch daran glauben, würden sie wissen, dass alles wieder gut wird. Auch wenn du vergessen hast, wie. Wenn die Menschen doch nur daran glauben würden ..."

„Glaubst du an den Weggefährten?"

„Ich werde es feststellen, wenn ich sterbe. Wenn der Weggefährte am Ende deines Lebens zu dir zurückkehrt, mit dir verschmilzt. Du siehst ihn vor dir stehen, er lädt dich ein wie zu einem Tanz und Hand in Hand gehst du über die Schwelle des Todes. Zu zweit. Nie alleine ..." Großvater starrte durch Jakob hindurch, als ob er hinter Jakobs Rücken, hinter dem Billardtisch sein eigenes Sterbebett sehen würde.

„Deshalb", sagte er, „werden deine Hände gefaltet, wenn du

gestorben bist, deine linke und deine rechte Hand. Eine Hand von dir und eine von deinem Weggefährten."
Für einen Moment war es still in der Kneipe, dann schob Großvater seinen Stuhl zurück und stand auf.
„Zeit zu bezahlen."
Er unterhielt sich mit dem Mann hinter der Theke. Jakob hörte Namen von Menschen und Straßen. Großvater fragte nach Freunden und Bekannten von früher, ob sie noch lebten und ob sie noch in Bakkum wohnten. Jakob starrte nach draußen, ohne etwas zu sehen, ohne dem Gespräch an der Theke zuzuhören. Er dachte an die Träume der letzten Nacht. An seinen Traum von den Zauberern, an Großvaters Traum vom schwarzen Vogel. Er grinste.
„Kommst du?", erklang Großvaters Stimme hinter ihm.
Jakob schreckte aus seinen Gedanken. Er folgte Großvater nach draußen. Auf dem Platz sage Jakob: „Im Heereweg wohnt ein guter Maler."
„Ich hab es schon gehört", sagte Großvater und rieb sich vergnügt die Hände, „ich bin wieder zu Hause, hier gehöre ich hin. Ich fühle es an allem. Hoch lebe die Kunst und der Supermarkt."
„Großvater", fragte Jakob, als sie weitergingen, „bedrückt dich dein Traum noch?"
„He!", sagte Großvater. „Das ist schon das dritte Mal heute, dass du mich erschreckst. Ich hatte den Traum gerade vergessen."
„'tschuldige", sagte Jakob, „aber ich dachte …"
„Sag schon."
„Also du hast gesagt, dass wir heute Nacht weiterträumen, dieselben Träume wie letzte Nacht, aber dass sie dann weiter-

gehen und dass sie zusammen kommen und dass wir dann zusammen weiterträumen …“

„Klingt gut“, sagte Großvater, „aber dann möchte ich vorher noch deinen Traum hören.“

„Gut“, sagte Jakob, „aber der ist wirklich sehr kindisch …“

Er erzählte seinen Traum und schloss mit der Frage: „In deinem Traum war deine Mutter doch am Telefonieren?“

„Stimmt.“

„Ich glaube, dass sie die Zauberer in meinem Traum anrief. Um zu fragen, ob wir schnell kommen könnten. Wir kommen natürlich sofort und verwandeln den großen Vogel zurück in seine wahre Gestalt, denn es sind die Hexen, und wir werden auch noch dafür sorgen, dass sie vom Dach stürzen und mausetot auf die Straße knallen.“

„Und wir leben noch lange und glücklich?“

„Ja“, sagte Jakob.

„Großartig“, sagte Großvater. „Das machen wir.“

Während sie sich unterhielten, spazierten sie zum Supermarkt. Vergnügt. Kuchen. Und eine Ansichtskarte natürlich. Für Eva.

Der Sturz

„So“, sagte die Pflegerin zu der alten Dame, „wenn Sie sich jetzt kurz ans Fenster setzen, gehe ich mit dem Staubsauger durchs Haus.“

Sie half der alten Dame in den bequemen Sessel und richtete die Kissen in ihrem Rücken.

„Wenn ich fertig bin“, sagte die Pflegerin, „setze ich Sie vor die Tür in die Sonne. Das haben Sie doch gerne, oder?“

„Ja, ja“, murmelte die alte Dame, „das liebe ich.“

Sie dachte, dass die Pflegerin nicht richtig im Kopf sei, und die Pflegerin dachte das Gleiche von der alten Dame. Doch sie hatten schon seit Jahren ein freundschaftliches Verhältnis, denn sie waren beide sehr nett.

„Schau, schau“, sagte die alte Dame, „da kommt schon wieder so ein kleiner Frechdachs. Wie oft habe ich dir schon von den Karpfenmännern unter der Brücke erzählt?“

„Sehr oft.“

„Ja, ja, das mag schon sein. Aber wie oft hast du wirklich zugehört?“

Die alte Dame wohnte in einem Haus am Waldrand. Von ihrem Platz aus konnte man eine große Wiese sehen und einen Weg, der vom Dorf aus in den Wald führte. Auf dem Weg näherte sich ein Junge mit einem knallgelben Schal. Er war noch so weit weg, dass sie ihn nicht erkennen konnte. Er kickte offenbar Steinchen vom Weg.

„Zu wem gehört er?“, fragte die alte Dame.
Die Pflegerin beugte sich zum Fenster. „Das kann ich von hier aus nicht erkennen.“
„Er soll besser aufpassen, wenn er zum See geht.“
„So wie ich das sehe“, sagte die Pflegerin, „ist er alt und schlau genug. Er hat bestimmt schon den Freischwimmer.“
„Das Freischwimmer-Abzeichen hilft dir nicht, wenn du auf der Brücke fällst und dein Blut zwischen den Brettern durch ins Wasser tropft, wo die Karpfen sind, die grauen Ungeheuer … Dann helfen dir keine Schwimm-Abzeichen. Das weißt du doch?“
„Ich weiß es.“
„Aber weißt du es genau?“
„Ganz genau.“
„Hast du denn keine Angst, dass dem Kind was passiert?“
„Nein, natürlich nicht.“
„Dann weißt du es noch nicht gut genug.“
Die Augen der alten Dame leuchteten vergnügt auf.
„Hör zu“, sagte sie. Sie war fest entschlossen ihre Geschichte zu erzählen. Auch wenn die Pflegerin sie schon tausendmal und mehr gehört hatte, das war ihr egal. Es ging um die Freude am Erzählen.
„Ich höre“, sagte die Pflegerin.
Sie schaltete den Staubsauger an und bewegte sich eifrig und mit sehr viel Lärm durch das Zimmer. Ach, dachte die alte Dame, vielleicht mach ich mir unnötig Sorgen. Sie beobachtet den Jungen, der langsam näher kam.

Jakob schlenderte auf dem Haagschen Weg zum Wald. In der Hand hielt er eine Tüte mit Brot. Für die Enten, die Teichhühner, die Möwen, die Blesshühner im Dünensee. Aber hauptsächlich für die fetten Karpfen – die schwimmenden Staubsauger, wie Großvater sie genannt hatte. Der Meister hatte über diesen Ausdruck gelacht, aber Jakob kannte ihn schon. Wenn sie im Zoo waren, nannte Großvater die Krokodile immer schwimmende Kuchen. Jakob war verärgert. Er wollte arbeiten, wollte helfen, aber für ihn gab es noch nichts zu tun.

Und es hatte alles so schön angefangen: der gemeinsame Spaziergang zur Kneipe, der Stramme Max, den sie gegessen hatten, Großvaters Geschichte über den Weggefährten, die schweren Einkaufstüten, die sie zusammen nach Hause geschleppt hatten, die Postkarte für Eva, die er gekauft und geschrieben hatte, ganz mutig, mit „Liebe" drauf …

„Das Wetter ist fast zu schön zum Arbeiten", hatte Großvater gesagt. „Weißt du was, wenn ich bis heute Mittag alles geregelt habe und die Männer wissen, was zu tun ist, dann nehmen wir uns morgen oder übermorgen frei. Dann gehen wir zum Strand."

„Ist es weit?"

„Aber nein."

„Schaffst du das denn noch?"

„Ha", sagte Großvater. „Es muss sich erstmal zeigen, ob du das schaffst mit deinen Stadtbeinchen. Das ist meine Heimat, hier kennt mich der Boden noch und grüßt mich sanft federnd bei jedem Schritt. Wer von dem Boden, auf dem er geht, so gastfreundlich empfangen wird, kann nicht müde werden. Nicht in hundert Jahren! Außerdem kenne ich den Weg wie meine Westentasche."

Ja, ja, dachte Jakob, es hat sich allerdings einiges im Dorf verändert. Aber er sagte nichts. Er ging nicht so gerne spazieren, doch Spaziergänge mit Großvater gefielen ihm schon, die vergingen wie im Flug, wenn sie sich unterhielten. Er würde ja sehen.

Und dann kamen die Männer.

Sie schlossen den elektrischen Strom an, das Gas, das Telefon. Jakob verteilte Kuchen und Großvater kochte Kaffee und machte mit dem Meister einen Rundgang durchs Haus. Jakob lief hinterher, aber er fühlte sich schon bald überflüssig. Großvater sagte nicht nur, was im Haus alles gemacht werden sollte, sondern er erzählte auch, genau wie am Morgen, wie alles war, als er hier noch als Junge wohnte.

„Und die Wand sollte unbedingt isoliert werden."

„Auch mit Holz?"

„Auch mit Holz. Alles mit Holz. An der Wand stand mein Bett. Ein Ausklappbett mit einem Regal. Da standen meine Bücher drin. Besser gesagt meine Lesebücher. Und da stand mein Schreibtisch. Den hatte mein Vater selbst gemacht, aus einem alten Küchentisch. Ein richtiges Kunstwerk. Er hat die Platte mit Kunstleder überzogen und den Rest dunkelgelb gestrichen. Über der Platte hat er hinten noch ein Brett als Ablage für meine Sachen angebracht. So sah der Tisch fast wie ein Sekretär aus. Auf der Ablage stand mein Tintenfass und darunter waren meine Federhalter und Stifte, und dann war da noch eine Schublade, da drin hab ich meine Murmeln und Fußballbilder aufgehoben und später, als ich größer war, meine Fotos von Filmstars und …"

Und so ging es in einem fort. Der Meister murmelte ab und zu etwas in Großvaters Richtung, hörte aber nicht richtig zu. Er vermaß die Wände, Böden und Türrahmen und kroch auf

den Knien durch die Zimmer. Seine Hose war etwas runtergerutscht und Jakob starrte auf den Ansatz eines ungeheuer weißen Hinterns. Er fühlte sich total überflüssig und verließ das Zimmer.
„Und an der Wand hier, ungefähr in dieser Höhe“, ratterte Großvater weiter, „hing der Schrank mit meinen Schulbüchern. Der hängt jetzt noch bei euch zu Hause, Jakob, in der Scheune.“
Jakob hatte es wohl gehört, aber er reagierte nicht. Er war schon unten und hätte es genauso gut nicht hören können. Im Wohnzimmer setzte er sich auf seine Luftmatratze und nahm gelangweilt ein Buch von dem Stapel neben Großvaters Bett. Die Männer vom Gaswerk und die Elektriker waren endlich fertig und gingen. Er blätterte das Buch von hinten nach vorne durch und stieß auf eine Auflistung von Namen und Begriffen. Jakob suchte unter H und fand das Holzvolk:

Volk kleiner Leute (Kennemerland, seltener auch Westfriesische Inseln), die selten größer werden als einen Meter. Erkennbar an der dunklen Hautfarbe und einem silberfarbenen, flauschigen Haarschopf. Das Volk wird regiert von einer Königin. Die Männer sterben am Tag ihres Erwachsenwerdens. Bekannteste Geschichte: Der Sieg über die Truppen des Römischen Garnisonskommandanten (S. 107 – 112).

Laut Großvater sollte Jakob die Geschichte bereits kennen. Aber er war bestimmt noch zu jung gewesen, denn abgesehen von ein paar Bildern von kämpfenden Römern im Meer konnte er sich an nichts erinnern.
„Warum gehst du nicht ein bisschen den Wald erkunden?“, fragte Großvaters Stimme über seinem Kopf.

Jakob schaute auf.
„Steht hier auch die Geschichte von der Frucht der Götter drin?“, fragte er und hielt das Buch hoch.
„Nein“, sagte Großvater, „die konnte ich in keinem Buch finden. Aber warum gehst du nicht zum See – da kannst du sehen, wo alles passiert ist.“
„Ich bin doch mit hergekommen, um zu arbeiten!“
„Morgen fängt die Arbeit erst richtig an.“
„Und dann gehen wir zum Strand!“
„Zuerst arbeiten, dann zum Strand. Oder vielleicht haben wir so viel zu tun, dass wir erst übermorgen zum Strand gehen.“
„Kann ich denn gar nichts helfen?“
„Wenn du hier bleibst, wirst du dich nur langweilen.“
„Ich geh ja schon“, sagte Jakob.
„Binde dir bitte einen Schal um.“
„Hab keinen dabei“, maulte Jakob.
„Aber ich“, sagte Großvater, „auf der Treppe.“
Jakob ging in den Flur, nahm Großvaters gelben Schal von der Treppe, band ihn um und lief zur Haustür.
„Geh nicht zu weit“, rief Großvater ihm nach. „Sonst verirrst du dich. Und fall bitte auf der Brücke am See nicht hin! Und grüße den schiefen Baum höflich, hast du gehört?“
„Ich werd dran denken“, murmelte Jakob und öffnete die Tür.
Der Meister kam die Treppe runter und sagte: „Nimm Brot mit für die Vögel und Karpfen.“
„Jakob, Brot!“, rief Großvater.
Jakob ging zurück ins Wohnzimmer.
Großvater war gerade dabei, Brot in eine Plastiktüte zu stop-

fen. Er wandte sich zum Meister und fragte: „Sind die Karpfen immer noch da?“
„Riesen Kaventsmänner. Die Brücke stürzt sonntags fast ein wegen all den Opas und Omas, die mit ihren Enkelkindern die Scheusale füttern. Man könnte über das Brot zur Insel laufen, wenn die Biester nicht alles aufgefressen hätten.“
„Ha!“, sagte Großvater. „Die schwimmenden Staubsauger!“
Darüber musste der Meister furchtbar lachen. Aber Jakob kannte den Spruch schon.
Und nun lief er mit Wut im Bauch und einer albernen Tüte Brot in der Hand über den Haagschen Weg zum Wald. Er beging eine *Ordnungswidrigkeit*, er hatte keine Dünenkarte, aber das war ihm egal. Sollte Großvater doch das Bußgeld bezahlen, wenn er erwischt würde, er hatte ihn ja in den Wald geschickt. Jakob hielt den Blick zum Boden gesenkt und kickte Kieselsteine vom Weg, mit dem linken Fuß rechts in die Schrebergärten, mit dem rechten Fuß nach links in die Wiese.
Er war sauer und kickte, bis seine schlechte Laune verflogen war und er anfing sich umzuschauen.
Über allem lag ein warmes Licht, und es blühte noch viel, meistens gelb. Jakob kannte die Namen der Pflanzen nicht, aber es kümmerte ihn auch nicht. Er würde sie morgen oder übermorgen von Großvater zu hören bekommen. Außerdem durfte man auch etwas schön finden, ohne den Namen zu kennen. Hier und da standen graue, flauschige Kugeln in der Wiese. Löwenzahn – den kannte er. Sahen die Köpfe des Holzvolkes so aus?
Jakob schaute zum Waldrand. Das Schöne am Herbst war, so

hatte seine Mutter mal gesagt, dass die Farben zurückkehrten. Im Frühling zerfiel das Grün in tausend Töne, im Sommer war alles gleich grün, aber im Herbst blühten tausend verschiedene Töne Braun auf. Jakob sah, dass das stimmte. Manchmal schien das Braun sogar aufzuleuchten wie das der Blätter am Kastanienbaum, den er am Ende des Weges im Garten eines Hauses am Waldrand stehen sah.
Unter dem Baum suchte er nach Kastanien, fand aber keine. Er blickte auf und sah am Fenster eine alte Frau. Sie schaute zu ihm rüber. Jakob winkte. Die Frau winkte zurück und er bückte sich, um einige Kastanien aufzuheben, die er auf dem Weg entdeckt hatte.

Wie er geht, dachte die alte Frau, wie er sich umschaut, wie er sich bückt, wie er winkt …
„Christa!“
Sie musste noch zweimal rufen, bis die Pflegerin sie hörte und den Staubsauger abschaltete. Die alte Dame winkte sie zu sich. Die Pflegerin kam zu ihr ans Fenster. Zusammen beobachteten sie den Jungen, der vorm Haus stand und eine Kastanie an seinem Ärmel rieb, bis sie glänzte. Er steckte die Kastanie in die Tasche, schaute auf, sah die zwei Frauen und winkte nochmals. Diesmal war es die Pflegerin, die zurückwinkte. Der Junge verschwand in den Wald.
„Kennst du den Jungen?“, fragte die alte Dame.
„Ich habe ihn noch nie gesehen“, sagte die Pflegerin, „und ich arbeite jetzt schon dreißig Jahre in Bakkum.“
„Aber ich lebe hier schon vierundsiebzig Jahre …“
Es tauchten beängstigende Bilder aus einer tiefen Vergangenheit in ihrem Kopf auf.

„Das ändert nichts“, sagte die Pflegerin. „Der Junge ist vielleicht gerade mal dreizehn!“

„Ich weiß nicht, wer er ist“, sagte die alte Dame nachdenklich. „Aber ich kenne ihn. O ja, ich kenne ihn nur allzu gut. Und er sollte nicht alleine in den Wald gehen …“

„Ich bin gleich fertig, dann mache ich uns einen Tee.“

„Würdest du ihn aufhalten, Christa? Mit meiner Hüfte kann ich ihn doch unmöglich einholen.“

„Ich denke gar nicht dran. Soll er doch von der Brücke fallen. Wie gesagt: Er schwimmt bestimmt wie eine Ratte. Wie ein Karpfen!“ Die Pflegerin lachte.

„Lach nicht so dumm!“, sagte die alte Dame schärfer als gewohnt. „Du weißt gar nichts, du hast nie richtig zugehört. Wenn du über die Brücke gegangen bist, kannst du lachen, erst dann – wie eine Gans, wenn sie Weihnachten überlebt hat.“

Die Pflegerin lachte noch lauter und stellte mit dem Fuß den Staubsauger wieder an. Der Lärm erfüllte das Zimmer. Die alte Dame beobachtete den Jungen, bis er im Wald verschwand.

Sie kniff die Augen zusammen und unzählige Falten bildeten sich auf ihrem Gesicht, Falten so tief wie die Furchen, mit denen sie ihr Gedächtnis nach den Dingen durchpflügte, die da im Verborgenen lagen.

Zuerst waren es noch einzelne Bilder: Ein Karpfen kroch aus dem Wasser und nahm die Gestalt eines hässlichen Menschen an, ein Mädchen stand nackt am Ufer eines Sees, kleine Wesen tanzten während des Vollmonds, das Mädchen fiel auf einer Brücke und Blut tropfte und tropfte zwischen den Brettern hindurch ins Wasser, ein Junge lief davon, ein Karpfen kroch aus dem Wasser ... Die Bilder fügten sich zusammen und wurden eine Geschichte.

Eine Geschichte kann lange dauern, wenn man sie erzählt, aber im Kopf kann eine Geschichte in wenigen Sekunden ablaufen, von Anfang bis Ende, ohne etwas auszulassen. Es sind die Wörter, die so viel Zeit brauchen. Vor allem, wenn sie sorgsam gewählt werden. Bilder sind schnell. Noch bevor die Pflegerin den Stecker des Staubsaugers aus der Steckdose zog, hatte die alte Dame alles wieder vor Augen, die ganze Geschichte, ihre Geschichte ...

Drei Tropfen ..., dachte sie. Wer ist dieser Junge, dass er das alles in mir hervorruft? Er soll nicht alleine in den Wald gehen. O Gott, nein! Aber warum gerade er nicht und alle anderen schon? Sie sah es vor sich, wie der Junge über den Dünenpfad ging.

Drei Tropfen ...

Die Soldaten würden wieder auferstehen und langsam, aber unbeirrbar ihren Weg gehen, um alles, was kleiner ist als sie selbst, zu vernichten ... Sie sah, wie der Junge die Brücke betrat und das Brot aus seiner Tüte nahm, wie die Möwen angeflogen kamen, wie der Junge auf das Geländer kletterte, um den Möwen näher zu sein, wie er ...

Für einen kurzen Moment drohte sie in Panik zu geraten, als ihr ein beruhigender Gedanke kam: Er ist noch gar nicht auf der Brücke! Natürlich nicht! Zuerst würde er auf das Tor klettern. Kein Junge würde durch das Tor gehen, ohne vorher raufzuklettern. Und während sie es vor sich sah, wie der Junge in den schiefen Baum am Anfang des Dünenpfades kletterte, sank sie zurück in die Kissen und schlief ein.

Fünfzig Meter weiter saß Jakob im schiefsten Baum, den er jemals gesehen hatte. Man konnte nicht hinaufklettern, man musste hinaufkriechen. Nach zehn Metern erreichte man die ersten Äste. Dort saß Jakob jetzt. Er schaute sich um. Zum Haus der alten Dame auf der einen Seite, zum Dünenpfad auf der anderen Seite.

Er blieb eine Weile sitzen. Dann kletterte er wieder runter und ging über den Dünenweg, vorbei an gelben Herbstblumen, braunen Eichen und kahlem Sanddorn, Düne rauf, Düne runter bis zur kleinen Brücke, unter der die Karpfen lauernd auf das Brot warteten.

Jakob betrat die Bretter der schmalen Holzbrücke und sofort kamen von allen Seiten Vögel über das Wasser gerannt. Auf schnellen Stelzen, mit gespreizten Flügeln, die sie kaum bewegten, in die Brust geworfen wie ein Sprinter auf der Ziellinie – so kamen sie angerannt. Enten, Teichhühner, Blesshühner. Von einer Baumspitze flog ein Fischreiher nieder und nahm würdig Platz auf einem kleinen Pfahl. Er zog seine graue Jacke eng um seinen mageren Körper und blickte hochmütig über die Brücke, die Brottüte und den Tumult im Wasser. Er wartete wohl auf den Kellner. Fehlt nur noch, dass er sich eine Serviette um den Hals bindet, dachte Jakob. Von Karpfen keine Spur.

Aber als Jakob Brot ins Wasser warf, entstanden kleine Strudel und hier und da tauchte ein scheußliches Maul aus der Tiefe auf, das schlürfend das Brot vor dem Schnabel einer Ente stibitzte. Und bald wimmelte es nur so von großen Fischen. Selbst ein blinder Bogenschütze hätte mit einem Schuss bestimmt drei Karpfen auf seinen Pfeil gespießt. Die Sonne schien auf die grauen Rücken, die kalten Augen und auf die Barteln, die sich wie Würmer um die Mäuler schlangen. Das waren die widerlichsten Kreaturen, die Jakob je gesehen hatte. Großvater hatte Recht mit seinen „schwimmenden Staubsaugern“. Sie fraßen alles, am liebsten junge Enten, die von ihrer Mutter weggetrieben waren, und bei allem, was sie fraßen, machten, sie ein Geräusch wie ein Staubsaugerschlauch, in dem sich ein großes Stück Papier verfangen hat. Er warf sein Brot genau vor die Schnäbel der Vögel, aber immer wieder tauchte ein widerlicher Kopf auf, der das Brot runterschlürfte. Es war ein unfaires Spiel, die Vögel hatten kaum eine Chance. Ab und zu warf Jakob dem Reiher höflich eine Brotkruste zu, aber der beachtete das Brot nicht einmal. Jakob erschrak, als genau über seinem Kopf etwas loskreischte. Woher sie kamen, wusste er nicht, aber plötzlich war der Himmel voller Möwen. Er riss kleine Stückchen vom Brot und warf sie hoch in die Luft. Geschickt schnappten die Möwen das Brot in der Luft. Das war ein faires Spiel. Jakob warf das Brot so hoch, wie er konnte, um den Möwen Zeit zu geben zuzuschnappen. Fingen sie, hatten sie einen Punkt, verfehlten sie, ging der Punkt an die Karpfen. Jakob kletterte auf das Brückengeländer, um noch höher werfen zu können.

Plötzlich fühlte er einen stechenden Schmerz in seiner linken Hand, mit der er die Brottüte festhielt. Ein kleine Kohlmeise hatte sich auf seinem Zeigefinger niedergelassen und hielt sich mit ihren Krallen fest. Bettelte dieser kleine Vogel auch um Brot? Aber er beachtete die Krümel aus der Tüte überhaupt nicht, schaute Jakob nur mit seinen Perlaugen an und schüttelte blitzschnell den Kopf. Jakob stieg vom Brückengeländer. Total erstaunt. Nein, eher gerührt wollte er ganz vorsichtig mit dem rechten Zeigefinger den kleinen Kopf streicheln. Aber kurz bevor er den Vogel berührte, verschwand er. Er flog nicht weg, er verschwand einfach. Als hätte er sich in Luft aufgelöst. Zumindest schien es so. Jakob schüttelte den Kopf, als wollte er aufwachen, und schaute sich um. Hunderte von Vögeln sah er, aber keine Kohlmeise.

Auf dem See schwamm ein Ruderboot mit zwei Anglern. Die Männer steuerten ihr Boot zur anderen Seite und banden es mit einem Seil an die über das Wasser hängenden Äste einer Weide. Sie gingen an Land und verschwanden auf der Insel …

Die Insel! Die Insel, auf der der Baum stand, an dem die Früchte der Götter wuchsen!

Da lag sie. Hundert Meter vor ihm. Durch den Brotfresswettstreit zwischen Möwen und Karpfen und seiner seltsamen Begegnung mit der Kohlmeise hatte er die Insel völlig vergessen. Man konnte sie auch fast nicht sehen. Nur wenn man ganz genau hinschaute, sah man, dass sie durch einen schmalen Streifen Wasser vom Festland getrennt wurde. Jakob vergaß mit einem Schlag die Meise. Er dachte: Wo war der Junge aus Großvaters Geschichte mit seinem Boot losgefahren? Hier an der Brücke oder dort auf der anderen Seite, wo die Entfernung zwischen Land und Insel am geringsten war? Wo auch immer, dort musste die Frucht der Götter liegen, die versteinerte Frucht mit dem Zahnabdrücken der Verliebten …

Aufmerksam blickte er sich um, sah aber nichts, das wie eine versteinerte Frucht aussah. Er lief von der Brücke den See entlang in den Wald bis zu einem Stacheldrahtzaun, wo der Weg vom See abbog. Dort stand ein hölzernes Gattertor mit Vorhängeschloss und einem Schild, auf dem zu lesen war, dass

das Gelände nur von Mitgliedern des Angelvereins betreten werden durfte. Jakob rüttelte am Schloss. Es gab nicht nach, also kletterte er über den Zaun und ging zum See. Er war noch nicht am Wasser, als eine Stimme rief:
„Was machst du da?“
Heute haben sie es auf mich abgesehen, dachte Jakob. Er drehte sich um. Auf dem Waldweg hinter dem Stacheldraht stand ein Förster. Ein echter. In grüner Tracht, mit einem Fahrrad.
„Ich schau mich einfach nur um“, piepste Jakob.
Sein Herz schlug ihm bis zum Hals. Er hatte eine Heidenangst vor Männern in Uniform. Wenn er in Amsterdam in der Straßenbahn saß und ein Kontrolleur einstieg, wurde er feuerrot im Gesicht, obwohl er eine Fahrkarte besaß. Und jetzt das …
Keine Karte für Orte, die man nur mit Karte betreten durfte, und erwischt an einer Stelle, die man selbst mit Karte nicht betreten durfte! Mit einer Kopfbewegung beorderte der Förster Jakob zu sich. Er kletterte über das Tor zurück und blieb zwischen den Bäumen neben dem Weg stehen, einige Meter von dem Mann entfernt.
„Kann ich mal deine Dünenkarte sehen?“
Jakob zuckte mit den Schultern.
„Du hast keine?“
Der Förster knöpfte seine Brusttasche auf und holte Kugelschreiber und Notizblock raus.
„Wie heißt du?“
Jakob nannte seinen Namen.
„Adresse?“
Jakob nannte Großvaters Adresse. Schließlich war alles seine

Schuld. Er hatte Jakob einfach so zu den Dünen geschickt. Ohne Karte.
„Heereweg? Hier um die Ecke?“, fragte der Förster. „Und dann keine Dünenkarte?“
Er schrieb, ohne aufzuschauen. Jakob beobachtete den Mann aufmerksam. Uniform, Mütze, Schnurrbart. Viele Männer in Uniform trugen einen Schnurrbart. Das war ihm schon öfter aufgefallen. Als würde, wenn man sich einen Schnurrbart wachsen ließ, am Körper eine Uniform wachsen. Und eine Mütze auf dem Kopf. Oder war es umgekehrt? Dass eine Mütze so schwer auf das Haar drückte, dass es einem aus der Nase kam? Jakob fing fast an zu grinsen. Was konnte ihm eigentlich schon passieren? Der Mann konnte ihm höchstens einen Tritt in den Hintern geben und aus dem Wald jagen. Und was dann? Dann wäre er wenigstens rechtzeitig zu Hause. Dieser Gedanke beruhigte Jakob, und dann sah er, dass auf jeden blitzblank geputzten Knopf ein Eichhörnchen geprägt war … Seine Angst wandelte sich in Heiterkeit. Schleimen, dachte er, schleimen hilft.
Er raffte seinen ganzen Mut zusammen und sagte: „Eigentlich mache ich eine wissenschaftliche Untersuchung. Mein Großvater hat mir gestern eine Geschichte über die Insel erzählt. Dass dort früher, vor Jahrhunderten, ein Baum stand, der Früchte für die Götter trug. Und dass damals ein Junge mit seinem Boot hinfuhr …“
„Soll ich dir mal etwas Wissenschaftliches erzählen?“, sagte der Förster. „Dieser See ist gerade mal sechzig Jahre alt.“
Was …?, dachte Jakob. Ha! Also hatte Großvater die Geschichte über die Frucht der Götter selbst erfunden! Der alte Schurke! Jetzt noch die Beweise sammeln. Er schaute den

Förster so erstaunt wie nur möglich an und fragte: „Wirklich? Wie ist das möglich? Ist da vor sechzig Jahren einfach so ein See entstanden?"
Das Schleimen klappte. Der Mann richtete sich auf. „Er wurde ausgehoben", sagte er. „Vor gut sechzig Jahren gab es eine große Nachfrage nach Bausand. Und dieser See, der eigentlich ‚Vogelenzang See' heißt, wurde unter Aufsicht des Niederländischen Heidekulturamts nach den Entwürfen von Verwaltungsrat Vogelenzang ab 1933 realisiert. Der Sand wurde übrigens auch für den Bau der Landstraße Bakkum-Limmen-Uitgeest-Zaanstreek benötigt. Auch hier herrschte ein großes Sandbedürfnis …"
Das Sandbedürfnis!, dachte Jakob. Das ist ein schönes Wort. Das reibe ich Großvater ganz dick unter die Nase! Alles erfunden! Wie konnte er nur! Keine Frucht der Götter, kein verliebter Junge im Boot, es war einfach nur das Bedürfnis nach Sand!
„Es verschwanden zweihunderttausend Kubikmeter Sand", erzählte der Förster. „Als dann das Grundwasser erreicht war, einen Meter über Normal Null, wurden Pumpen installiert und man grub tiefer, etwa anderthalb Meter, bis zum alten Meeresboden, wie sich aus den Muschelresten feststellen ließ. Eine Lokomotive zog eine lange Reihe Loren, die in der Tiefe per Handarbeit mit nassem Sand gefüllt wurden, zum Bestimmungsort …"
Ich will nach Hause, dachte Jakob. Sofort. Und dann bin ich neugierig, welche Geschichte sich Großvater noch traut, mir zu erzählen. Würde der Mann mir doch bloß einen Tritt in den Hintern geben, dann wäre das vorbei. Aber der Förster wollte seine Geschichte zu Ende erzählen. Jakob wagte es

nicht, den Mann zu unterbrechen. Also blieb er stehen und hörte zu.

„Der See wurde drei Hektar groß", erzählte der Förster, „den Uferbereich mitgerechnet, sogar fünf. Orchideen und andere Dünensumpfpflanzen wuchsen dort ganz von allein. Aus dem Schwanensee bei Callantsoog wurden außerdem verschiedene Wasser- und Sumpfpflanzen eingesetzt. Auf der Insel wuchs bald eine Kolonie Flussseeschwalben heran, zweihundert Paar waren es bereits 1939."

„Das sind ganz schön viel, oder?", sagte Jakob. „Zweihundert ..."

„Es gibt aber fast keine mehr", sagte der Förster und zerriss den Bußgeldbescheid. „Siehst du, was ich mache?"

„Ja."

„Wenn dein Opa das Gleiche machen würde mit seinen tollen Geschichten, dann käme er vielleicht auch auf die Idee, dir eine Dünenkarte zu kaufen."

„Danke schön", sagte Jakob.

„Besorg dir eine Karte", sagte der Förster.

Er stieg auf sein Fahrrad und fuhr davon.

„Ich sag es meinem Großvater!", rief ihm Jakob nach. „Vielen Dank."

Schleimen, dachte er, schleimen hilft gewaltig. Aber dann kannst du dich selber nicht mehr leiden. „Ich sage es meinem Großvater ..." Und ob ich es meinem Großvater sagen werde! Der Vogelenzang See. Ausgehoben 1933. Sandbedürfnis. Er grinste und fing an zu pfeifen. Er ging am schiefen Baum und am Haus der alten Dame vorbei, die in ihrem bequemen Sessel am Fenster saß und ihm freundlich zuwinkte, und schlenderte über den Haagschen Weg zurück ins Dorf.

Der Meister machte ihm die Tür auf.
„Erschrick nicht“, sagte er, „deinem Opa ist was passiert, aber es ist nicht schlimm.“
Bevor Jakob etwas fragen konnte, verschwand der Mann im Wohnzimmer. Jakob stand zögernd im Flur. Es ist nicht schlimm, dachte er. Es ist nicht schlimm, aber doch schlimm genug, um sich zu erschrecken, wenn man nicht vorgewarnt ist.
„Jakob!“
Die Stimme seines Großvaters. Also konnte er noch sprechen. Langsam ging Jakob durch den Flur zur Tür des Wohnzimmers. Er blickte um die Ecke.
„Ach, da bist du ja“, sagte Großvater.
Er lag mit dem Rücken auf der Luftmatratze, bekleidet mit Pullover und Unterhose. Eine junge Frau kniete neben ihm und wickelte geschickt einen Verband um seinen Oberschenkel, vom Knie bis zur Leiste und zurück. Großvater lächelte.
„Schauen Sie, Frau Doktor“, sagte er, „das ist mein Enkel Jakob. Mit meinem schönen gelben Schal.“
Die Frau blickte von ihrer Arbeit auf und nickte Jakob freundlich zu. Großvater lachte breit und hob seinen Daumen. Alles unter Kontrolle, bedeutete das. Dann sah Jakob Großvaters Hose. Die Hose lag zerknittert und zerrissen am Fußende der Luftmatratze und war mit Blut durchtränkt. Etwas weiter weg lagen zwei Socken, die genauso voller Blut waren. Großvater folgte seinem Blick.
„Ich bin vom Dach gefallen“, erklärte er. „Meister Sturris hat mich gerettet.“
„Aber“, sagte Jakob, und das war das erste Wort seit seiner

Rückkehr aus dem Wald, das er herausbrachte, „aber wie ist das passiert?“
„Durch die Schwerkraft, denke ich“, sagte Großvater. Er grinste breit. Offenbar fand er es ziemlich komisch. Oder tat er nur so, um seinen Enkel nicht zu beunruhigen? So etwas konnte man den Erwachsenen nie ansehen. Vielleicht wollte er auch die Ärztin beeindrucken.
„Ein Dachziegel ist unter seinen Füßen weggerutscht“, berichtete der Meister. „Ich sah ihn runterrutschen. Bevor mir klar wurde, was geschah, hing er schon mit beiden Händen an der Dachrinne. Es dauerte eine Weile, bis ich eine Leiter bei ihm hatte. Er ist ganz schön zäh, dein Opa. Er kann lange hängen.“
Jakob sah es bildlich vor sich. „Aber das ganze Blut?“
„Da war ein spitzer Zinken an der Dachrinne“, sagte Großvater. „Über den bin ich mit dem Bein geratscht. Ich spürte den Schnitt und drehte mich, während ich fiel, aber als ich mich an der Dachrinne festhielt, hab ich genau in diesen Zinken gegriffen.“
Er zeigte seine rechte Hand. Die war auch verbunden.
„Scheußlich“, sagte Jakob.
Er biss die Zähne zusammen und atmete tief ein. Er konnte fast spüren, was Großvater empfunden haben musste.
„Aber jetzt ist alles wieder schön zugenäht“, sagte die Ärztin.
Sie stand auf, wühlte in ihrer Tasche, nahm zwei Schächtelchen heraus und stellte sie auf die Anrichte.
„Wenn die Betäubung nachgelassen hat“, sagte sie. „Es wird noch eine Weile wehtun.“
Sie wandte sich an Jakob.

„Kommst du alleine zurecht? Mit deinem Opa? Vielleicht wäre es besser deine Eltern anzurufen."

Jakob nickte. Er stand zitternd da und hatte überhaupt noch nicht daran gedacht, dass er Großvater pflegen musste.

Jetzt und heute Nacht.

Oder seine Eltern anrufen.

„Ich mache uns Spiegeleier", sagte er. „Das kann ich."

Die Ärztin lächelte.

„Ich verlasse mich auf dich", sagte sie. „Du weißt, wo die Tabletten sind, und wenn du wirklich nicht mehr weißt, was du tun sollst, kannst du mich jederzeit anrufen."

Sie reichte Jakob eine Karte mit ihrer Adresse und Telefonnummer.

„Aber es ist doch alles wieder in Ordnung?", fragte Jakob.

„Ja schon, aber dein Opa könnte Fieber bekommen. Ich sage nicht, dass er Fieber bekommt, ich sage nur, dass es sein könnte. Dagegen helfen die Tabletten übrigens auch."

„Ich habe noch eine Flasche Cognac", sagte Großvater.

„Damit wäre ich in Verbindung mit den Tablettten vorsichtig", sagte die Ärztin.

„Einen Schlaftrunk?"

„Zwei", sagte die Ärztin streng. „Wenn Sie danach nicht mehr Auto fahren."

„Versprochen", sagte Großvater.

Er zwinkerte. Er fand sie offensichtlich nett. Die Ärztin ging nicht darauf ein.

Sie fragte nach einem Müllbeutel und steckte die blutverschmierte Hose und die Socken hinein. Dann streifte sie ihre Gummihandschuhe ab.

„He, he!", rief Großvater und stützte sich auf seine Ellbogen.

„Die Socken müssen nicht weggeworfen werden, sie sind nicht kaputt, die weiche ich später ein."
Der Meister lachte schallend.
„Übrigens", sagte Großvater, „ist das die einzige Hose, die ich dabei habe ..."
Nun konnte sich der Meister vor Lachen gar nicht mehr halten. Die Ärztin gab Jakob den Beutel.
„Wirf das in die graue Tonne", sagte sie.
„Na", sagte der Meister immer noch lachend, „da ist so viel natürlicher Abfall dran, das kann genauso gut in die Biotonne."
Die Ärztin verabschiedete sich. Sie versprach, am nächsten Morgen wiederzukommen. Mit Krücken. Großvater dürfe sein verletztes Bein die nächsten Tage nicht belasten.
Der Meister ging zusammen mit der Ärztin.
„So", sagte Großvater, als er hörte, wie die Haustür zuschlug, „und jetzt zu uns, Freund. Wie war es im Wald?"
„Schön", sagte Jakob.
Er hatte keine Lust von den Vögeln und Karpfen zu erzählen und die Geschichte des Försters konnte auch warten, denn die wollte er ausgiebig erzählen.
Dafür brauchte er viel Zeit.
„Was ist denn nun wirklich mit deinem Bein?"
„Fleischwunde. Aber sie hat sie fest zugenäht. Was für eine nette Frau."
„Sie hat einen Ehering", sagte Jakob.
Vor lauter Vergnügen schlug sich Großvater fast auf das verletzte Bein. Heute ist viel gelacht worden, dachte Jakob betrübt. Vielleicht sollte jeden Tag jemand vom Dach fallen, dann würde das Leben etwas heiterer.

„Würdest du mir den Cognac reichen?“, fragte Großvater. „Nimm dir selbst auch was.“
Jakob trug Gläser, Cognac und Cola von der Anrichte zu den Luftmatratzen. Er setzte sich seinem Großvater gegenüber.
„Nimmst du jetzt schon einen Schlaftrunk?“
„Wenn ein Mann keine Hose und keine Socken mehr hat, dann nimmt ein Mann einen Schlaftrunk. Prost.“
Sie stießen mit ihren Gläsern an und tranken.
„Ruf mal deinen Vater an“, sagte Großvater, „das Telefon funktioniert. Frag ihn, ob er morgen eine Hose mitbringen kann.“
Jakob nahm das Telefon und wählte die Nummer. Seine Mutter hob ab.
„Hallo Liebling!“, rief sie föhlich. „Wie geht's euch beiden denn?“
„Gut“, sagte Jakob, „Großvater ist vom Dach gefallen und jetzt sitzt er fröhlich hier mit einem Glas Cognac in der Hand auf seiner Luftmatratze.“
„Trinkt er so früh schon Cognac?“
„Ja, und er lässt fragen, ob einer von euch morgen vorbeikommen und eine Hose mitbringen kann. Seine ist voller Blut und ganz zerrissen.“
„Aber was ist den …?“
„Zwei“, rief Großvater.
„Zwei Hosen“, sagte Jakob.
„Aber, Jakob, hör mal, was ist denn …?“
„Und Socken“, rief Großvater.
„Und Socken“, sagte Jakob.
„Aber er ist doch nicht wirklich vom Dach gefallen?“
„Fast“, sagte Jakob und erzählte die ganze Geschichte.

„Aber dann kommen wir jetzt schnell vorbei!“
„Sie wollen jetzt vorbeikommen“, sagte Jakob zu Großvater.
„Ist nicht nötig“, sagte Großvater. „Morgen ist früh genug für eine Hose.“
„Ist nicht nötig“, sagte Jakob.
„Aber was werdet ihr essen?“
„Spiegeleier“, sagte Jakob, „das kann ich.“
„Ich weiß nicht“, sagte seine Mutter. „Gib mir Großvater mal ans Telefon.“
Jakob reichte Großvater den Hörer, den er mit seiner gesunden linken Hand nahm.
Sofort fing er gewaltig an zu stöhnen: „Au, au, mein Bein! Wo ist mein Bein? Jakob, Junge gib mir mein Bein zurück. Oder hast du es schon in die Biotonne geworfen? Au, au, mein armes Bein …“
Großvater war für einen Moment still, lauschte andächtig, schaute Jakob erstaunt an und gab ihm den Hörer zurück.
„Jetzt will sie dich sprechen!“
„Hallo“, sagte Jakob in den Hörer.
„Hör mal, Jakob“, sagte seine Mutter, „wie mir scheint, ist mit Großvater alles in Ordnung. Ich komme morgen vorbei und bringe Hosen und Socken mit. Liv lasse ich in der Mittagspause in der Schule. Ich bin gegen elf Uhr da. In Ordnung?“
„Natürlich“, sagte Jakob.
„Und wenn vorher was ist, rufst du mich an.“
„Mach ich.“
„Und sei lieb zu deinem verrückten Großvater. Streichle ihm ab und zu über seinen alten Kopf. Dicker Kuss?“

Jakob schmatzte einen Kuss in den Hörer und seine Mutter tat das Gleiche am anderen Ende der Leitung.
„Bis morgen. Schlaf gut."
„Bis morgen."
Jakob legte den Hörer auf.
„Jetzt hätte ich Lust auf zwei Spiegeleier", sagte Großvater.
Jakob stand auf und ging zur Anrichte. Aber es war natürlich keine Bratpfanne im Haus. Nur ein kleiner, komischer Topf mit Stiel. Großvater behauptete, dass man darin auch Spiegeleier backen konnte, eins nach dem anderen, aber Jakob hatte wenig Erfolg. Gleich das erste Ei bekam er nicht mehr aus dem Topf. Deshalb kochte er die anderen Eier im selben Topf und hoffte, damit auch das erste Ei zu lösen. Das funktionierte zwar nicht, aber die gekochten Eier schmeckten gut. Nach dem Essen wollte Großvater eine Tablette und ein Glas Cognac. Jakob bekam ein extra Glas Cidre als Dank für die gute Pflege. Er hatte das Essen gekocht, gespült und das Feuer im Kamin angemacht. Es war sehr gemütlich.
Jetzt!, dachte Jakob und erzählte von seinen Abenteuern im Wald: vom Füttern der Fische und Vögel, von der Kohlmeise auf seinem Finger, der Begegnung mit dem Förster und der wirklichen Geschichte des Vogelenzang Sees.
„Also", endete er seinen Bericht, „die Geschichte von der Frucht der Götter kann überhaupt nicht stimmen, du hast sie selbst erfunden, da der See erst sechzig Jahre alt ist. Damals wurde er erst gegraben. Aus Sandbedürfnis …"
„Ich habe die Geschichte nicht selbst erfunden", sagte Großvater, „ich hörte sie von meinem Nachbarmädchen, kurz nachdem der See gegraben wurde. Ich habe dabei zugesehen. Die Straßenüberführung hier in der Nähe Richtung Limmen

über die Schienen ist mit diesem Sand gebaut worden, das weiß ich alles. Und doch, als mir das Nachbarmädchen die Geschichte vom Baum, der vor Jahrhunderten da stand und an dem die Früchte der Götter hingen, erzählte, glaubte ich ihr sofort. Ich glaubte alles, was sie mir erzählte.“
Es war dunkel geworden. Jetzt gab es zwar Elektrizität, aber keine Lampen. Nur zwei kahle Glühbirnen an der Decke. Die hatte Jakob nicht angemacht. Solange keine Vorhänge vor den Fenster hingen, schien ihm das Feuer im Kamin ausreichend. Das Licht der Flammen tanzte über Großvaters müdes Gesicht.
„Warum legst du dich nicht hin?“, fragte Jakob.
„Du hast Recht“, sagte Großvater. Gibst du mir noch eine Tablette und eine Schluck Cognac? Damit werde ich die Nacht schon durchstehen.“
„Hast du Schmerzen?“
„Noch nicht.“
Großvater legte sich hin. Jakob brachte ihm das Gewünschte und ließ sich auf seine Luftmatratze plumpsen.
„Gibst du auf das Feuer Acht?“, fragte Großvater.
Jakob nickte. Er holte Jip hervor und legte ihn auf sein Kissen.
„Ach, der Jip“, sagte Großvater und antworte sich selbst mit hoher Stimme: „Schlaf gut, Großvater.“
„Gute Nacht, Jip, gute Nacht, Jakob“, sagte Großvater mit seiner normalen Stimme und schloss die Augen.
Jakob starrte ins Feuer. Er war auch müde, konnte aber noch nicht schlafen. Alles, was an diesem Tag geschehen war, kreiste ihm im Kopf, immer und immer wieder, unaufhörlich. Er schob die glühenden Scheite im Kamin zusammen.

„Weißt du, Jakob“, murmelte Großvater auf einmal von seinem Kissen, „die Geschichten spielen in einer anderen Welt, einer Welt, in der Dinge, die erst morgen gebaut werden, schon seit Jahrzehnten existieren, und in der es Dinge, die gestern gebaut wurden, nie geben wird. Das hab ich dir doch heute Morgen auf dem Speicher erzählt. Die Geschichte des Holzvolks kann sich jetzt, hier, in diesem Moment abspielen. Die Geschichte von der Frucht der Götter ebenso. Wir sehen es nur nicht. Wir haben den falschen Blick ... Raum und Zeit bestehen in Geschichten, aber sie wirbeln herum und drehen sich umeinander – so wie jetzt gerade alles in meinem Kopf herumwirbelt.“

Sein Murmeln ging in leises Schnarchen über. Jakob kroch in seinen Schlafsack und drückte Jip an sich. Das Feuer im Kamin schwelte. Alles war sicher, alles war gut. Doch es dauerte lange, bis Jakob einschlief.

Mitten in der Nacht wurde er durch Geräusche von der Luftmatratze neben ihm geweckt. Er sah auf seine Uhr. Zehn vor drei. Er hörte Großvater wühlen und wimmern und murmeln. Jakob knipste die Taschenlampe an. Um Großvater nicht zu erschrecken, ließ er den Lichtstrahl vorsichtig über den unruhigen Körper gleiten, von den Füßen bis zum verwundeten Bein, zur verbunden Hand, über die schwer keuchenden Brust ... Als das Licht Großvaters Kopf erreichte, stockte Jakob der Atem. Großvaters Haare waren klatschnass, der Schweiß tropfte ihm von der Stirn, sein Mund stand offen und verzog sich zuckend in alle Richtungen. Seine Augen starrten wie gebannt zur Decke. Jakob knipste das Licht schnell wieder aus.

Das Fieber war gekommen.

Was nun?
Die Tabletten!
Erst als er an der Anrichte stand, traute sich Jakob die Taschenlampe wieder anzumachen. Er feuchtete den Zipfel eines Geschirrtuchs unter dem Wasserhahn an, füllte ein Glas mit Wasser und nahm eine Tablette aus der Packung. Er ging zurück zu den Luftmatratzen, kniete sich hin und tupfte Großvaters Stirn mit dem kühlen, feuchten Tuch ab, in der Hoffnung ihn zu beruhigen. Aber im Gegenteil. Großvater richtete sich auf, schlug um sich und zischte: „Lach nicht!"
Jakob wich zurück.
„Steh nicht da und lache!", schrie Großvater. „Gib mir meine Kleider zurück! Mir ist kalt!" Er hatte seinen Schlafsack runter bis zu den Füßen gestrampelt.
Vorsichtig kroch Jakob näher, die Tablette zwischen Daumen und Zeigefinger, das Glas Wasser in der anderen Hand. Großvater war einen Moment still. Jakob steckte die Tablette in Großvaters Mund und drückte schnell das Glas Wasser an seine Lippen. Aber nicht schnell genug. Großvater holte aus und schlug ihm das Glas aus der Hand. Das Wasser klatschte auf den Fußboden, das Glas rollte weg. Die Tablette wurde ausgespuckt.
„Ich will nicht, dass du mich so siehst!", kreischte Großvater. „Gib mir meine Kleider zurück!"
„Ich bin es", sagte Jakob. „Ich, Jakob."
„Ich will dich nie mehr sehen! Ich mag solche Spiele nicht! Ich will hier weg!"
Jakob sprang auf und rannte zum Lichtschalter. Das helle Licht der Lampe beruhigte Großvater. Er schien in seiner sitzenden Haltung zu erstarren. Noch immer lief ihm der

Schweiß übers Gesicht und seine Haare standen in alle Richtungen, aber er schwieg.
Wie er da saß … Verzweiflung überfiel Jakob. Er atmete schwer, legte den Kopf in den Nacken und weinte. Er kniff die Augen fest zusammen, aber die Tränen liefen ihm bereits die Nase entlang. Er biss die Zähne zusammen, um vor allem kein Geräusch zu machen, aber sein Schluchzen war doch zu hören.
„Jakob?“, fragte Großvaters Stimme.
Jakob öffnete die Augen und biss sich auf die Unterlippe, um ruhiger zu werden. Er stieß den Atem aus. Schnell wischte er die Tränen weg, lief zu seinem Großvater, hockte sich dicht vor ihn und schaute ihm direkt in die Augen.
„Jakob, wo bin ich?“
„In Bakkum.“
„In Bakkum?“
„Ja, wie damals. Warte …“
Jakob wollte aufstehen, um eine neue Tablette zu holen, aber Großvaters Augen veränderten sich. Sie sahen ihn nicht mehr an, es schien als würden sie durch ihn hindurch schauen. Und auf einmal schwang Großvaters Arm durch die Luft und erwischte Jakob. Jakob fiel nach hinten und schlug mit dem Kopf auf dem Fußboden auf.
„Ich werde nicht warten! Ich gehe …! Dann eben so!“
Jakob richtete sich auf und sah mit Entsetzen, wie schwer Großvater atmete. Auf einmal wusste er es ganz genau, Großvater lag im Sterben. Was sollte er sonst meinen mit „Ich gehe“? Und dann dieses Keuchen.
Jakob sprang auf und rannte zum Telefon. Seine Eltern konnten nicht rechtzeitig hier sein, er musste die Ärztin anrufen.

Er fand ihre Karte und wählte die Nummer. Sie nahm nicht ab! Das Rufzeichen, einmal, zweimal dreimal, fünfmal …
Großvater ließ sich zurück auf das Kissen fallen und fing wieder an zu schreien: „Nie! Ich will dich nie mehr wieder sehen!"
Achtmal das Rufzeichen, dann wurde endlich abgehoben.
„Ja?"
Jakob nannte seinen Namen und sagte: „Ich glaube, dass mein Großvater stirbt."
Das hätte er nicht sagen sollen. Angst und Panik kamen wieder hoch und er schluchzte: „Großvater hat hohes Fieber! Er schwitzt und schreit und redet so komisches Zeug."
„Wundfieber", sagte die Ärztin. „Das ist nicht schlimm, das hatte ich dir doch gesagt. Gib ihm …"
„Du kannst nicht fliegen!", schrie Großvater. „Du kannst überhaupt nicht fliegen! Haut doch ab! Alle beide!"
„Ist das dein Opa?", fragte die Ärztin.
„Er war gerade so böse mit mir", schluchzte Jakob.
„Gib ihm eine Tablette, du weißt schon, die ich heute Mittag dagelassen habe. Oder auch zwei", sagte die Ärztin.
„Aber er will nichts!", rief Jakob. „Wenn ich es versuche, schlägt er um sich. Ich hab ihm schon so eine Tablette gegeben, aber er hat sie wieder ausgespuckt!"
„Dann nimm eine aus der anderen Packung. Ach nein, das geht nicht. Die müssen rektal …"
„Großvater benimmt sich wirklich merkwürdig!", rief Jakob. „Manchmal ist ihm kalt und dann schreit er: ‚Ich will meine Kleider zurück und schau mich nicht so an …' Und dabei liegt er im Bett und hat immer noch den Pullover …"
„Hau ab!", brüllte Großvater.

„Haben Sie das gehört?“, fragte Jakob.
„Ja“, sagte die Ärztin. „Du hast Recht. Ich schicke dir jemand. Und wenn das nicht klappt, komme ich selbst. In zehn Minuten ist jemand da.“ Die Ärztin legte auf, bevor Jakob sich bedanken konnte.
Es war still. Großvater schwieg, als hätte er der Ärztin gesagt, sie sollte abhauen, und könne nun zufrieden einschlafen, da er glaubte, das wäre ihm gelungen. Er schnarchte nicht einmal mehr. Jakob schaltete das Licht aus und setzte sich auf seine Luftmatratze. Auch draußen war es ruhig. Es fuhren keine Autos vorbei. Die Nacht hatte sich wie eine große, erstickende Pranke über die Erde gelegt.
Du kannst nicht fliegen. Du kannst überhaupt nicht fliegen! Hau ab … Großvaters Worte schwirrten durch Jakobs Kopf. Hau ab … Wer sollte abhauen? Wovon redete Großvater? Was geschah in seinen Albträumen? Wen sah er vor sich? Wen sah er fliegen? Großmutter? Oder …
Es war, als würde die Angst wie Wasser ins Zimmer strömen. Jakob musste aufstehen, um Luft zu kriegen. Er atmete tief ein und fühlte die Beklemmung in seiner Brust. Ein schrecklicher Gedanke hatte Besitz von ihm ergriffen. Er wusste, wen Großvater gesehen hatte …
Den Weggefährten!
Aber das bedeutete, dass er wirklich – was Jakob eben noch vermutet hatte –, dass er wirklich am Ende seines Lebens angekommen war! Dass er wirklich im Sterben lag! Wie hatte Großvater gesagt? Du siehst deinen Weggefährten nur dreimal in deinem Leben. Zweimal kurz nach der Geburt, das dritte Mal, wenn er zu dir zurückkommt, um mit dir zu sterben …

Jakob richte das Licht der Taschenlampe auf Großvaters Gesicht. Sein lieber, alter Kopf warf sich hin und her. Großvater war noch nicht tot. Und er wollte auch nicht sterben. Er hatte den Weggefährten gesehen und „Hau ab“ gerufen. Er wollte leben! Jakob hörte Großvaters Stimme in seinen Gedanken: „Ich träume nicht gerne von schwarzen Vögeln.“ Der Vogel war also doch seinetwegen gekommen …

Großvater atmete noch. Ganz ruhig. Viel zu ruhig. Und gerade, als Jakob überlegte seine Eltern anzurufen, wurde ans Fenster geklopft. Draußen stand ein Schatten und gestikulierte. Jakob sprang auf und rannte zur Tür.

Dann ging alles sehr schnell. Der Schatten war eine Pflegerin, die mit einer Liege unter dem einen und einem Schlafsack unter dem anderen Arm reinkam. Sie stellte sich als Christa vor, sagte, dass sie sich schon kannten, weil sie am Nachmittag einander zugewunken hätten, versprach, gut für Großvater zu sorgen, beschwor Jakob, nicht beunruhigt zu sein, und schickte ihn, nachdem sie ihm über den Kopf gestreichelt hatte, zum Schlafen hoch in eines der leeren Zimmer.

Jakob spürte, dass er schon ziemlich wackelig auf den Beinen war, und tat alles, was sie sagte. Nur einschlafen konnte er nicht. Er kroch tief in seinen Schlafsack und presste Jip an die Brust, aber er lauschte unwillkürlich auf die Geräusche von unten. Die Pflegerin lief summend umher. Er konnte an ihren Schritten erkennen, wo sie gerade war. Nur kurz hörte er nichts. Nun ist sie bei Großvater, wusste er, jetzt gibt sie ihm eine Tablette, jetzt wacht er auf, jetzt fängt er an zu schreien.

Jakob hatte Recht.

„Hau ab!“, schrie Großvaters Stimme. „Ich möchte nicht, dass du mich so siehst!“

Jakob zuckte zusammen. Es fängt wieder an, dachte er. Ich darf nicht einschlafen, ich muss wach bleiben, was auch geschieht. Wenn Großvater stirbt, muss jemand bei ihm sein, jemand, den er kennt, jemand, zu dem er Vertrauen hat, jemand aus der Familie … Jemand, der seine Hand hält.
Er war wohl doch eingeschlafen, denn auf einmal schien die Sonne durch das Fenster. Er hörte Stimmen unten im Flur. Die Stimme der Pflegerin und die Stimme einer alten Frau:
„Dies war mein zweites Zuhause als Kind."
„Ich weiß", sagte die Pflegerin. „Ich weiß, das haben Sie mir oft erzählt. Und es wäre besser gewesen, wenn Sie zu Hause geblieben wären … Ich habe gesagt, dass ich heute Mittag kommen würde … Sie hätten stürzen können und sich wieder etwas brechen. Wenn Sie spazieren gehen wollen, dann tun Sie das mit mir. Aber nicht alleine."
„Was ist mit diesem Mann? Und wer ist er?"
„Er hat Wundfieber. Er ist der Opa von dem Jungen, den wir gestern in den Wald gehen sahen. Wissen Sie noch? Wir haben ihm zugewunken, haben Sie es vergessen? Sie waren ein wenig beunruhigt."
Jakob presste das Ohr neben der Luftmatratze auf den Boden. Er hörte gar nichts von seinem Großvater. Und er lag doch direkt über ihm! Großvater würde doch nicht …? Nein, dann wäre das Gespräch im Flur nicht so normal. Er lauschte weiter. Auf einmal war das Gespräch nicht mehr normal.
Die alte Frau sagte: „Jetzt verstehe ich alles. Jakob! Jakob ist zurückgekommen! Ich wusste, dass ich diesen Jungen kenne. Das hab ich doch gesagt!"
„Dann kommen Sie mal mit", sagte die Pflegerin. „Ich habe Kaffee gemacht." Die Tür zwischen Flur und Wohnzimmer

wurde geschlossen und Jakob konnte nichts mehr verstehen. Er stand auf, zog schnell seine Hose und ein sauberes Hemd an, sprang in die Schuhe, rannte die Treppe runter und war gerade noch rechtzeitig im Wohnzimmer, um Zeuge eines merkwürdigen Schauspiels zu werden. Eine alte Frau stand neben der Luftmatratze und schaute, die Hände wie zum Gebet vor der Brust gefaltet, zu seinem ruhig schlafenden Großvater nieder.

„Du bist zurückgekehrt“, murmelte sie.

Vorsichtig ging sie in die Knie, beugte den Kopf zu Großvater und … küsste ihn! Auf seine unrasierten, verschwitzten Wangen! „Willkommen zu Hause“, flüsterte sie.

Das hätte sie besser nicht getan. Großvaters Oberkörper schoss hoch, sein Kopf streifte den der alten Frau und das Fantasieren begann erneut. „Du kannst nicht fliegen! Hau du auch ab!“

„Das hast du also nicht vergessen, Junge“, sagte die alte Frau und stand mühsam auf, „das hast du nicht vergessen. Wie solltest du auch?“

Großvater schrie noch lauter als in der Nacht. Jakob konnte es nicht mehr mit anhören. Er flüchtete durch die Hintertür in den Garten und setzte sich mit dem Rücken an die Scheune und hielt den Kopf in die Sonne. Er wollte nach Hause, aber er wollte auch Großvater nicht allein lassen. Er wollte, dass seine Mutter schon da wäre, aber er wollte nicht, dass sie Großvater so sah. Er wollte, dass die Ärztin kam, aber er hatte wenig Vertrauen in sie. Großvater fantasierte immer noch, trotz aller Tabletten, die ihm die Pflegerin reingestopft hatte. Er wünschte, es gäbe den Baum, an dem die Früchte der Götter wuchsen. Er würde sofort hinrudern, um Großvater zu retten. Er wusste doch, wie er die Schlange besiegen konnte, und auch, dass er nicht selbst von der Frucht essen durfte. Wenn Großvater starb …

Die Pflegerin kam mit zwei Butterbroten und einem Glas Milch nach draußen. „Hast du deine Eltern schon angerufen?"

Jakob nickte. „Meine Mutter kommt um elf Uhr."

Die Pflegerin schaute auf ihre Uhr. „Die Ärztin kommt auch etwa um die Zeit. Ich finde es nicht so schlau von dir, hier rumzusitzen. An deiner Stelle würde ich für eine Stunde in den Wald gehen. Wenn du dann zurückkommst, ist alles wieder in Ordnung. Du wirst schon sehen."

„Ich hab keine Dünenkarte", sagte Jakob.

„Du kannst meine nehmen. Eigentlich bin ich ja dienstags immer bei ihr, aber dein Opa war wichtiger. Ich hatte ihr gesagt, sie sollte zu Hause bleiben … Sie kennt deinen Opa noch von früher. Hat er hier gewohnt?"

„Er ist hier geboren."

„Ich glaube, sie hat schon mal von ihm erzählt", sagte die Pflegerin. „Übrigens, ich habe den Meister und seine Leute weggeschickt. Sie rufen im Laufe des Tages an und fragen, ob sie morgen arbeiten können. Kommt deine Mutter mit dem Auto?"

Jakob nickte.

„Vielleicht könnte sie deinen Opa mitnehmen. Dann schläft er in einem richtigen Bett. Das hier ist nichts für einen kranken Mann!"

Sie ging zurück ins Haus und Jakob aß das Brot und trank die Milch.

Aus dem Haus drang Großvaters laute Stimme. Jakob konnte

kaum schlucken, als er es hörte. Die Pflegerin hatte Recht. Er sollte besser gehen. Hier zu bleiben hatte keinen Sinn und lustig war es auch nicht.
Jakob stand auf und ging zur Tür. Noch bevor er sie erreicht hatte, öffnete ihm die Pflegerin.
„Hier“, sagte sie, „die Dünenkarte, dein Schal und eine Tüte mit Brot für die Karpfen. Das ist eine gute Ablenkung.“
„Danke schön“, sagte Jakob.
Er band sich den Schal um und ging zum Gartentor. Aber auf einmal hörte er die Stimme der alten Dame. Offenbar hatte sie hinter der Pflegerin gestanden. Jetzt kam sie einen Schritt nach vorne. „Ich wusste, dass ich dich kenne. Wie heißt du?“
„Jakob.“
„Auch das noch ... Wohin gehst du, Jakob?“
„In den Wald.“
„Muss das wirklich sein?“
„He“, sagte die Pflegerin, „das ist doch herrlich für den Jungen. Etwas frische Luft schnappen.“
„Das finde ich nicht vernünftig“, sagte die alte Dame.
„Er soll gehen“, sagte die Pflegerin. „Auf ärztliche Anweisung, meine ärztliche Anweisung.“
„Dann gehe ich mit“, sagte die alte Dame.
„Auf gar keinen Fall!“
„O doch. Ich möchte mich ausruhen. Das geht hier nicht. Jakob begleitet mich nach Hause. Nicht wahr, mein Junge?“
Jakob zuckte mit den Schultern. Die alte Dame nahm seinen Arm und drückte ihn sanft.
„Komm“, sagte sie, „wir gehen. Stütze mich ruhig ein wenig.“

„Wenn die Ärztin hier gewesen ist, komme ich bei Ihnen vorbei", sagte die Pflegerin.
„Weck mich bloß nicht", sagte die alte Dame. Bei Jakob eingehakt, ging sie aus dem Garten, die Straße und den Haagschen Weg entlang.
Jakob war verlegen. Noch nie hatte sich eine alte Frau bei ihm eingehakt. Auch nicht Großmutter. Die Frau schien seine Gedanken zu erraten. Sie drückte ermutigend seinen Arm und sagte: „Schön, oder? Ich zusammen mit Jakobs Enkelkind. Und dass du ihm so ähnlich siehst! Ich kenne deinen Opa noch von ganz früher."
„Sind Sie …?" Jakob errötete und fing noch mal an. „Waren Sie das Nachbarmädchen, das all die Geschichten erzählt hat?"
„Hat er dir das erzählt?"
„Er erzählt nichts anderes. Von der Frucht der Götter und dem Holzvolk und dem Weggefährten."
„Also kennt er sie noch?"
„Auswendig …"
„Ja", sagte die alte Dame. „Die hat er von mir."
„Aber die Geschichte von der Frucht der Götter", sagte Jakob, „hat doch vor Jahrhunderten gespielt und der See ist erst sechzig Jahre alt. Das kann nicht sein, das geht nicht."
„Alles geht", sagte die alte Dame. „Alles, was du dir ausdenkst, gibt es auch. Wenn du es nur fest genug wünschst … Hat dir dein Opa nie von dem einen Mal erzählt, als wir im kleinen See schwimmen waren?"
„Nein", sagte Jakob.
„Schön. Das freut mich. Und von seinem Schwan? Seinem roten Schwan?"

„Nur dass er einen roten Schwan hatte, aber sonst hat er nichts darüber erzählt."
„Der Schwan war sein Schmusetier. Er schlief damit, er sprach mit ihm, wenn er glaubte, dass niemand zuhört, er trug ihn immer mit sich herum. Ich weiß nicht, wann und von wem er ihn bekommen hat, ich weiß nur, wo er ihn verloren hat. Der Schwan war aus einem Stück Holz geschnitzt und bemalt. Rot. Ein prächtiges Rot, Jakob, es war ein roter Schwan …
Ich werde dir nicht die ganze Geschichte erzählen, sonst bekomme ich einen roten Kopf vor Scham und das wäre schlecht für mein Herz, aber der Schwan, der rote Schwan, den hat dein Großvater verloren, als wir zusammen im See schwimmen waren. Und jetzt, wo er fiebert, sieht er ihn wieder vor sich. Wenn er ruft: ‚Du kannst nicht fliegen', und: ‚Hau du auch ab', ruft er das seinem Schwan zu."
Jakob holte tief Luft. „Also hat er nicht zu seinem Weggefährten gesprochen?"
„Ich hoffe, dass er den noch sehr lange nicht zu sehen bekommt", sagte die alte Dame.
„Pffff", seufzte Jakob.
Er war erleichtert. Aber etwas stimmte nicht. Hatte der Schwan gelacht? War der Schwan geflogen? Ein Schwan aus Holz? Jip konnte auch alles, wenn Jakob das wollte: fliegen, sprechen, laufen, lachen … Aber wenn Jakob es nicht wollte, konnte Jip nichts. Dann war er nur ein ganz normales, liebes, lebloses Schmusetier. Großvater hatte also seinen roten Schwan fliegen sehen, obwohl er es nicht wollte?
„Dieses Lachen", sagte die alte Dame, „das war ich. Als er rief: ‚Lach nicht', sprach er zu mir."

„Und das Fliegen?"
„Denk nicht mehr darüber nach, ich erzähle es dir doch nicht. An dem Tag ist der rote Schwan geflogen. Nur an diesem Tag. Und dann hat dein Großvater ihn verloren. Diese Dinge passieren, es ist eigentlich ganz normal. Jungen verlieren Sachen."
„Am See?"
„Ja, dort. Und es war meine Schuld …"
Sie gingen an den Schrebergärten vorbei. Immer noch eingehakt, aber Jakob schämte sich nicht mehr. Er mochte die alte Dame. Weil sie ein Geheimnis hatte und es auch zugab. Nur um ihn zu beruhigen. Sie hätte auch gar nichts sagen brauchen. Er schaute sie an. Die Dame an seinem Arm war etwas kleiner als er. Ihr Haar glänzte silbern im Sonnenlicht. Sie schaute unverwandt vor sich hin. Jakob konnte nicht sehen, ob sie in Gedanken war oder ob sie den holprigen Weg mit den vielen Löchern nach sicheren Stellen für ihre Füße absuchte. Auf einmal schaute sie ihn strahlend an und sagte: „Aber du hast dein Schmusetier noch!"
„Ja", sagte Jakob.
„Christa hat es mir erzählt. Sie musste furchtbar darüber lachen, sie ist nicht schlecht, sie ist nur nicht richtig im Kopf. Wie heißt es?"
„Jip."
„Schöner Name. Pass gut auf es auf."
„Mache ich …"
„Ich habe noch eine alte Puppe. Mit Zöpfen und einem hübschen Kleid, schon sehr gebrechlich, mit lauter Rissen in ihrem kleinen Kopf … Wilhelmina."
„Auch ein schöner Name", sagte Jakob höflich.

„Danke“, sagte die alte Dame.

Sie blieben vor ihrem Häuschen unter der Kastanie stehen.

„Willst du wirklich in den Wald gehen?“

Jakob nickte. „Ich werde Großvaters Schwan suchen“, sagte er.

„Das habe ich befürchtet.“

„Vielleicht geht es Großvater besser, wenn er ihn wieder zurückbekommt ... Holz hält doch lange? Bemaltes Holz?“

„Ja“, sagte die alte Dame, „vor allem wenn er nicht im Wasser lag.“

„Ist er wirklich weggeflogen?“

„Ja, aber nicht weit.“

„Ist er dort vielleicht noch irgendwo?“

„Dass weiß ich wirklich nicht ...“

Macht nichts, dachte Jakob, wenn ich den Schwan nicht finde, suche ich so lange, bis ich die Frucht der Götter gefunden habe. Er konnte die Geschichte von den Früchten der Götter noch nicht wirklich glauben, aber es wäre toll, wenn sie wahr wäre. Die alte Frau glaubte an fliegenden Schwäne aus Holz, die Ärztin glaubte an Tabletten, die Pflegerin glaubte an gar nichts und sie hatten alle drei nichts für Großvater tun können. Großvater wälzt sich bestimmt noch immer in Fieberträumen.

Jakob entschloss sich an alles zu glauben.

„Ich kann dich nicht weiter begleiten“, sagte die alte Dame und schaute ihm dabei so eindringlich an, dass Jakob sich umdrehte, um zu sehen, zu wem sie eigentlich sprach. „Ich muss mich hinlegen. Aber merke dir eins: Alles, was du dir ausdenkst, gibt es auch. Wirst du ganz vorsichtig sein?“

Jakob nickte.

„Ganz vorsichtig?“
„Ich verspreche es“, sagte Jakob.
Die alte Frau lief über den gepflasterten Weg zu ihrem Haus. An der Tür drehte sie sich um.
„Also“, sagte sie, „verlaufe dich nicht, nicht auf der Brücke stürzen und den schiefen Baum freundlich grüßen.“
Sie ging ins Haus. Er muss wirklich aufpassen, dachte sie. Er schon ... Er hat es in sich, er kann den richtigen Blick bekommen.
Sie ordnete die Kissen in ihrem Sessel und setzte sich. Ich hätte ihm die Tüte mit Brot wegnehmen sollen, dachte sie. Sie schloss die Augen und schlief gleich ein.

Jakob stand vor dem schiefen Baum. Er hatte keine Lust zu klettern, also machte er nur eine kleine Verbeugung. Er schien verrückt zu sein! Na ja, niemand sah ihn, und er hatte es der alten Dame versprochen. Außerdem hatte er sich selbst versprochen an alles zu glauben und dann sollte man auch alles tun.
Er lief den Dünenpfad entlang zur Brücke. Gelbe Blumen, braune Eichen, kahler Sanddorn, Hügel rauf, Hügel runter. Auf der Brücke standen eine Mutter, ein Vater und zwei blonde Kinder und fütterten Vögel und Fische. Sie grüßten freundlich und Jakob grüßte zurück.
„Wollt ihr mein Brot?“, fragte er.
Der Junge und das Mädchen schauten ihre Eltern an und die nickten. Die Kinder nahmen das Brot und fingen begeistert an es zu verfüttern. Jakob suchte die Ufer des Sees ab. Er kletterte auf das Brückengeländer, um die Insel vor sich besser sehen zu können.

Er suchte, obwohl er es besser wusste, nach einem roten Fleck im Schilf. Nichts. Er hielt gegen jegliche Vernunft nach einem Baum auf der Insel Ausschau, der über die anderen Bäume hinausragte. Nichts – nur das Boot mit den Anglern, das er gestern schon gesehen hatte.
„Bist du auch vorsichtig?“, fragte der Vater.
Sein Sohn stand auf einmal neben Jakob auf dem Geländer. Der Mann griff den Jungen um den Bauch und stellte ihn auf die Bretter der Brücke zurück.
„Er tut das doch auch!“, protestierte der Junge.
„Der Junge hat bestimmt schon den Freischwimmer“, sagte die Mutter.
Jakob lächelte und nickte dem Jungen zu. „Hab ich“, sagte er.
„Unser Papa sagt“, sagte das Mädchen, „dass man hier nicht stürzen darf. Weil man dann anfängt zu bluten und dann kommen Fische aus dem Wasser. Papa hat es selbst gesehen.“
„Aber wir glauben das nicht“, sagte der Junge.
„Man kann nie wissen“, sagte Jakob. „Ich komme gleich runter. Ich will nur kurz …“
In diesem Moment sah er, nicht weit von der Brücke entfernt, am Ufer des Sees, links von ihm, eine versteinerte Frucht. Eine runde versteinerte Frucht, so groß wie ein Reihernest. Und deutlich sichtbar die Zahnabdrücke.
Also doch, dachte Jakob.
Dachte Jakob verblüfft.
Jakob war so verblüfft, dass er fiel.
Er fiel in eine stille Welt hinein.

Der Karpfenmann

Jakob schlug der Länge nach auf der Brücke auf.
Als Erstes hob er den Kopf und schaute, ob es wirklich wahr war. Es war wahr. Auch zwischen den Stäben des Geländers hindurch konnte er die versteinerte Frucht deutlich am Ufer des Sees liegen sehen. Die Abdrücke der Zähne waren ganz klar zu erkennen, als hätte gerade erst jemand reingebissen. Wie war das möglich? Gestern hatte er hier auf derselben Brücke gestanden und nichts gesehen, so sorgfältig und genau er auch geguckt hatte. Und nun ... Die Frucht gab es wirklich. Sollte das bedeuten, dass die Geschichte wirklich passiert ist, dass da draußen auf der Insel vor ihm ein Baum gestanden hatte, der die Früchte der Götter trug? Aber dann ...
Er dachte an Großvater. An den Schweiß, der ihm über das Gesicht lief, sein klatschnasses Haar, den starren Blick in seinen Augen, die ängstlichen Schreie, die er in seinen Fieberträumen ausstieß.
Großvater war alt. Jakob erinnerte sich an die Ferien in Frankreich, an die Spaziergänge, die sie gemacht hatten, an die Gespräche, die sie führten, an die Geschichten, die Opa erzählte. Und in all der Zeit, in all den Jahren, die sie sich kannten, war Großvater schon alt gewesen. Tränen stiegen Jakob in die Augen. Alte Menschen sterben und man weiß nie genau, wann. Wenn Großvater nun im Sterben liegt? Ich muss

unbedingt so eine Frucht kriegen!, dachte er. Großvater hat noch etwas mehr Zeit verdient, er soll doch noch seine Rückkehr nach Bakkum genießen können. Vielleicht stimmt die ganze Geschichte überhaupt nicht und vielleicht liegt dort gar keine Frucht, vielleicht träume ich das nur alles, das macht nichts, dann träume ich eben so lange, bis Großvater wieder gesund ist. Oder so lange, bis ich so eine Frucht erwischen kann. Was hatte Großvater noch über die Menschen um einen herum erzählt, die man nur träumt …?

Als Nächstes wunderte sich Jakob über die Stille, die ihn umgab. Das Geplapper der Kinder, die Stimmen ihrer Eltern, das Kreischen der Möwen, das Schnattern der Wasservögel, das Brodeln des Wassers, in dem die Karpfen mit ihren zähen Körpern kräftig rührten – all diese Geräusche schienen von einer Sekunde zur anderen zu Glas geworden zu sein und lautlos in der Luft zu hängen. Jakob setzte sich.

Erst jetzt spürte er den Schmerz in seinem Arm.

Dann sah er, dass der Ärmel seines Hemdes beim Sturz auf das harte Holz am Ellbogen aufgerissen und der Stoff dunkelrot war. Dort, wo er gelegen hatte, war eine kleine Blutlache, die langsam durch die Bretter sickerte. Das Blut zu sehen verschlimmerte den Schmerz. Er drückte seine Hand auf die Wunde und fühlte, dass es warm und klebrig war.

„Au“, wimmerte er.

Mit den Augen suchte er Hilfe bei dem Mann und der Frau und ihren Kindern, aber sie hatten nichts bemerkt. Sie schauten hinaus auf den See und streuten ihr Brot ins Wasser. Nein, sie streuten nicht, sie standen wie versteinert mit dem Brot in den Händen.

„Hallo Sie, bitte!“, sagte Jakob.

Sie reagierten nicht. Steif standen sie über das Geländer gebeugt. Idioten, dachte Jakob. Das sind die Menschen, die einen glatt ersaufen lassen, wenn man nicht schwimmen kann und im Kanal liegt und strampelt.
„Hallo, Sie da!“
Die eigene Stimme war das Einzige, das er hörte, seine Stimme und das aufgeregte Tirilieren eines Vogels ganz in der Nähe. Jakob stand auf. Er schaute nach oben. Die Möwen hingen totenstill, die Flügel gespreizt, als wären sie am stahlblauen Himmel festgenagelt. Kein Baum bewegte sich, kein Ästchen zitterte und auch die kleinen, silbernen Düsenjäger hingen still in der Luft.
Jakob beugte sich dicht neben dem kleinen Mädchen über das Geländer der Brücke. Die Enten, die Blesshühner und die gefräßigen Karpfen lagen still. Als wäre das Wasser zu Leim geworden. Das Mädchen schien nicht mehr zu atmen. Jakob bewegte seine Hand vor ihren Augen auf und ab. Sie reagierte nicht. Alles stand still … Eiskalte Angst erfasste Jakob. Glutweiße Wut stieg in ihm auf. Die Angst und die Wut trafen sich in der Mitte, sodass es schien, als würde sein Herz still stehen.
„Hör auf!“, schrie er, und er schlug mit aller Wucht auf das Geländer der Brücke. „Hör auf damit! Schau mich an! Sprich mit mir!“
Niemand sprach, nichts bewegte sich, niemand schaute ihn an. Jakob legte seine Stirn auf das Geländer und schloss die Augen. Ich muss nach Hause, dachte er, ich muss nach Hause, ich bin krank, ich hab Fieberträume genau wie Großvater, ich muss ins Bett, ich sehe Dinge, die nicht da sind, und Dinge, die wirklich da sind, sind zum Stillstand gekommen. Ich muss

hier weg! Ich komme ein anderes Mal wieder, um eine Frucht der Götter zu holen.
Er öffnete die Augen, und noch bevor er durch die erstarrte Welt zu Großvater Haus losgehen konnte, sah er, dass das Wasser unter der Brücke in Bewegung gekommen war. Haargenau unter der Stelle, wo er gerade hingefallen war, schwamm ein riesiger Karpfen. Er hatte das Maul halb offen und schlürfte das von Jakobs Blut dunkel gefärbte Wasser ein. Die anderen Karpfen lagen im Halbkreis um ihn. Ehrerbietig, so schien es. Als ob sie darauf warteten, bis sie an der Reihe waren. Die Schwänze wiegten träge hin und her. Der riesige Fisch nahm langsam Kurs auf das Ufer und schob sich den Sand hinauf …
Jakob beugte sich weiter über das Geländer und sah in weniger als einer halben Minute, wie der Karpfen eine Evolution von Millionen von Jahren durchlief. Die Schuppen machten Platz für glatte Haut. Aus den Flossen wurden Arme. Das Tier schob sich weiter an Land. Für einen Moment schien es zu schrumpfen. Eine kräftige Ratte. Es wuchs Haar aus der Haut. Jakob sah nur die Rückseite. Das Wesen stemmte sich auf die Hinterbeine. Streckte den Rücken. Das Haar verschwand. Genauso schnell, wie es gewachsen war. Das Wesen war kein Wesen mehr. Es war ein Mensch! Ein Mann! Er kletterte das Ufer hoch. Um seinen Körper wuchsen Kleider. Und Jakob kannte die Kleider! Die ledernen Sandalen, die nicht nur den Fuß, sondern auch die Knöchel umfassten, der schwere Harnisch, der bis über die Hüften hing, unter der Leder und eine rote Tunika herausschauten … Tunika?
Er sah den Rücken eines römischen Soldaten!
Der Soldat kletterte hoch. Er war bestimmt zwei Köpfe grö-

ßer als Jakob. Seine Tunika war zerschlissen, das Leder aufgerissen, der Harnisch verbeult und das kurze Schwert an seiner Seite war stumpf. Er schien direkt aus einer Schlacht zu kommen. Jakob hatte keine Zeit nachzudenken, nicht mal Zeit sich zu wundern. Gerade, als er glaubte, alles wäre zum Stillstand gekommen, da passierte das hier so rasend schnell. Auf der Brücke drehte der Soldat sich um.

Jakob wich zurück und klammerte sich fest an den Arm des Vater der Kinder, der wie eine Wachsfigur am Geländer stand, auch wenn Jakob fühlte, dass er noch immer ein warmes, lebendiges Wesen war.

„Schauen Sie doch!“, schrie Jakob.

Der Vater schaute nicht, die Mutter schaute nicht, auch die Kinder schauten nicht. Jakob schaute. Er konnte nicht anders. Er starrte den Soldaten an. Alles an ihm war Soldat, Mann und Mensch, alles, nur nicht sein Gesicht. Er hatte kein Gesicht, er hatte den Kopf eines Karpfens …

Das Maul stand halb offen und die Barteln an beiden Seiten zitterten, rot vom Blut, das der Karpfen im Wasser geschlürft hatte. Jakobs Blut. Plötzlich schoss ihm ein Satz aus einer von Großvaters Geschichten durch den Kopf:

Drei Tropfen, drei Tropfen Blut eines Kindes …

Den hatte er die ganze Zeit vergessen, jetzt fiel er ihm wieder ein, gerade eben. Das Maul schien zu grinsen und aus dem Körper stieg ein Laut. Hohl. Wie ein Echo, das ewig lang eingeschlossen war und nun endlich befreit wurde. Der Soldat hielt den Kopf schief und schaute Jakob mit einem eiskalten, stechenden Blick an. Jakob erstarrte. Kam es von diesem Blick des Karpfenmannes, dass alles still zu stehen schien? Der Soldat machte einen schwankenden Schritt …

Gott sei Dank! Jakob konnte sich noch bewegen. Er stieß sich ab und floh zur anderen Seite, die Brücke runter. Der Weg zum Dorf war ihm versperrt. Der Soldat lief zu den Eltern und den Kindern und zog sein Schwert.
„Passt doch auf!“, schrie Jakob. „Seht doch …!“
Aber der Karpfenmann beachtete sie gar nicht. Er lief an ihnen vorbei, geradewegs auf Jakob zu.
„Helft mir doch …!“, schrie Jakob panisch.
Aber es gab keine Hilfe.
Jakob drehte sich um und rannte davon. In den Wald.
Hier war er noch nie gewesen. Er bog plötzlich in einen Pfad ab, der links zwischen den Bäumen verschwand, um möglichst bald aus dem Blickfeld des Karpfenmanns zu entkommen. Er lief so schnell er konnte, aber er brauchte sich nicht umzudrehen, um zu wissen, dass er verfolgt wurde. Jakob spürte den weichen Waldboden vom Stampfen des Karpfenmanns beben. Er wusste aus seinen Geschichtsbüchern, dass der Mann bestimmt zwanzig Kilo an Rüstung und Waffen schleppte, wirklich schnell rennen konnte er also wahrscheinlich nicht. Aber vielleicht konnte er stundenlang sein strammes Tempo halten. Und wie lange würde er selbst durchhalten? Er war schon jetzt fast außer Atem. Aber warum verfolgte ihn der Mann eigentlich? Warum war er zum Leben erwacht? In welcher Welt war Jakob gelandet?
In einem Traum? Nein.
Wenn du im Traum denkst, dass du träumst, wachst du auf.
Das hier war wirklich.
Der Pfad endete auf einer großen Wiese. Scheiße! Jakob warf einen schnellen Blick über die Schulter zurück. Zwischen den Bäumen näherte sich der Schatten des Karpfenmannes. Lang-

sam, aber sicher. Jakob war ängstlich, aber schnell. Er musste es wagen. Er ballte die Hände zu Fäusten und raste los, querfeldein. Sein Herz schlug ihm bis zum Hals, Messer stachen ihm in die Seite, aber er drosselte erst sein Tempo, als er auf der anderen Seite zwischen den Bäumen war. Da erst schaute er sich wieder um. Der Karpfenmann kam mit stetigem Schritt über die Wiese. Die Erde bebte, das Maul war zu einem Grinsen verzogen, die blutverschmierten Barteln zitterten, der Karpfenkopf war leicht zur Seite gedreht und das kalte Fischauge schaute Jakob direkt an. Auf der Brust des Mannes hing an einem Band aus geflochtenem Haar ein weißer Lappen. Das fiel Jakob erst jetzt auf. Mehr Zeit zum Gucken erlaubte er sich nicht. Er drückte seine Hand gegen die schmerzende Seite und rannte weiter. Die Wunde an seinem Arm hatte aufgehört zu bluten, das war wenigstens etwas. Er hinterließ nur eine Spur von platt getretenem Gras, zerwühlter Erde und aufgewirbeltem Laub.

Er lief einen Pfad entlang, kam zu einer Kreuzung, sah, dass der Weg nach links und rechts gefährlich breit war, und rannte geradeaus weiter. Er kam zu einer kleineren Wiese. In der Mitte stand eine Gruppe dunkler Tannen. Jakob drückte sich zwischen den federnden Zweigen durch in eine von der Natur gebauten dämmrige Hütte. Sein Atem raste und Schweiß rann ihm über die Schläfen. Er zog Großvaters Schal aus und trocknete sich das Gesicht damit ab. Zum Glück hatte er jetzt einen Vorsprung. Auch wenn der Boden unter seinen Füßen vibrierte, war der Karpfenmann noch nicht zu sehen.

Eine kleine Kohlmeise kam angeflogen, setzte sich auf einen Ast neben Jakobs Kopf und begann aufgeregt zu zwitschern.

„Tie-ritti, tie-ritti, tie-ritti …"
Das Vögelchen flog weg, kam wieder zurück, flog weg, kam zurück und flog wieder weg – immer in dieselbe Richtung in den Wald hinein.
Jakob schenkte dem kleinen Vogel keine Beachtung. Er sah etwas, das sein Herz vor Freude einen doppelten Salto schlagen ließ: Autos! Er war am Waldrand! Ende Albtraum … Er spähte zwischen den Zweigen durch. Von seinem Verfolger war noch nichts zu sehen. Er schob die Zweige etwas zur Seite und band Großvaters Schal so an einen Zweig, dass er auffallen musste. Ohne dieses leuchtende Gelb um seinen Hals war er weniger gut zu sehen und vielleicht führte der Schal den Verfolger auf eine falsche Spur. Jakob kroch zwischen den Bäumen ins Freie und rannte los. Er erreichte den Waldrand, kletterte über einen niedrigen Stacheldrahtzaun, zerriss sich die Hose und winkte den Autos heftig mit beiden Armen.
Die Autos standen still.
Eigentlich hätte er das wissen können.
Eine verzauberte Welt endet nicht an einem niedrigen Stacheldrahtzaun. Die Fahrer saßen mit versteinerten Mienen hinter dem Steuer und starrten geradeaus. In einem Fahrschulauto saßen zwei lachende Männer, aber auch ihr Lachen war versteinert. Von den Fahrern und ihren Mitfahrern war keine Rettung zu erwarten.
Jakob vermutete, dass das die Seestraße war, die nach rechts zum Meer führte und nach links zum Dorf. Er beschloss den Versuch zu wagen zu Großvaters Haus zu gelangen. Da stand wahrscheinlich auch alles still, aber es wäre wenigstens eine vertraute Umgebung. Also nach links, zum Dorf. Mit dem

Karpfenmann hinter sich wagte er nicht, auf offener Straße zu rennen. Aber auf der anderen Seite gab es einen Fahrradweg, von der Straße durch eine dichte Reihe Bäume getrennt. Da war er auf jeden Fall sicherer. Bevor er die Straße überquerte, schaute er gewohnheitsgemäß erst nach links und …

Hundert Meter weiter stand der Karpfenmann zwischen den Autos auf dem Asphalt und schnitt ihm den Weg zum Dorf ab.

Was nun? Doch zum Strand? Oder zurück in den Schutz des Waldes, wo man sich besser verstecken konnte, wo aber auch der Karpfenmann sich leichter ungesehen anschleichen konnte? Nun ja, ungesehen schon, aber nicht ungehört.

Jakob entschied sich für den Wald. Er drehte sich um …

Da stand er Auge in Auge mit dem Karpfenmann.

Ein Schwert sauste durch die Luft. Das hohle Gurgeln aus der Kehle des Scheusals klang fast wie ein Lachen. Jakob bückte sich blitzartig. Gerade noch rechtzeitig. Wie die Schwingen eines Vogels sauste das Metall knapp über seinen Kopf hinweg. Die freie Hand des Karpfenmanns schoss nach vorn, aber Jakob wich nach hinten aus, drehte sich um und rannte um sein Leben. Zwischen den Autos durch auf die andere Seite. Aus dem Augenwinkel sah er in der Ferne den Karpfenmann auf dem Weg stehen. Den Karpfenmann? Einen Karpfenmann …

Es waren plötzlich zwei.

Oder mehr.

Jakob sprintete an einem Sportplatz vorbei, einem kleinen See, einem großen Gebäude, überholte links und rechts versteinerte Fahrräder, schaute sich ab und zu in Todesangst um, sah aber, dass er noch nicht verfolgt wurde. Die Männer hat-

ten keine Eile. Warum sollten sie auch? Eine Maus schmeckte besser, wenn man erst eine Weile mit ihr gespielt hat.
Links neben dem Weg sah Jakob ein großes Restaurant. „Johannas Hof", las er. Die Terrasse war voller Ausflügler mit vielen Kindern. Herbstferien. Er zögerte keinen Moment, rannte zwischen den Tischen hindurch und hinein. Niemand nahm Notiz von ihm. Er konnte tun und lassen, was er wollte. Alle waren wie bei Dornröschen in eine Art hundertjährigen Schlaf gefallen.
Ein Telefon! Der Apparat stand auf der Theke dem Eingang gegenüber. Jakob nahm den Hörer von der Gabel und drückte 112. Die Leitung war tot. Er stand mit dem Rücken zur Wand hinter der Theke, sodass er sowohl den Eingang als auch die verschiedenen Räume des Restaurants im Auge behalten konnte, und versuchte es noch einmal. Kein Ton. Wie konnte es auch anders sein? Aber irgendwie, irgendwo, an einem bestimmten Ort, einmal musste der Wahnsinn doch aufhören! Wo war die Grenze? Jakob wählte zum dritten Mal die Nummer. Die ganze Welt konnte doch unmöglich zum Stillstand gekommen sein?
Die Karpfenmänner jedenfalls nicht. Noch bevor Jakob eingesehen hatte, wie sinnlos sein Versuch war, und den Hörer zurück auf die Gabel legen konnte, erschien einer von ihnen auf der Terrasse. Jakob tauchte hinter die Theke. Er war nicht gesehen worden, das wusste er sicher. Er schaute sich vorsichtig um. Die Räume hatten große Fenster, das war schlecht für ihn. Nach draußen wollte er absolut nicht. Er schlich im Schutz der Theke in die Küche. Versteinerte Köche hielten versteinerte Löffel in versteinerten Suppen. Er griff ein großes Fleischmesser aus einer

Schublade und schlich weiter, zur Küche raus, tiefer in das Gebäude hinein.
Was sollte er mit dem Messer? Würde er es benutzen, wenn es nötig wäre? Er traute sich nicht mal einem gebratenen Huhn den Flügel abzuschneiden. Aber das war in seiner eigenen Welt. Früher.
Er schaute auf die Uhr. Früher war noch keine Stunde her. Nun verfolgten ihn Männer mit Schwertern, mit Fischköpfen. Jakob spürte noch das Sausen des Schwerts knapp über seinem Kopf und sah den Karpfenmann noch ganz genau vor sich: die Barteln an dem blutverschmierten Maul, den zur Seite gedrehten Kopf, aus dem ein eiskaltes Auge ihn anstarrte. Würde er sich trauen das Messer da reinzustechen? Vielleicht, aber nur vielleicht. Aber was dann? Während er den einen erstach, würde ihn der andere von hinten überwältigen. Er würde nie gewinnen. Er hielt das Messer dicht vor das Gesicht und betrachtet sein Spiegelbild. Er war noch er selbst. Er schon. Als Einziger. Aber eins kann ich tun, dachte er und war froh, dass er überhaupt noch denken konnte: Ich muss mich versteckt halten und abwarten. Abwarten, bis alles vorbei ist. Oder lieber: Bis alles wieder beginnt. Bis die Welt wieder zu leben beginnt.
Er zog eine Tür auf. In einem kleinen Büro saß ein versteinerter Mann hinter einem versteinerten Computer.
Dann sah Jakob die Treppe. Die Stufen führten zu einer Klappe, am Ende der Treppe. Er spähte um sich und lauschte gespannt. Nichts. Kein Laut, keine Bewegung. Kein Vibrieren, wie schwach auch immer, ging durch den Boden. Schnell stieg er die Stufen hoch und stemmte die Klappe auf. Er gelangte in einen dämmrigen Raum. Vorsichtig schloss er die Klappe und

schaute sich um. Im spärlichen Licht, das durch zwei Fenster fiel, konnte er sehen, dass der Speicher voll gestopft war mit altem Gerümpel – Kisten, Möbel, ein paar ausrangierte Computer. Staub wirbelte unter seinen Füßen auf und tanzte in den Sonnenstrahlen, als er zum Fenster schlich. Er hatte Glück: Von hier konnte er die Terrasse und den Pfad zum Wald sehen, wo die Verfolger herkamen. Und er hatte Pech: Sie waren schon da. Zwei Karpfenmänner stampften zwischen den Tischen und Stühlen herum, während ein anderer am Waldrand Wache stand.
Jetzt waren es schon drei.
Jakob beschloss, die Klappe mit den schwersten Sachen zu verrammeln, die hier auf dem Speicher zu finden waren. Er konnte dann vom Fenster aus die Lage draußen im Auge behalten und die schwer beladene Klappe würde ihn schützen oder das umfallende Gerümpel würde ihn warnen, sollte der Überfall von der Treppe her kommen. Er stellte einen Stuhl ans Fenster. Um sich hinzusetzen und um damit das Fenster einzuschlagen, wenn die Karpfenmänner die Treppe raufkommen sollten. Er würde springen müssen, aber es war nicht hoch. Die einzig wirkliche Gefahr war, dass er umzingelt würde, aber dafür mussten sie zuerst dahinter kommen, wo er sich versteckt hielt, und das war noch nicht geschehen. Einer der Karpfenmänner hatte die Terrasse bereits wieder verlassen und marschierte in den Wald südlich der Seestraße. Keiner von ihnen hatte nach oben geblickt.
Jakob fing an, Möbel zur Klappe zu schieben. Das machte einen Mordskrach, aber bei weitem nicht so einem enormen Lärm wie das Stampfen der Karpfenmänner draußen. Nach jedem Ruck warf er einen Blick aus dem Fenster. Aber nichts

hatte sich geändert. Ein Karpfenmann stampfend auf der Terrasse, der zweite auf der Straße zum Dorf, der dritte im Wald. Jakob schob die Möbel vorerst neben die Klappe, denn jedes weitere Geräusch könnte ihn verraten, und wer sagte ihm, dass der Karpfenmann nicht die Wand zum Fenster hochklettern konnte. Von der Treppe kam kein Geräusch. Das war der einzige Vorteil dieser stillen Welt, in der Jakob gelandet war: Die Verfolger konnten keinen Schritt in seine Richtung machen, ohne dass er es dröhnen hörte.

Es erstaunte ihn, wie ruhig er war. Nicht, dass er sich auf dem Speicher sicher fühlte, absolut nicht, aber nachdem er nun beschlossen hatte hier zu bleiben, bis irgendetwas passieren würde, was auch immer, war die Angst wie weggeblasen. Er konnte wieder nachdenken. Vielleicht konnte man auch einfach nicht die ganze Zeit mit schlotternden Beinen dastehen. Er war nun sogar so ruhig, dass er seinen Hunger spürte.

Er konnte nach unten gehen, wenn er wollte. Und sich traute. Er nahm das Messer, holte tief Luft, zog die Klappe hoch und schlich die Treppe runter. In der Küche erschrak er. Er hatte den Eindruck, als hätten sich die Köche bewegt. Er war sich sicher, dass der bei der Suppe seinen Löffel vorhin noch in den Topf gehalten hatte …

Es erinnerte ihn an einen Besuch auf einem Rummelplatz. Da standen altmodische Apparate, die aussahen wie Fernrohre. Wenn man zwei Zehner eingeworfen hatte, konnte man einen Film sehen. Jakob hatte reingeguckt und nur ein Bild gesehen: Charly Chaplin und einen dicken Mann mit wilden Augenbrauen. Erst nach einer Weile entdeckte er, dass eine Kurbel am Apparat war. Vorsichtig drehte er daran. Das Bild machte Platz für ein Bild, das dem ersten glich und doch etwas anders war – als wäre es eine Sekunde später aufgenommen worden. Das dritte Bild wieder eine Sekunde später. Ein Arm hing etwas höher in der Luft, ein Bein war vom Boden hochgehoben. Bis ihm ein Freund erklärte, dass man nicht vorsichtig, sondern die Kurbel schnell drehen musste. Da bekam Jakob einen Ruckelfilm zu sehen. Nur ein kleines Stückchen, dann war sein Geld aufgebraucht.

Jakob hatte den Eindruck, ein anderes Bild in der Küche zu sehen als das Bild, das er beim ersten Mal dort gesehen hatte. Ein Bild, ein paar Sekunden später aufgenommen. Nur gab es hier nirgends eine Kurbel, um die Zeit damit anzutreiben.

Was ihn aber am meisten erstaunte war, dass der große Pfannkuchen, den er sich aus einer Pfanne grabschen wollte, glühend heiß war. Na prima, erst eine Wunde am Arm, dann einen Riss in der Hose und nun verbrannte Finger. Gut, dass er sich gebückt hatte, als der Karpfenmann mit seinem Schwert ausholte … Jakob ging zu einem anderen Mann, der Brötchen schmierte und belegte. Er nahm ein Stück Schinken, einen Kanten Käse und eine Tüte Brötchen und eilte damit die Treppe rauf. Er schwor sich, später, in der anderen Welt, wieder zurückzukommen und zu bezahlen.

Erst als er die Klappe mit den Möbeln beschwert hatte und auf seinem Stuhl am Fenster saß, gönnte er sich etwas Zeit zum Grinsen. Er dachte wieder an das Märchen von Dornröschen, an den Koch, der gerade in dem Moment in Schlaf fiel, als er seinem Gehilfen eine Ohrfeige verpassen wollte. Wenn alles wieder gut würde, irgendwann, würde der arme Koch unten in der Küche seine Butter auf das Brotbrett streichen und dann erst begreifen, dass wie durch ein Wunder alle Brötchen unter seinen Händen verschwunden waren. Man

könnte, dachte Jakob, eine Menge Späße in dieser Situation machen. Man könnte Dinge vertauschen. Töpfe, Pfannen, die Mützen der Köche. Sich kleine Streiche ausdenken: Salz und Zucker vertauschen, eine Null mehr in die Kasse tippen … Und dann genüsslich das Chaos betrachten, wenn alle wieder in Bewegung kämen. Das könnte er einfach tun, wenn … die Karpfenmänner ihm nicht auf den Fersen wären.
Jakob schnitt ein Stück Schinken ab und legte es auf ein halbes Brötchen. Er nahm einen Bissen und schaute kauend nach draußen. Er sah nur noch den Karpfenmann auf der Terrasse! Der marschierte immer noch hin und her. Die anderen zwei waren von der Bildfläche verschwunden. Der eine in den Wald und der andere? Doch nicht gut aufgepasst, und …
Verdammt!
Draußen hatte sich auch alles verändert! Genau wie in der Küche. Das Auto mit den lachenden Männern, das eben noch auf der Straße gestanden hatte, stand jetzt auf dem Parkplatz hundert Meter weiter. Jakob war sich ganz sicher. Es war das Fahrschulauto. Also bewegte sich doch alles. Aber nur, wenn er nicht hinsah. Hinter seinem Rücken. Oder war die Bewegung sichtbar? Jakob konzentrierte sich auf das Fahrschulauto und, ja, es schien sich tatsächlich zu bewegen. Quälend langsam, aber doch. Man konnte es wahrscheinlich am besten sehen, wenn man sich den Platz, an dem es stand, gut merkte, die Augen kurze Zeit zumachte und dann wieder hinsah. Das Problem war nur, dass Jakob sich nicht traute seine Augen zu schließen, er war schon einmal unachtsam gewesen. Aber der Karpfenmann marschierte weiter und blickte nicht nach oben, also … Jakob machte die Augen zu.
Tok! Gegen die Scheibe.

Jakobs Herz hüpfte in den Hals und er riss die Augen weit auf. Auf dem schmalen Rand unter dem Fenster saß eine Kohlmeise. Das Tierchen schüttelte seine Federn und schien noch etwas benommen von dem Aufprall, aber die Augen waren hellwach und schauten Jakob direkt an. Jakobs Herz sackte laut plumpsend zurück in seine Brust. Nur mit Mühe bekam er wieder etwas Luft. Er spähte vorsichtig nach unten. Der Karpfenmann hatte nichts bemerkt.
„Danke schön", sagte er halb laut, „das hab ich jetzt wirklich gebraucht."
Das Vögelchen machte mit dem Kopf kleine, nervöse Bewegungen nach rechts, als wollte es ausprobieren, ob alles noch festsaß, und flog dann weg, Richtung Seestraße. Jakob sah, dass das Fahrschulauto geparkt war. Zwei Türen standen auf und zwei Männer schienen beim Aussteigen versteinert worden zu sein. Aber das wirkte nur so. Sie bewegten sich. Alles bewegte sich.
Jakob schaute auf die Uhr. Es war ungefähr eine halbe Stunde vergangen, seit er aus dem Wald gekommen war und die Männer lachend in ihrem Auto sitzen sah. Wie weit waren sie inzwischen gefahren? Dreihundert Meter? Das machte das Rechnen sehr einfach. Sie hatten in einer Minute zehn Meter zurückgelegt. Das stimmte ungefähr mit seiner Wahrnehmung überein. Parken ging natürlich etwas langsamer … Der Karpfenmann unten schien wie im Schlaf zwischen den Tischen, den Stühlen und den fröhlichen Gästen umherzugehen. Steif, aber nicht träge. Er bewegte sich im gleichen Tempo wie Jakob. Bis jetzt. Aber er blickte immer noch nicht nach oben. Wo war nur der zweite abgeblieben? Der dritte streifte durch den Wald, wenn Jakob Glück hatte. Auf der

Treppe war es immer noch ruhig. Jakobs Atem ging wieder normal. Er nahm noch einen Bissen von seinem Brötchen.
Jetzt ganz ruhig, dachte Jakob, die Autos auf der Seestraße fahren sechzig Kilometer pro Stunde, normalerweise, aber jetzt in einer Stunde sechshundert Meter. Dann ... Verrückt. Da saß er mitten in den Herbstferien mitten in einer irrsinnigen, erstarrten Welt auf einem dämmrigen Speicher und löste ganz freiwillig eine Rechenaufgabe. In der Schule war er recht gut, aber hier, wo er ständig nach draußen schauen musste, um seine Verfolger im Auge zu behalten, kostete es ihn mehr Mühe. Und gerade, als er glaubte die Lösung zu kennen, erschreckte ihn der zweite Angriff der Kohlmeise fast zu Tode.
Das Fenster ist bestimmt gerade erst eingebaut worden, dachte Jakob, als er nach dem verstörten Vogel schaute. Er hatte hier sicher ein Nest auf dem Speicher und kann jetzt nicht mehr rein. Jakob zuckte hilflos mit den Schultern.
„Ich kann dir nicht helfen“, flüsterte er. „Du darfst nicht ans Fenster fliegen. Du kannst doch nicht rein, und dann hört dich noch der Karpfenmann und schaut nach oben.“
Das Tierchen schüttelte nervös den Kopf, flog hoch und machte die verrücktesten Kunststücke. Wie ein Flugzeug: Trudeln, Looping, dreifacher Salto ...
„Ja, ja“, sagte Jakob, „du bist ein sehr hübsches Vögelchen.“
Er sah auf die Uhr. Beinahe Viertel nach zwölf. Sie würden sich schon Sorgen machen, wo er wohl bliebe, und Sorgen würden auch nicht gerade dazu beitragen, Großvater gesund werden zu lassen. Verdammt. Aber vielleicht war ja seine Mutter schon eine Weile da und die hatte heilende Hände. Zwischen zehn und elf Uhr gab es doch nirgends einen Stau?

Aber … konnte es nicht sein, dass auch seine Mutter in der gleichen Trägheit gefangen war wie alle anderen um ihn herum? Wo lag die Grenze? Jakob konnte sich nicht vorstellen, dass sich in Amsterdam auch alles in Zeitlupe abspielte …
Die Meise flog flatternd Richtung Seestraße.
Und wenn nun seine Mutter tatsächlich so langsam war wie all die anderen hier?
Jetzt, wo er hier schon eine Stunde saß, wusste er ganz genau, dass sich noch alles bewegte. Er hatte Kellner auf der Terrasse erscheinen sehen und wieder verschwinden. Er hatte Autos auf der Seestraße und auf dem Parkplatz sich bewegen sehen. In einer Viertelstunde legten Fußgänger etwa zehn Meter zurück und Autos waren von der Bildfläche verschwunden. Wenn man sie beobachtete, waren ihre Bewegungen kaum wahrnehmbar, aber sie bewegten sich. Alles bewegte sich. Und alles und jeder im gleichen Tempo, außer …
Also doch!, dachte Jakob. Ein kalter Schauer lief ihm über den Rücken. Alles und jeder bewegt sich im gleichen Tempo. Außer mir. Außer mir und den Karpfenmännern. Die Welt ist genau so, wie sie sein muss und immer war, nur ich bin in eine andere Zeit gekommen. Ich und die Karpfenmänner. Darum hat auch niemand auf das, was ich tue oder rufe, reagiert! Sie sind nicht unsichtbar träge, ich bin unsichtbar schnell! Darum kann mir niemand helfen! Ja, vielleicht könnten sie mich sehen, wenn ich eine Viertelstunde still stehe, direkt vor ihrer Nase, aber was könnten sie für mich tun in ihrer unbeholfenen Trägheit? Nichts! Und ich kann doch nicht eine Viertelstunde auf einem Fleck, wo Menschen sind, still stehen bleiben! Da sind die Karpfenmänner auch! Und sie sind in der gleichen schnellen Zeit …

Was hatte Großvater gesagt?
„Die Geschichten können sich hier abspielen, hier an diesem Ort, in diesem Augenblick. Wir sehen sie nur nicht. Wir haben den falschen Blick …"
Er war in einer Geschichte!
Er hatte offensichtlich den richtigen Blick. Wie er zu dem so plötzlich gekommen war, kapierte er ebenso wenig wie so vieles sonst auch. Aber eine Sache war ganz klar: Er steckte in einer Geschichte und wollte so schnell wie möglich wieder raus! Märchen gingen meistens gut aus, aber das konnte man von Großvaters Geschichten nicht behaupten. In der Geschichte über die Frucht der Götter starben die beiden am Ende, zwar schön, aber sie starben. Und … Wieder lief ihm ein Schauer über den Rücken. Wenn in Geschichten die Zeit so schnell ging, dann bestand der Dünensee mit der Insel in der Geschichte schon ewig und ewig und ewig und ewig … Dann hatte Großvater doch Recht! Dann war es doch nicht so unwahrscheinlich, dass er die versteinerte Frucht gesehen hatte.
Jakob schüttelte den Kopf. Ihm war schwindelig. Es war alles viel zu verworren, um es zu begreifen. Die durchwachten Stunden der vergangenen Nacht machten sich bemerkbar. Er rieb sich die Augen, aß noch etwas und kämpfte gegen den Schlaf an. Er riss die Augen weit auf, schaute zu den Ziegen auf der Weide vor dem Restaurant und zu den Kindern auf dem Spielplatz. Die Ziegen grasten und die Kinder spielten fast bewegungslos in einer stillen Welt, Kinder mit steif nach hinten stehendem Haar auf halber Höhe der Rutschbahn. Die Geräusche waren zu träge, um gehört zu werden. Da gab es nur noch den Karpfenmann auf Wache. Er hatte noch immer

nicht bemerkt, dass Jakob so greifbar nahe war, und marschierte im Rhythmus einer Pendeluhr auf der Terrasse hin und her. Hin und her, hin und her …

Später wusste Jakob nicht mehr, was ihn geweckt hatte. Das irre Ticken der Kohlmeise gegen das Fenster oder die dröhnenden Schritte auf der Treppe. Es dauerte einen Moment, bis es zu ihm durchdrang, was dieses Geräusch auf der Treppe bedeutete. Erst schaute er sich verwundert um. Ihm fiel auf, dass es auf dem Speicher stockdunkel war, wogegen die Terrasse draußen von der Herbstsonne noch voll beleuchtet wurde. Er starrte auf die Uhr. Fast sieben. Direkt vor dem Fenster schwirrte die Kohlmeise mit wild flatternden Flügeln in der Luft.

Die Meise …

Und blitzartig begriff Jakob: Ich bin nicht allein! Ich bin nicht der Einzige, der mit den Karpfenmännern in dieser schnellen Zeit gefangen ist. Die kleine Meise war die ganze Zeit schon da! Gestern auf der Brücke war sie da und heute im Wald, und seit ich auf dem Speicher sitze, ist sie bei mir gewesen und hat die ganze Zeit versucht mir etwas zu sagen. Sie ist genauso schnell wie ich und die Karpfenmänner. Dass ich das nicht eher bemerkt habe! Ich weiß nicht, was sie mir sagen will, aber ich sollte besser zuhören. Ich habe eine Verbündete.

Das bedachte er alles in der einen Sekunde, die er brauchte, um wach zu werden. In der nächsten Sekunde sah er, wie die Klappe mit all den Möbeln darauf mit gewaltiger Kraft aufgeworfen wurde, sah den Kopf des Karpfenmannes auftauchen, beleuchtet vom Licht aus dem Restaurant unten. Jakob sprang auf, nahm das Messer, schlug die Scheibe mit dem

Stuhl ein und sprang aus dem Fenster. Hart kam er auf, aber er hatte sich nichts gebrochen. Er sprang auf und rannte weg. Hinter der Kohlmeise her. Die Erde bebte unter seinen Füßen und er wusste, dass es nicht seine ängstlichen Schritte waren, die das Beben verursachten.

Also flüchtete er.

Aber wohin?

Kannte die Meise den Ausgang der Geschichte? Das könnte sein. Alles war jederzeit möglich. Jakob beschloss, sein Glück zu wagen. Sein Gefühl sagte ihm, dass der Vogel ihm helfen wollte.

„Tie-ritti, tie-ritti."

Die Meise flog in Augenhöhe direkt vor Jakobs Gesicht, und das war gut so, denn Jakob merkte, dass er die Nacht vom Speicher mit sich genommen hatte. Die Dunkelheit hatte sich um ihn gelegt wie ein Mantel. Er konnte höchsten zwei Meter weit sehen. Nur die anderen Menschen auf ihren Terrassen, in ihren Autos, auf ihren Fahrrädern, in ihrer eigenen Zeit, in ihrer eigenen vertrauten Zeit steckten in Lichtkegeln, die aus kleinen Rissen im Nachthimmel über Jakob auf sie niederschien.

„Tie-ritti, tie-ritti."

Jakob rannte weiter über den bebenden Boden. Blindlings folgte er dem Zwitschern des Vögelchens, das ein paar Meter vor ihm flog, zwischen zwei Gebäuden durch, entlang einer Hecke Richtung Seestraße, zwischen schwach beleuchteten Autos durch zur anderen Seite. Am Waldrand schaute er sich um. Die Terrasse des Restaurants lag im vollen Sonnenlicht. Gegen das Licht sah er die Silhouetten von ungefähr sechs Karpfenmännern näher kommen.

„Tie-ritti, tie-ritti.“
Jakob folgte der Meise in den Wald. Da war es stockfinster. Nicht der geringste Lichtschein. Das Vögelchen flog schnell. Erst quälte sich Jakob durch den losen Sand eines Reiterpfades, aber schon bald flog der Vogel ins Unterholz. Jakob war fest entschlossen ihm zu folgen, wohin er auch flog. Es war unverkennbar, dass er die Welt dieser Geschichte kannte und Jakob – jedenfalls schien es so – wohlgesonnen war. Jakob hatte auch gar keine andere Wahl. Die bebende Erde … Er sah die Hand vor Augen nicht. Er folgte dem Tieritti der Kohlmeise und zwängte sich zwischen tief hängenden Ästen hindurch. Er kletterte über Stacheldraht, spürte, wie seine Hose wieder riss, aber er taumelte weiter, nur mit dem kleinen Vogel als Kompass.
Dann stieg der Boden unter seinen Füßen auf einmal steil an. Er schaute die Böschung hinauf und sah die Umrisse eines kleinen Ferienhauses. Er war auf einem Campingplatz. Herbst in Bakkum. Ansichtskarten. Liebe Grüße. Letzte Grüße …? Er konnte nicht mehr. Aber die Meise flog weiter und er folgte ihr. Oben angekommen legte er seine heiße Stirn gegen das kühle Glas in einem der Fenster der Hütte und sah in der Scheibe gespiegelt, wie auf halber Strecke der Böschung ein kleiner weißer Flecken Licht aus der Düsternis auf ihn zu kam: Das weiße Läppchen auf der Brust des Karpfenmannes!
„Tie-ritti, tie-ritti!“
Das Vögelchen setzte sich auf Jakobs Kopf, nahm ein Büschel Haare in den Schnabel und flog auf. Es steckte überraschend viel Kraft in dem kleinen Körper und der Schmerz brachte Jakob wieder auf Trab, ließ ihn humpelnd weiterge-

hen, den Hügel hinab. Er stolperte, fiel, stand auf und taumelte weiter.
Er stieß wieder auf Stacheldraht, wäre fast darüber gefallen und spürte, wie die Stacheln in seinen Bauch stachen. Das Messer flog ihm aus der Hand. Jakob riss sich los. Er kletterte über den Stacheldraht und begann auf Händen und Füßen durch das feuchte Herbstlaub zu kriechen. Das Messer konnte unmöglich weit weg sein, aber er fand es nicht. Die Meise flatterte laut zwitschernd vor ihm in der Luft. Jakob hob den Kopf. Er konnte nicht mehr rennen, nicht mehr laufen, nicht mal mehr stolpern. „Wer bist du nur?“, keuchte er.
Das Vögelchen setzte sich auf Jakobs Unterlippe und pickte ihm mit dem Schnabel fest in die Nase. Jakob warf den Kopf zurück.
„Au! Mist!“, sagte er. „Ist gut, ich ergebe mich. Ich tu alles, was du sagst. Kein Messer?“
„Tie-ritti.“
„In Ordnung, kein Messer …“
Jakob stand auf.
„Wenn du nur reden könntest“, sagte er keuchend. „Du weißt alles und ich weiß nichts. Aber ich kann fragen, was ich will, du kannst nichts sagen.“
„Tie-ritti“, sagte die Meise.
„Und was machen wir jetzt?“, fragte Jakob.
„Tie-ritti“, sagte die Meise.
„Es sieht so aus“, sagte Jakob, „als müssten wir zwei es alleine schaffen. Nur wir beide …“
„Tie-ritti“, sagte die Meise.
Sie setzte sich auf Jakobs Kopf, nahm erneut ein Büschel Haare in den Schnabel und flog auf.

„Au!“, sagte Jakob. „Gut, wir gehen. Du willst mir helfen. Ich lasse mir helfen. Abgemacht?“
Die dröhnenden Schritte kamen näher und näher.
„Tie-ritti.“
Jakob kämpfte sich aus dem Gebüsch. Sie kamen auf einen Weg. Auf einer Kreuzung etwas weiter vorn, unter eine Kuppel von hellem Tageslicht, stand die Familie, die er früher am Tag auf der Brücke gesehen hatte. Für einen Moment spürte er das Verlangen, Schutz in ihrer Mitte zu suchen. „Dann kommen die Fische aus dem Wasser“, hatte das Mädchen gesagt, „Papa hat es selbst gesehen.“ Offensichtlich kannten sie die Geschichte, in der Jakob gelandet war. Der Vater schien Jakob direkt anzuschauen, als würde er sehen oder wissen, was da passierte, aber nicht eingreifen können.
Es wäre auch sinnlos, das war Jakob klar. Außerdem war es besser für ihn, sich nicht ins Licht zu wagen, das die Menschen umgab. Er folgte der Meise, die an der Kreuzung den Weg wieder verließ und zwischen hohen, kahlen Buchenstämmen in den Wald flog. Die Bäume boten wenig Schutz, aber Jakob hatte sich vorgenommen, sein Schicksal in die Krallen der kleinen Meise zu legen, und so verließ auch er den Weg.
Weil die Bäume hier weiter auseinander standen, drang etwas Licht bis zum Waldboden durch. Jakob sah verdutzt nach oben und sah tausend helle Sterne. Die Meise ließ sich auf etwas nieder, das eine Mauer zu sein schien. Er lief hin. Es war ein gemauerter Brunnen, ein kleines Rechteck, in dem das Wasser die Baumspitzen widerspiegelte. Jakob setzte sich neben den Vogel auf die Brunnenmauer und ein unerklärliches Gefühl von Sicherheit überkam ihn. Ein Brunnen, von Men-

schen gebaut, gab Mut und Hoffnung in diesem bizarren, verzauberten Wald, in dem es sonst nichts Viereckiges gab, in dieser verrückten Welt, in der Karpfen feindliche Soldaten wurden und Kohlmeisen als Retter in der Not auftraten. Ein gemauerter Brunnen schenkte Vertrauen.
„Ist das hier unser Ziel?“, fragte Jakob.
„Tie-ritti“, antwortet das Vögelchen.
Es war, als würde ein Sturm aufkommen. Tief aus der Rinde der Buchen drang ein Knarren, Stämme krachten nieder und Äste brachen. Wind kam auf und zerzauste Jakobs Haare.
Da sind sie, dachte Jakob, die Karpfenmänner. Alle. Er umklammerte den Steinrand, auf dem er saß, und kniff die Augen zu. Game over, dachte er, jetzt ist mein Leben vorbei.
Aber da war kein Schwert, das ihn durchbohrte, da waren keine Hände, die ihn festhielten … Keine seiner Ängste bewahrheitete sich. Der Sturm legte sich, alles wurde wieder still und Jakob öffnete die Augen. Er befand sich in einer Festung aus lebendem Holz. Stämme lagen wie Mauern um ihn herum, Zweige bogen sich wie ein Dach über seinen Kopf und aus den Zweigen sprossen neue Blätter, die die Ritzen im Dach und in den Mauern abdichteten. Er sah sie wachsen … Als würde er einen zu schnell abgespielten Film sehen. Und das in einer Welt, die doch schon so rasend dahin jagte!
War er hier sicher? Lag darin der Sinn? War dieser unvermittelt ausgebrochene Frühling nur dazu da, ihn, Jakob, zu beschützen vor der Gefahr, die ihn bedrohte? Und wer hatte da seine Hand im Spiel? Die Meise? Die Natur selbst, geführt von den alten unsterblichen Göttern? Es konnte kein Zufall sein. Und so, wie er beschlossen hatte der Kohlmeise zu vertrauen, beschloss er nun …

Die Meise war verschwunden!
Jakob fühlte sich mit einem Schlag einsam. Als würde er wieder ganz alleine dastehen. Und nur weil die Meise …? Blödsinn. Aber der Vogel hatte ihn doch zu diesem Platz geführt und hier hatten die Bäume sich seiner erbarmt … Jakob beschloss auf die mysteriöse Kraft, die ihm so plötzlich zu Hilfe gekommen war, zu vertrauen und hier zu warten, bis er ein Zeichen bekam, dass er selbst wieder in Aktion treten musste. Etwas anderes blieben ihm auch nicht übrig.
Er hatte Durst. Er beugte sich über den Brunnen, wagte aber nicht zu trinken. In Holland konnte man nur dem Leitungswasser trauen. Und was auch geschehen sein mochte, eins war klar: Er war noch in Holland. In den Wäldern von Bakkum. Er war nicht in einer anderen Welt gelandet, wie er anfangs glaubt hatte, aber in einer anderen Zeit. In einer Geschichte – so idiotisch es auch klang.
Dann wenigstens den salzigen Schweiß vom Gesicht waschen. Er formte seine Hände zu einer Schale, doch noch bevor er sie in das Wasser tauchen konnte, sah er eine Bewegung im Brunnen. Frösche? Salamander? Er starrte aufmerksam in die Tiefe.
Das Wasser war glatt wie ein Bildschirm, und er sah, dass die Bewegung nicht in der Tiefe, sondern an der Oberfläche stattfand. Er sah sich selbst. Nicht seinen Kopf als Spiegelbild, nein, er sah sich selbst auf dem Brunnenrand sitzen – als ob er aus geringer Entfernung gefilmt würde. Er schaute nach etwas, zu jemandem, der sich außerhalb des Bildes befand, denn er hörte eine Stimme. Die Stimme eines Mädchens. Sie sagte: „Komm, es ist Zeit zu gehen."
Jakob sah sich aufstehen. Sein Ebenbild im Brunnen bückte

sich, hob eine zusammengerollte Decke und einen Korb auf und lief in Richtung Stimme. Kurz bevor er aus dem Bild verschwand, sagte das Mädchen: „Verflixt, wir müssen dich doch noch beruhigen."

Der Jakob auf der Wasseroberfläche kicherte. Anscheinend fühlte er sich wohl. Jakob hatte sich zumindest selbst noch nie kichern sehen und hören. Es erschien ein Mädchen im Bild. Sie legte ihren Arm um Jakobs Schultern und sagte feierlich, als ob sie ein Programm ankündigte: „Jakob, dies ist morgen. Du kannst in diesem Brunnen ein Stück Zukunft sehen. Ein winzig kleines Stückchen. Vierundzwanzig Stunden, mehr nicht. Das ist morgen. Siehst du dich selbst?"

Das Mädchen nahm Jakobs Hand, hielt sie hoch und ließ ihn winken. Die Deckenrolle fiel ihm aus dem Arm. Jakob grinste dümmlich und wurde rot. Der Jakob, der zuschaute, verstand das nur allzu gut. Er hatte noch nie mit einem Mädchen Hand in Hand dagestanden. Nicht mal mit Eva. Ja, vor dem Kindergarten, wenn sie sich aufstellen mussten, da schon, mit verschiedenen Mädchen und Jungen, aber das zählte nicht. Die hier war ein verdammt hübsches Mädchen. Ganz anders als Eva, aber trotzdem …

„Gut, dass ich daran gedacht habe, oder?", sagte sie zu Jakob im Brunnenspiegel. „Sonst wärst du gestern vor Angst gestorben. Sag dir schnell selbst, dass du keine Angst zu haben brauchst."

Der Jakob im Brunnen flüsterte dem Mädchen etwas ins Ohr. Der Jakob, der zuschaute, konnte kein Wort verstehen, sah aber, wie er sich offensichtlich morgen fast vor Lachen überschlagen und glucksend sagen würde:

„Hör zu, Jakob, du musst nur einfach beim Brunnen bleiben.

Dann bist du sicher. Dann passiert dir morgen, was du jetzt mir passieren siehst. Nichts Unheimliches … Kommst du noch mit?"

Er drehte sich zu dem Mädchen.

„Ich hab gestern überhaupt nichts kapiert, als ich das gesehen hab."

Das stimmt, dachte Jakob.

„Ich werde dir später alles erklären", sagte das Mädchen. „Ich bin gleich wieder bei dir, in etwa zehn Minuten. Gut?"

Sie schaute den Jakob im Brunnen fragend an und dieser Jakob nickte.

„Das ist Neeltje", sagte er, „das ist eine, die hält, was sie verspricht. Und wenn sie da ist, langweilst du dich nicht eine Minute, denn sie kann wunderbar erzählen."

Das Mädchen machte eine kleine Verbeugung vor dem Jakob im Brunnen. Und dann mussten beide fürchterlich lachen.

„Wir haben gerade im Brunnen unser morgen gesehen", sagte Neeltje mit schallendem Gelächter, „und alles wird wieder gut. Wahrscheinlich sind wir morgen, übermorgen von dir aus, wieder zu Hause."

Sie gingen fort. Das Bild verschwamm, wurde wieder zum ruhigen Wasser des Brunnens. Jakob fühlte einen nagenden Schmerz in seinem Herz. Es dauerte einen Moment, bis er begriff, wovon der Schmerz kam, dann wusste er es: Er war furchtbar eifersüchtig auf den Jakob im Brunnen …

Als ob nicht schon alles kompliziert genug war! Er ging doch mit Eva. Und sie mit ihm. Das hatte sie selbst gesagt … Er steckte den Kopf bis zum Hals in das eiskalte Wasser. Wie sah er aus? Besoffen. Und in zehn Minuten kam das Mädchen. Neeltje … Neeltje, die niemals fehlte, wenn man auf sie zähl-

te? Solche Sprüche machen die Jungs sicher, dachte Jakob. Was reimt sich auf Eva? „Willst du mir vergeba …?“ Oh!
Er schaute finster auf die Wunde am Arm, seine verbrannten Fingerkuppen und die zwei Löcher in seiner zerrissenen Hose. Er kämmte seine klatschnassen Haare mit den Fingern und trocknete die Hände an seinem Hemd. Wie konnte er sich etwas ordentlicher machen, bevor das Mädchen Neeltje kam?
Er konnte es nicht. Sie war schon da.
Sie stapfte mit zwei Deckenrollen und einem voll gepackten Weidenkorb durch die Wand aus Blättern und Ästen in Jakobs Festung. Obenauf lag ein Laib Brot und eine Flasche Milch. Die Äste federten raschelnd zurück und sie war drin.
„Hallo“, sagte sie einfach.
Jakob wurde bis unter sein Hemd rot. War es, weil er sie so hübsch fand, obwohl er doch mit Eva ging? Oder weil er sie so hübsch fand und gerne selbst etwas besser ausgesehen hätte?
Er entschied sich für Letzteres.
„Tut mir Leid“, sagte er, „dass ich so aussehe. Aber ich habe den ganzen Tag …“
„Weiß ich doch.“
„Ach ja“, begriff Jakob. „Du bist ja bereits im Morgen.“
„Wie?“
„Ich habe dich doch morgen im Brunnen gesehen.“
„Das hab ich nicht gesehen … Ich bin gerade erst gekommen.“
„Aber du bist doch morgen auch noch hier, da hab ich dir doch schon alles erzählt?“
„Morgen vielleicht, aber jetzt weiß ich noch von nichts. Ich

hab nicht in den Brunnen geschaut. Geht alles gut bis morgen?"
„Weißt du das denn nicht?"
„Nein, das hab ich doch grade gesagt."
„Aber du weißt, was ich heute ..."
„Jetzt warte doch mal ... Geht alles gut, bis morgen?"
„Selbstverständlich", sagte Jakob, und fühlte wie das Blut, das gerade ein bisschen aus seinem Kopf gewichen war, wie eine Springflut zurückschoss. „Es geht gut aus."
„Dachte ich mir", sagte Neeltje.
„Aber wieso weißt du, was ich heute alles ..."
„Ich war die Meise."
„Wie, du ...? Kannst du dich verwandeln?"
„Das siehst du doch."
„Ja, schon", sagte Jakob, „aber ich kapiere immer noch nichts von all dem, was hier passiert. Das Einzige, das ich sicher weiß, ist, dass es nichts gib, das es nicht gibt."
„Es ist alles möglich." Das Mädchen nickte. „Und ich werde dir noch sehr viel erklären müssen, bis du etwas davon verstehst. Das stimmt."
Sie breitete die Decken auf dem Boden aus. Vier alte Pferdedecken zu zwei Schlafsäcken zusammengenäht. Sie legte sie dicht nebeneinander, schaute hoch und sah Jakobs verlegenen Blick. Sie lächelte.
„Die Nächte im Herbst können sehr kalt sein", sagte sie. „Auch wenn tagsüber so schönes Wetter ist. Also muss jede Wärmequelle genutzt werden."
Jakob nickte.
„Und ein errötender Jungmann ist besonders gut", sagte das Mädchen, „wenn es darum geht, etwas Wärme abzugeben."

Mann, ist die gemein, dachte Jakob, und schon wieder schoss ihm das Blut ins Gesicht. Zum dritten Mal in drei Minuten stand er da wie ein Trottel und wurde rot. Und nun sagte er auch noch: „Ich dachte, du wärst ein Männchen."
„Ein was?", fragte das Mädchen. „Ein Männchen?" Sie warf ihre Haare in den Nacken und lachte schallend.
„Nicht so laut ...!", zischte Jakob.
„Du hast doch gesagt, dass wir bis morgen sicher sind", sagte das Mädchen. „Oder nicht?"
„Das hab ich im Brunnen gesehen. Wir haben es beide selbst gesagt ..."
„Dann ist es auch so. Wir lügen nicht. Und der Brunnen lügt auch nicht ... Ich nehme an, dass uns die Bäume heute Nacht beschützen sollen. Wir können auch Licht machen. Wenn der Brunnen sagt, dass wir sicher sind, sind wir wirklich sicher."
Sie fischte Teelichter aus dem Korb, stellte sie auf den Brunnenrand und zündete sie an.
„Alberner Brunnen, findest du nicht", überlegte sie. „Nur morgen lässt er dich sehen und keinen Tag mehr ... Das Holzvolk hat ihn für schlimme Zeiten gebaut. So konnten sie ihre Pläne für den nächsten Tag testen. Was du siehst, hängt nämlich davon ab, was du vorhast. Was hattest du vor, als du in den Brunnen geguckt hast?"
Jakob zuckte mit den Schultern.
„Nichts", sagte er. „Hier bleiben, bis etwas geschehen würde. Ich hab selbst nicht gewusst, was ich tun sollte, also hab ich beschlossen nichts zu tun und zu warten, bis ich ein Zeichen oder so bekomme."
„Sehr vernünftig. Hättest du vorgehabt den Kampf gegen die

Karpfenmänner aufzunehmen, hättest du weniger Angenehmes im Wasser gesehen …"
„Dann machen wir morgen auch einen guten Plan." Jakob hatte begriffen. „Denn morgen sehen wir, dass alles gut ausgeht."
„Machen wir", sagte das Mädchen. „Was hast du noch mal über das Männchen gesagt?"
Sie breitete eine geblümte Tischdecke aus und begann Essen auszupacken. Es wurde gemütlich in ihrem Schlupfwinkel. Jakob sah Käse, Hähnchenkeulen, Baguette … Das Mädchen blickte auf.
„Wo bist du mit deinen Gedanken?"
Was hatte sie gefragt? Ach ja. Jakob grinste.
„Ich hab gedacht, du wärst ein Männchen", sagte er, „weil du so einen schwarzen Pfarrerschlips umhattest."
„Stadthähnchen!", rief das Mädchen.
Wer hatte das schon einmal zu ihm gesagt?, überlege Jakob. Und woher weiß sie, dass ich aus der Stadt komme?
„Und die Meisen ohne Schlips sollen dann wohl die Weibchen sein? Nein, mein Junge. Alle Kohlmeisen, Männchen wie Weibchen, haben einen, und die ohne Schlips, das sind Blaumeisen, Männchen und Weibchen."
„'tschuldigung", sagte Jakob.
„Jetzt kannst du ja wohl sehen, dass ich ein Mädchen bin?", fragte sie, und in ihren Augen blitzten gefährliche Quälflämmchen auf.
„'türlich", sagte Jakob.
„Wie denn?"
„An deinen Haaren und so."
„Jungs können auch lange Haare haben."

„Ja schon …"
Das Mädchen war älter als Jakob. Zumindest sah es so aus. Sie hatte große Brüste. Aber so einfach zu sagen: „Du hast große Brüste …" Jakob fand es in letzter Zeit sehr schwierig, das Alter von Mädchen zu schätzen. Manchmal sieht man etwas entfernt ein paar erwachsenen Frauen, und dann, wenn sie näher kommen, erkennt man die Mädchen von nebenan, höchstens ein Jahr älter. Aber dieses Mädchen sprach auch so, als ob sie älter wäre. „Mein Junge", sagte sie … Und so Sachen.
„Nun?", fragte sie.
Jakob nahm seinen ganzen Mut zusammen und betrachtete das Mädchen von Kopf bis zu den Zehen. Sie schaute lächelnd zu, als er sie betrachtete, was das Betrachten nicht gerade einfacher machte. Jakob sah das dunkle Haar, das zu zwei festen Zöpfen geflochten über ihre Schultern hing, ihre Ohren und ihre blaugrauen Augen mit dem provozierenden Glitzern darin. Er ließ seinen Blick ihre Nase entlang gleiten zu ihrem Mund, der ein kleines Stückchen offen stand und feucht glänzte im Licht der Flämmchen … Weiter! Er sah ihren Hals, der in einem bis zum obersten Knopf geschlossenen Kleid verschwand, darunter … Weiter!
Jetzt, wo er zur Ruhe gekommen war, weil die Zukunft, zumindest für die nächsten zwei Tage sicher zu sein schien, fiel ihm auf, wie altmodisch sie gekleidet war. Sie trug ein grau-hellblau gestreiftes Kleid, das wunderbar zu ihren Augen passte und beinahe bis zu ihren Knöcheln reichte. Ihre Füße steckten in Holzschuhen! In welcher Zeit bin ich nun wieder gelandet?, dachte Jakob. Sie sah aus, als wäre sie aus einem Museumsdorf weggelaufen!

„Schön, nicht?“, sagte das Mädchen. „Ich bin Neeltje.“
„Wusste ich“, sagte Jakob. „Ich heiße Jakob.“
„Wusste ich“, sagte das Mädchen. „Hast du Hunger?“
Sie setzte sich auf die Brunnenmauer und klopfte mit der flachen Hand auf die Steine neben sich. Jakob setzte sich.
„Greif zu“, sagte sie.
Jakob nahm eine Hähnchenkeule und begann zu nagen. Neeltje öffnete die Flasche Milch. Sie aßen und tranken.
„Wo kommst du her?“, fragte Jakob.
„Aus dem Dorf.“
„Wohnst du da?“
„Mein ganzes Leben schon.“
„Wie machst du das mit der Meise?“, fragte Jakob.
„Eine Frage der Übung“, sagte Neeltje.
Sie kicherte mit vollem Mund. Jakob sah Fitzelchen Hühnerfleisch und Milchspritzer nach draußen fliegen. Er ekelte sich vor Menschen, die unappetitlich aßen, aber kichern mit vollem Mund hatte etwas, fand er. Etwas Liebenswürdiges.
„Warst du schon öfter hier?“, fragte Jakob. „Ich meine nicht in diesem Wald, sondern in dieser seltsamen Situation. In dieser Zeit … Ist es eine Geschichte?“
„So was in der Art“, sagte Neeltje und war plötzlich wieder ernst. „Ich hab das schon früher ein paar Mal mitgemacht. Das Holzvolk hat mir immer geholfen. Sie haben mir beigebracht mich zu verwandeln. Ich wollte schon früher kommen“, sagte sie, „in dieser Gestalt, meine ich, aber du warst so stur. Du hast nicht begriffen, dass ich dir helfen wollte, und bist die ganze Zeit in die falsche Richtung gelaufen. Und ich wollte dich nicht verlieren. Meisen sind schneller als Mädchen. Ich musste wissen, wo du steckst. Erst als ich dich zu

diesem Brunnen gelotst hatte, wusste ich, dass du sicher warst … Aber Mann, was hast du unterwegs rumgetrödelt! Wo es nur so von Karpfenmännern wimmelt!“
„Sind wir jetzt wirklich in Sicherheit?“, fragte Jakob.
„Wirklich“, sagte Neeltje.
„Aber wann ist es zu Ende? Wann kommen wir zurück in unsere Zeit?“
„Das Holzvolk“, sagte Neeltje, „wird uns retten. Aber das geht erst morgen Nacht. Es hat keinen Sinn, sie jetzt aufzusuchen. Ich weiß zwar, wo sie wohnen, aber wir können nicht hinein. Morgen ist Neumond, und dann weiß ich, wo ich sie finden kann.“
„Also gibt es das Holzvolk wirklich!“
„Schau dich um“, sagte Neeltje. „Ihre Seelen leben in den Bäumen. Hast du gedacht, dass hier alles zufällig umgefallen ist, als du hergekommen bist? Dass alles nur einfach so dicht zusammengewachsen ist? Sie wissen bereits, dass wir da sind und welche Gefahr uns bedroht … Komm wir gehen schlafen.“
„Wie kann ich jetzt schlafen?“, fragte Jakob. „Es wimmelt hier von Karpfenmännern – das hast du selbst gesagt.“
„Leg dich mal ganz gemütlich hin“, sagte Neeltje. „Schläfst du nicht, dann ruhst du dich wenigstens aus.“
Jakob schlüpfte in seinen Schlafsack. Sie spricht wie meine Mutter, dachte er und schlief ein. Er spürte nicht, dass Neeltje etwas später in ihrem Schlafsack dicht an ihn heranrückte. Obwohl … Er lächelte im Schlaf. Es gab überhaupt keinen Grund mehr auf den Jakob im Brunnen eifersüchtig zu sein.

Das Holzvolk

„Schon immer und ewig wohnte und wohnt hier das Holzvolk, in den Wäldern, in den Dünen, bis ans Meer. Man sagt, dass es sie auch anderswo gibt, aber das ist nicht bewiesen. Alle Geschichten spielen sich hier ab, in Kennemerland.
Man sagt, dass das Holzvolk Kinder raubt, aber das ist nicht wahr. Es kommt schon mal vor, dass Kinder die kleinen Frauen und jungen Männer mit ihren strahlenden, braunen Gesichtern und ihrem flatternden, flauschigen Haar durch den Wald gehen sehen und mit verzauberten Augen hinter ihnen herlaufen und mit verzauberten Ohren die Lieder anhören und sich verlaufen. Aber das Holzvolk bringt die Kinder immer zurück zu den Menschen. Manchmal nach einem Tag, manchmal nach einer Woche, manchmal nach Monaten, manchmal nach einem Jahr. Aber was ist ein Jahr bei dem Holzvolk? Ein paar Tage in unserer Welt. Mehr nicht. Sie kommen zurück, aber sie haben sich verändert ... Sie spinnen, sagen die Leute. Es stimmt, sie leben in den Tag hinein, singen Lieder, die kein Mensch versteht, tänzeln herum. Und wenn du sie nach dem Holzvolk fragst, dann weinen sie. Ihr Weinen ist erbärmlich. Es schneidet dir in die Seele.
Kinder, die das Holzvolk gesehen haben, werden nie erwachsen. Daran kann man sie erkennen. Sie wollen das auch nicht, sie wollen bleiben, wie sie sind. Manchmal geht das, auch wenn ihr Körper normal wächst und sie aussehen wie zwan-

zig, vierzig, achtzig Jahre. Dann wählen sie einen anständigen Beruf und werden Maler oder Dichter oder sie machen Musik. Aber viele machen den Fehler, doch mitzumachen in der Welt der Erwachsenen. Tja, und erst dann werden sie verrückt …
Das Holzvolk lebt in allen Zeiten, im Heute, im Dann bis Damals, aber diese Geschichte spielte sich vor zweitausend Jahren ab. Zu der Zeit hatten die Römer halb Holland besetzt. Dort, wo jetzt Velsen liegt, hatten sie am Fluss eine Festung gebaut, von der aus sie Überfälle ins Kennemerland machten.
Die Tochter des Kommandanten dieser Festung sah das Holzvolk. Sie konnte die kleinen Frauen und Männer mit ihren strahlenden Gesichtern und flatternden, flauschigen Haaren sehen, weil sie sie dringend brauchte. Mit verzauberten Augen und Ohren tanzte sie hinter ihnen her und verirrte sich. Nach drei Tagen kam sie zurück. Der Kommandant freute sich königlich. Aber seine Tochter benahm sich sehr komisch: Sie tänzelte fröhlich herum, und dann die Lieder erst …
‚Es sind die Hexen‘, sagte der Kommandant, ‚die Hexen sind die Anführer der Barbaren.‘
Er hatte Recht. Nicht mit den Hexen und Barbaren, weil es Hexen und Barbaren nie gegeben hat, aber damit, dass in dieser Zeit die Menschen hier und das Holzvolk von Frauen regiert wurden. Weisen Frauen. Die Römer hatten eine Höllenangst vor Frauen. Beim Holzvolk bestimmen die Frauen noch immer.
Der Kommandant war ein fantasieloser Kampfhahn und konnte es nicht ausstehen, dass seine Tochter den ganzen Tag

die lustigsten und fröhlichsten Lieder sang. Er kannte die Geschichten vom Holzvolk und beschloss es auszurotten. Das war ihm mit den Menschen im sumpfigen Norden noch nicht gelungen, aber bei diesen kleinen Wesen dürfte das kein Problem sein. Er rief hundert seiner besten Soldaten, seinen Zauberer und seine Tochter zu sich. Es war mitten in der Nacht. Und in Gegenwart der Soldaten schnitt der Zauberer dem Mädchen die Zunge aus dem Mund. ‚Schluss', sagte der Kommandant zu seiner Tochter. ‚Keine Geschichten mehr vom Holzvolk. Keine Lieder mehr.' Er schickte sie fort.

Seine Tochter tanzte davon, leichtfüßig, aus der Festung, über den Fluss, auf die Wiesen. Fremde Melodien bildeten sich in ihrem Mund und verschmolzen mit den Wörtern in ihrem Kopf.

Der Zauberer nahm die Zunge, presste das Blut aus ihr heraus und vermischte es mit Zauberkräutern. Die Liebe zu den kleinen Leuten des Holzvolkes, die im Blut war, wurde durch die Kräuter in Hass gewandelt. Hass gegen alles, was klein war, das Holzvolk, Kinder, Tiere.

Jeder Soldat bekam drei Tropfen Blut. So wurden aus denkenden Menschen kalte Mörder-Maschinen. Sie wussten, wen sie töten sollten. Der Kommandant nahm den Zopf, den er einst seine Tochter hatte abschneiden lassen, fädelte die mittlerweile weiße Zunge auf das Haar und band sie sich um den Hals. Seine Soldaten und er zogen los, und wer seine Kinder in dieser Nacht nicht im Haus behielt, hatte sie verloren.

Sie setzten über den Fluss, marschierten über Wiesen und Felder, schlugen mit ihren kurzen Schwertern auf Käfer, Meisen, Pfingstblumen, Rosensträucher, einfach auf alles ein, was kleiner war als sie und sich zu bewegen wagte, selbst wenn es

nur vom Wind bewegt wurde. Gegen Morgen endlich kamen sie an den Waldrand. Diesen Wald. Hier. In Bakkum …
Der Specht ließ kurze Trommelwirbel hören und die Reiher jagten sich spielerisch gegenseitig bis zu den Baumwipfeln. So früh am Morgen war es. Und vom Holzvolk keine Spur.
Aber sie waren da, die kleinen Frauen und Männer mit ihren strahlenden braunen Köpfchen und ihrem flatternden, flauschigen Haar. O ja …!
Die Tochter des Kommandanten wirkte zwar verrückt, war es aber nicht. Sie verstand sehr gut, was ihr Vater vorhatte, und tänzelnd, wortlos singend hatte sie sich aufgemacht, den Soldaten weit voraus, um das Holzvolk zu warnen.
Alle waren sie da, die braunen Frauen und die jungen Männer und die Kinder. Sie versteckten sich am Waldrand und lauerten den Soldaten auf. Kämpfen wollten sie nicht, nein, sie waren viel schlauer. Sie saßen im Unterholz und schauten zu, wie die römischen Soldaten über die Wiesen und Felder näherkamen und mit ihren kurzen Schwertern auf alles einschlugen, was kleiner war als sie und sich zu bewegen wagte.
Das Holzvolk saß da und sah zu und die Tochter des römischen Kommandanten war eine von ihnen. Für immer.
Der Kommandant trat nach vorne, hob sein Schwert und schrie zum Waldrand: ‚Kommt hervor, kleines Hexengeschmeiß! Ihr könnt unsere Kinder verrückt machen, aber uns nicht! Kommt hervor!‘
Ein messerscharfes Lachen ging wie eine Brise durch den Wald und ganz kurz tauchten strahlende braune Gesichter des Holzvolkes aus dem Grün der Büsche hervor. Ihre kreideweißen, flauschigen Haare flatterten im Wind. Dann waren sie wieder verschwunden.

Sie schlichen davon, tiefer in den Wald hinein. Die Soldaten stampften wütend hinterher. Der Kommandant vorne weg, vor der Brust die Zunge seiner Tochter, die in der Dämmerung des Waldes weißes Licht ausstrahlte.

An den unerwartetsten Stellen zeigten sich die Frauen und Männer des Holzvolkes. Sie schwebten davon, so schien es, zierlich wie Wolken, und dahinter, plump wie schwankende Särge, liefen die Soldaten. Tausende von Pfeilen schossen sie ab, aber keiner davon traf ihr Ziel. So lockte das Holzvolk die Soldaten durch den Wald zu den Dünen und über die Dünen zum Strand, zum Meer. Nach Westen, wo der Tod wohnt …

Die Soldaten stampften über den verlassenen Strand.

‚Da sind sie!', schrie der Kommandant.

Er zeigte zum Meer. Und tatsächlich, für den, der von Hass verblendet ist, scheint die Brandung eine Armee, eine große Armee aus kleinen Frauen und Männern mit flatternden weißen, flauschigen Haaren. Der Kommandant stand am Ufer und sah die Wellen als brausende, kochende, in wilder Wut übereinander stolpernde Feinde auf sich zukommen.

‚Attacke!', schrie er. ‚Das ist unsere Chance!'

Er stürzte sich ins Wasser und seine Männer folgten ihm. Sie konnten nicht denken, also hatten sie keine Angst. Sie warfen ihre Lanzen und schlugen mit ihren Schwertern, Schaum spritzte hoch in das Licht der Sonne, die im Osten über den Dünen aufstieg.

In den Dünen saß das Holzvolk und schaute zu. Die weißen, flauschigen Haare tanzten im Wind.

Sie sahen, wie die Soldaten, wild um sich schlagend in ihrem sinnlosen Kampf, immer weiter ins Meer liefen, nach Westen,

nach Westen, wo der Tod wohnt, und schließlich untergingen und ertranken. Zum Schluss war nur noch der Kommandant am Leben. Er stand bis zum Hals im Wasser und konnte sich nicht mehr von der Stelle bewegen. Seine schwere Ausrüstung machte ihm jede Bewegung unmöglich.
Die Königin des Holzvolkes ging hinunter zum Strand und rief ihn. Mit äußerster Kraftanstrengung drehte sich der Kommandant um. Er sah die Königin und hinter ihr oben auf den Dünen wie kleine Silhouetten gegen den anbrechenden Morgenhimmel ihr Volk.
‚Ach, gnädige Frau', flehte der Kommandant und schaute zu seinen Männern, die, so schwer sie auch waren, leblos von den Wellen an den Strand gespült wurden, ‚können wir nicht verhandeln?'
‚Deswegen bin ich gekommen', sagte die Königin.
‚Könnten Sie meine Männer nicht wieder lebendig machen?'
‚Das kann ich, wenn Sie uns in Zukunft in Ruhe lassen.'
‚Nachts', sagte der Kommandant. ‚Können wir es so machen: Die Nacht gehört euch, der Tag uns Menschen?'
‚Nein', sagte die Königin, ‚die Nacht ist nur die Hälfte von dem, was wir wollen. Wir wollen auch den Tag, um durch die Wälder zu streifen und durch die Dünen bis ans Meer.'
‚Die Nacht', sagte der Kommandant. ‚Ich kann Ihnen nicht mehr geben als die Nacht. Wenn die Kinder schlafen …'
‚Nein', sagte die Königin.
Der Kommandant fiel vor Erschöpfung um, verschwand unter Wasser und ertrank. Keiner der hundertundein Römer, die in dieser Nacht zum Kampf ausgezogen waren, kehrte zurück zur Festung am Fluss.

Aber das Holzvolk kann nicht töten. Sie machten die Soldaten und den Kommandanten wieder lebendig, gaben aber nur die Hälfte von dem, was diese verlangt hatten: Sie bekamen ihr Leben zurück, das schon, aber nicht als Soldaten, sondern als Karpfen, als dicke Fische in einem Panzer aus Schuppen, die jetzt noch im Dünensee leben und dort, wenn Kinder mit Brot auf die Brücke kommen, mit weit aufgerissenen Mäulern herumschwimmen. Nicht wegen dem Brot, sondern wegen der Kinder. So warten sie schon seit Ewigkeiten auf ihre Chance. Nachts schauen sie wütend und machtlos zu, wenn das Holzvolk am Ufer des Sees spielt und tanzt.
Die Römer sind zwar vertrieben, aber das Holzvolk ist vorsichtig geworden und lässt sich nur noch nachts sehen. Es gibt ja immer wieder neue Armeen mit neuen Kommandanten und der Tag könnte kommen, an dem ein Kind auf der Brücke hinfallen und sich verwunden würde und das Blut zwischen den Brettern ins Wasser tropft … Drei Tropfen würden reichen. Deshalb hält sich das Holzvolk versteckt, wenn die Sonne scheint, und kommt erst in der Nacht zum Vorschein. Dann sind sie sichtbar, zumindest für die, die richtig hinschauen können. Aber die meisten Menschen, die nachts durch den Wald irren, sehen nichts als Finsternis. Sie haben den falschen Blick, sie schauen nicht, sie suchen: den Ausgang des Waldes.
Die Tochter des Kommandanten blieb für den Rest ihres Lebens beim Holzvolk, und das war lange. Als sie starb, legten sie sie am Waldrand nieder und schenkten ihrer Seele einen neuen Körper: den schiefen Baum am Anfang des Dünenwegs, der immer noch dort steht als Tor zwischen zwei Welten – ein Baum für die Menschen, ein Tor für das Holzvolk.

So“, sagte Neeltje, „und jetzt darfst du Fragen stellen.“
Aber Jakob fragte nichts. Er versuchte alle Antworten, die sie ihm mit ihrer Geschichte gegeben hatte, richtig einzuordnen, damit er endlich verstehen würde, wo er gelandet war. Das dauerte eine Weile.
Es war schon helllichter Tag. Grünes Licht fiel in ihr Versteck. Jakob hatte lange geschlafen. Ohne Angst. Als er aufgewacht war, hatte er direkt in Neeltjes lachendes Gesicht geblickt.
Sie gab ihm Orangensaft und machte ihm ein Brot. Hübsch war sie, wie sie ihre Zöpfe mit einer kleinen Kopfbewegung auf ihren Rücken warf … Das sah man nicht oft. Ihre Art zu kichern, wenn sie zu lange beobachtetet wurde. So was Schönes hatte Jakob selten gehört. Alles ganz normal, ganz nah, und doch … Doch es war so, als wäre es sie nicht wirklich. Es war, beschloss Jakob, als ob er sich bis über beide Ohren in ein Mädchen aus einem Film verliebt hätte. Sie räumte auf, sie summte, sie kniete da und stöberte herum, sie lächelte ihn an, offenbar mochte sie ihn. Aber sie würde nie Jakobs Freundin sein, da war Jakob ganz sicher. Und das war auch gut so, schließlich hatte er Eva.
Sie hatten gefrühstückt und Neeltje hatte vom Holzvolk erzählt, und als die Geschichte fertig war und er eine Weile darüber nachgedacht hatte, gab es nur eine Frage, die Jakob stellen wollte:
‚Magst du noch mehr erzählen?‘
Und das mochte sie.
Sie erzählte die Geschichte von Kennemerland, von den ältesten Einwohnern und den Römern und dem Kampf, den sie führten, vom Meer, von den Spaniern und der Schlacht bei

Castricum 1799, von der Besetzung durch die Deutschen – und gerade als Jakob dachte, dass im Kennemerland immer nur Krieg war und der Boden von Blut durchtränkt sein müsste, erzählte Neeltje von den Festen des Holzvolkes im Mondschein:

„Jeden Monat, in der Neumond-Nacht feiern sie ein Fest auf einer Wiese nicht weit von hier. Dann lieben sie sich schwindelig und …"

„Dann tun sie was?", fragte Jakob.

„Lieben", sagte Neeltje. „Noch nie davon gehört?"

„Doch", sagte Jakob verwirrt, „aber … Ich meine, warum machen sie das denn nicht bei Vollmond? Da sieht man noch was."

„Jetzt warte doch ab", sagte Neeltje. „Wir gehen später hin und dann wirst du schon sehen."

„Wenn ich überhaupt was sehen kann", murmelte Jakob.

„Wer ist hier Experte?", fragte Neeltje.

„Du!"

„Na also, zuerst lieben sie sich die ganze Nacht, dann fallen die jungen Männer erschöpft um. Die Frauen stecken den Männern eine Frucht in den Mund, eine Kastanie, eine Eichel oder Buchecker. Die Männer verwandeln sich innerhalb einer Stunde in fruchtbare Erde und an diesen Stellen wachsen später Kastanien, Eichen, Buchen und andere Laubbäume.

Die Nadelbäume sind erst später hierher gebracht worden, von den Menschen. Alle Laubbäume in diesem Wald haben die Seele von einem Wesen des Holzvolkes in sich. Sie können sehen und hören, riechen und auch fühlen, und sie können denken. Sie mögen es, wenn Kinder auf ihnen klettern – das verstehen die Förster überhaupt nicht. Sie können tanzen, sich auch mit ihren Wurzeln in der Erde wiegen, hin und her, und manchmal, nur manchmal und nur, wenn es unbedingt sein muss, lösen sie sich von ihrem Platz und ihre Äste sind mächtige Waffen."

„Und die Frauen?"

„Die Frauen verabschieden sich von den Männern und tragen deren Kinder aus."

„Und wir gehen später dorthin?" Jakob konnte vor Widerwillen eine Grimasse nicht unterdrücken.

„Es ist sehr schön dort, du wirst schon sehen. Es ist eine große Ehre, wenn du am Fest des Holzvolkes teilnehmen darfst."

„Oh!"

„Und du wirst hingehen müssen", sagte Neeltje. „Ohne das Holzvolk sitzt du fest. Wenn wir heute Abend nicht hingehen, müssen wir fast einen Monat warten, bevor wir eine zweite Chance bekommen."

Im Wald setzte die Dämmerung ein. Es wurde Zeit aufzubrechen. Neeltje legte die Decken zusammen und verstaute die Essensreste im Korb. Jakob versuchte zu helfen, aber sie ließ ihn nicht. Er setzte sich auf den Rand des Brunnens.

„Neeltje", sagte er.

Es war das erste Mal, dass er ihren Namen aussprach, wenn sie dabei war. Es war fantastisch.

Wenn es nicht zu verrückt wäre, würde er noch sagen: Neeltje, die niemals fehlte, wenn man auf sie zählte.

Es war, als würden sie sich näher kommen, wenn er ihren Namen aussprach. Weniger Film. Als ob den Namen auszusprechen den Zauber brechen könnte. Oder heraufbeschwören. Sie unterbrach ihre Arbeit und schaute ihn an.

„Jakob“, sagte sie. Das war nicht so toll, fand Jakob. Lächerlich, dass er zuerst ihren Namen und danach sie seinen Namen sagte. Doch wieder wie im Film. Einem schlechten Film sogar. Zurück zum Anfang.

„Neeltje“, sagte er noch mal, als wollte er sich mit ihr versöhnen, sie wieder näher zu sich zu holen, „wenn wir das Holzvolk sehen, werden wir nie erwachsen. Dann fallen uns Lieder ein, dann werden wir durch das Dorf tanzen. Dann werden wir vielleicht doch verrückt ... Hast du davor keine Angst?“

„Nein. Ich war schon öfter dort.“

„Ja, aber du bist jetzt noch nicht erwachsen. Ich meine, du weißt noch nicht, was dir später fehlt.“

„O doch, ich bin viel älter, als du glaubst.“

„Aber doch noch nicht erwachsen, oder?“

„Nein, das bin ich nie geworden. Und das ist wunderbar. Glaube mir ... Du wirst nicht wirklich verrückt. Die Leute werden glauben, dass du verrückt bist. Das ist etwas anderes. Weil du klüger bist als sie, mehr siehst, mehr verstehst ... Weil du den richtigen Blick hast. Aber wenn du es klug anstellst, werden sie dich bewundern. Nur versuche nie so zu sein wie sie. Denn daran würdest du kaputt gehen.“

„Müssen wir das Holzvolk besuchen?“

„Schau in den Brunnen. Dann weißt du, was wir zu erwarten haben.“

Verdammt! Der Brunnen! Jakob drehte sich um und beugte sich über das Wasser. Er sah sein Spiegelbild und etwas später das von Neeltje neben seinem. Einfach ihre eigenen Gesichter, aufmerksam in den Brunnen starrend. Im Wasser tauchte keine Zukunft auf.

„Es wirkt nicht", sagte Jakob. „Müssen wir etwas sagen – eine Art Spruch? Oder was?"
„Ich glaube", sagte Neeltje, „dass es morgen zu Ende ist."
„Tot?"
„Nein, das würden wir dann sehen, weil wir dann tot hier liegen würden ... Ich glaube, dass wir morgen nicht mehr hier sein werden. Nicht mehr hier in dem Wald, nicht mehr in dieser Zeit. Wahrscheinlich sind wir sicher zu Hause. Das kannst du nicht sehen."
„Wirklich?"
„Was hattest du vor, als du geguckt hast?"
„Also, einfach so ... zum Holzvolk."
„Ich auch. Denke etwas anderes."
„Dass wir versuchen, wieder nach Hause zu kommen."
„Zum Beispiel."
Jakob stellte es sich vor: Sie nahmen ihre Sachen, pfiffen ein freches Lied, verließen ihr Versteck und wanderten gemütlich durch den Wald zurück ins Dorf. Im Wasser tauchten Bilder auf. Jakob sah die hölzerne Brücke über den kleinen Arm des Dünensees. Es sah die Brücke vom Wald aus. Auf der anderen Seite fing der Dünenweg ins Dorf an. Siehst du!, dachte er. Wir sind fast zu Hause! Nur noch kurz über die Brücke ...
„Siehst du, was ich sehe?", fragte er.
„Ja", sagte Neeltje. „Aber ich kann uns nicht sehen. Und ich sehe etwas anderes ..."
Jakob sah noch einmal hin. Dann sah er es auch. Unter der Brücke wurde das Wasser unruhig. Er kannte das Bild nur zu gut, und was er erwartete, geschah: Der Karpfenmann stieg aus dem Wasser. Das Maul voller Blut und in zerschlissener Kleidung. Aber diesmal war es nicht nur einer ... Dutzende

missgestalteter Ungeheuer kletterten hintereinander aus dem Wasser, ans Ufer, zur Brücke.
„Sie werden alle lebendig“, flüsterte Neeltje. „Das heißt, dass sie einige Liter Kinderblut in Vorrat haben … Was machen wir? Gehen wir jetzt nach Hause?“
„Wir gehen jetzt zum Holzvolk.“ Jakob seufzte.
Die Bilder verschwanden. Das Wasser wurde unschuldiges Wasser. Es trieben sogar Blätter darauf.
„Und“, fragte Jakob. „Leben wir noch lange und glücklich?“
„Du lange“, sagte Neeltje, „ich glücklich.“
„Wie meinst du das? Ich nicht glücklich?“
„Von mir weiß ich es genau.“
„Oh“, sagte Jakob. „Von mir nicht?“
„Das hast du selbst zu bestimmen.“
Sie stand auf, nahm die zusammengefaltete Tischdecke unter den Arm und lief zu der Mauer aus lebendigem Holz, die sie die ganze Zeit beschützt hatte.
„Komm“, sagte sie, „es ist Zeit zu gehen.“
Jakob stand auch auf. Er bückte sich, klemmte zwei Deckenrollen unter den Arm, hob den Korb auf und folgte Neeltje.
„Verflixt“, sagte Neeltje, „wir müssen dich doch noch beruhigen.“
Jakob kicherte. Das hatte er total vergessen! Aber sie hatte Recht, es musste sein. Sonst würde er gestern in Panik geraten. Oder besser, geraten sein. Neeltje stellte sich neben ihn, legte ihren Arm um seine Schultern und sagte:
„Jakob, dies ist morgen. Du kannst in diesem Brunnen ein Stück Zukunft sehen. Ein winzig kleines Stückchen. Vierund-

zwanzig Stunden, mehr nicht. Das ist morgen. Siehst du dich selbst?“

Sie nahm Jakobs Hand und zog sie hoch. Die Deckenrolle rutschte unter seinem Arm weg und fiel auf den Boden … Ja, so war es, dachte Jakob, so habe ich es gesehen. Scheiße. Nachher muss ich … Was habe ich denn genau gesagt? Ich bin total rot geworden, das weiß ich noch. Er grinste bei der Erinnerung und fühlte, wie ihm das Blut wieder in den Kopf stieg.

„Gut, dass ich daran gedacht habe, oder?“, sagte Neeltje, „sonst wärst du gestern vor Angst gestorben. Sag dir schnell selbst, dass du keine Angst zu haben brauchst.“

Jakob geriet in Panik. Als ob er in der Schule ein Theaterstück aufführen sollte. Dicht an Neeltjes Ohr flüsterte er: „Ich habe meinen Text vergessen.“

Und es war zum verrückt werden, hier in diesem finsteren Wald so etwas zu einem Mädchen zu sagen, das er kaum kannte, umgeben von wer weiß wie vielen Feinden, sodass er total nervös wurde und er sich überschlug vor Lachen.

„Hör zu, Jakob“, sagte er und gluckste, „du musst nur einfach beim Brunnen bleiben. Dann bist du sicher. Dann passiert dir morgen, was du jetzt mir passieren siehst. Nichts Unheimliches … Kommst du noch mit?“

Das war es, dachte er. Das war es genau. Das ist genau, was ich gesagt habe. Vielleicht konnte ich nichts anderes sagen. War alles schon vorbestimmt. War alles gestern schon entschieden. Aber weil ich so nervös war, habe ich es bestimmt nicht gut genug gesagt. Aber … hätte ich es besser sagen können?

„Ich hab gestern überhaupt nichts kapiert“, sagte er zu Neeltje, „als ich das gesehen hab.“

Er erschrak. Er war total an das gebunden, was er gestern gesagt hatte! Auch das eben hatte er gestern genauso gesagt! Er hatte es vergessen, aber jetzt, als er die Worte hörte, erkannte er sie wieder.
„Ich werde dir später alles erklären“, sagte Neeltje in Richtung Brunnen. „Ich bin gleich bei dir, in etwa zehn Minuten. Gut?“
Sie schaute Jakob fragend an. Jakob nickte. Zum ersten Mal spielte er bewusst und überzeugt eine Rolle, dann sagte er: „Das ist Neeltje, das ist eine, die hält, was sie verspricht. Und wenn sie da ist, langweilst du dich nicht eine Minute, denn sie kann wunderbar erzählen.“
Nun müsste sie eine kleine Verbeugung machen, dachte Jakob, und Neeltje machte sie. Es wurde sogar eine große Verbeugung, weil sie so lachen musste. Jakob lachte mit. Er brauchte nichts mehr zu sagen, er war fertig. Er konnte lachen …
„Wir haben gerade im Brunnen unser morgen gesehen“, sagte Neeltje laut lachend, „und alles wird wieder gut. Wahrscheinlich sind wir morgen, übermorgen von dir aus, wieder zu Hause.“
Mann, dachte Jakob, war ich gestern eifersüchtig! Ich und so ein schönes Mädchen!
Neeltje stapfte über Äste und Blätter nach draußen. Jakob bückte sich und hob die Deckenrolle auf, kam hoch … und wurde voll von Neeltjes Ellenbogen erwischt, weil sie zurückfuhr.
„Die Karpfenmänner!“, zischte sie. „Sie haben uns eingekreist!“
Jakob wankte zurück und ließ sich auf den Rand des Brunnens plumpsen.

„Wie ist das möglich?"
„Sie haben die ganze Zeit gerochen, dass wir hier sind, aber sie konnten nicht rein. Das Holzvolk ist zäh ... Die Karpfenmänner folgen immer dem Geruch von etwas Kleinem. Sie riechen uns Kilometer weit. Wie die Geier."
„Wie viele sind es?"
„Mehr als zehn. Du hast ganz schön geblutet auf der Brücke."
Jakob schlug mit der flachen Hand auf das Wasser. „Blöde Pfütze!"
Sie schwiegen und dachten nach.
Dann sagte Jakob: „Ich bin hierher gekommen, um etwas für meinen Großvater zu finden, etwas, das ihm hilft, wieder gesund zu werden. Jetzt bin ich schon froh, hier selbst lebendig rauszukommen. Lieber verrückt ..."
„Davor hast du noch am meisten Angst, oder?", fragte Neeltje. „Verrückt zu werden ..."
Jakob nickte.
„Ich habe dir doch gesagt, dass du keine Angst zu haben brauchst! Du wirst ganz sicher sehr glücklich."
„Und was machen wir jetzt, um glücklich zu werden?"
„Wir müssen nur schnell genug sein", sagte Neeltje. „Auf Dauer würden wir gegen sie verlieren, weil sie nie müde werden und ewig weitermarschieren können, also müssen wir versuchen das Holzvolk zu erreichen, bevor wir müde sind. Und dann sind wir wirklich in Sicherheit."
Wo habe ich das schon mal gehört?, dachte Jakob. Aber er sagte nichts. Neeltje hatte Recht. Sie mussten hier weg. Es war genügend Wasser da, aber das Essen war knapp.
Und selbst wenn das Brot auf den Bäumen wachsen würde, es

war sinnlos, den Rest seines Lebens in einen Raum von vier mal vier Metern zu verbringen – auch nicht mit Neeltje?
„Wie machen wir es?“, fragte Jakob.
„Als wäre uns der Teufel auf den Fersen“, sagte Neeltje. „Komm, stell dich dicht hinter mich. Wenn ich ‚ja‘ sage, laufen wir los. Folge mir. Ich kenne den Weg. Es ist nicht weit.“
Jakob musste an einen Film denken, den er mal gesehen hatte. Die Geschichte handelte von zwei netten Bankräubern, die zum Schluss von der Polizei gejagt wurden und in ein verfallenes Haus flüchteten. Sie beschlossen sich schießend einen Weg nach draußen zu bahnen. Dass die Polizei inzwischen Unterstützung von der halben Armee bekommen hatte und dass sie von hundert Soldaten mit Gewehren erwartet wurden, wussten sie nicht. Sie rannten nach draußen. Man konnte die Schüsse hören, aber das Bild war vorher eingefroren. Man sollte nicht zusehen, wie sie durchsiebt wurden. Die Erinnerung daran machte nicht gerade Mut.
Jakob stellte sich dicht hinter Neeltje und wartete. Sie bog die Äste zur Seite und spähte nach draußen.
„Wir gehen schräg nach links“, flüsterte sie, „dort stehen zwei etwa zwanzig Meter voneinander entfernt. Wenn wir schnell genug sind, können wir zwischen ihnen durch. Bist du so weit?“
„Wo ist links schon wieder?“, piepste Jakob.
Neeltje zeigte, ohne sich umzuschauen, nach links.
Und sie flüsterte: „Ja!“
Neeltje rannte los. Jakob hinter ihr her. Mit einem Blick sah er fünf bis sechs Karpfenmänner. Neeltje rannte zur Lücke zwischen den Männern, aber die stampften auf sie zu und ließen den Zwischenraum immer kleiner werden. Es ging schief!

Die Männer zogen ihre kurzen Schwerter.
„Du rechts, ich links!“, schrie Jakob.
Neeltje duckte sich sofort nach rechts zwischen zwei Bäumen durch, Jakob schwenkte scharf nach links. Die plumpen Ungeheuer konnten sich nicht so schnell bewegen. Bevor sie ihre Körper wieder auf Kurs hatten, waren Neeltje und Jakob schon an ihnen vorbei. Sie kamen wieder zusammen und sprangen über einen tiefer liegenden Reitweg.
„Es sind etwa fünfhundert Meter“, keuchte Neeltje. „Noch nicht mal … Und da ist schon ein Weg!“
Aber auf dem Weg stand ein Karpfenmann. An seiner Brust leuchtete ein kleiner, weißer Lappen … Die rausgeschnittene Zunge des römischen Mädchens! Dort stand ihr Vater, der Kommandant, mit seinem monströsen Karpfenkopf, dessen Barteln dunkelrot von geronnenem Blut waren. Er war der Schlimmste von allen!
Neeltje ließ fallen, was sie trug, und Jakob tat das Gleiche. Auch den Korb ließ er zurück. Neeltje griff seine Hand und zog ihn zurück auf den Reitweg. Hinter ihnen setzte sich der Kommandant in Bewegung. Seine Schritte ließen die Erde unter ihren Füßen beben und sie rannten um ihr Leben.
„Der Boden ist zu weich hier“, zischte Jakob.
Seine Füße sanken bei jedem Schritt, den sie machten, tiefer in den Sand und er war jetzt schon so erschöpft, dass er bei jedem Wort, das er sprach, das Gefühl hatte kotzen zu müssen.
Neeltje zog ihn ins Gebüsch.
„Ist das auch der richtige Weg?“, keuchte er.
Neeltje antwortete nicht. Sie stürmte weiter. Es war gut, dass sie seine Hand fest umklammert hielt, denn Jakob konnte kaum Schritt halten.

Ständig traten sie auf dürres Holz. Unter ihren rennenden Füßen schien die ganze Welt auseinander zu bersten und zu zersplittern. Zweige peitschten Jakob ins Gesicht und sein Atem klang wie eine Säge in seiner Kehle. Alles macht Lärm!, dachte er. Sie können uns hören, sie können uns folgen, sie haben uns gleich! Wir müssen wieder einen Pfad finden. Darauf läuft es sich leichter und leiser. Aber das Licht der Sterne war nicht stark genug, um in diesem dicht bewachsenen Teil des Waldes Pfade zu erkennen, und es war Neumond. Für einen Augenblick blieb Neeltje stehen, um sich umzuschauen. Nicht lange. Dicht hinter ihnen krachte es laut. Sie rannten weiter. Wie Tiere, die vor dem Feuer flüchten. Fünf Minuten, sechs Minuten, länger. Jakob konnte nicht mehr, aber er musste. Diese teuflische Finsternis! Das Einzige, was er glaubte zu sehen, als er sich umschaute, war die dunkle Gestalt des Kommandanten, der die Zunge seiner Tochter in der Hand hielt und wie eine Laterne hin und her schwenkte. Das weiße Licht funkelte auf seinem gezogenen Schwert.
Jakob war so erschöpft, dass er am liebsten stehen geblieben wäre, seine glühend heiße Stirn gegen den kühlen Stamm einens Baumes gedrückt abgewartet hätte, was auf ihn zukam. Abwarten, ob diese Geschichte gut oder schlecht ausgehen würde. Wenn schlecht, dann schade drum.
„Es sollte doch gut ausgehen?“, piepste Jakob.
„Das kann es immer noch“, keuchte Neeltje.
„Und wenn ich hier einfach stehen bleibe?“
„Versuch es.“
„Ich traue mich nicht.“
„Das meine ich ... Rennen!“
Sie fanden einen Weg. Hier brach nichts, hier krachte nichts,

sie konnten weiterlaufen, ohne Lärm zu machen. Aber meinen Herzschlag, dachte Jakob, das Rauschen in meinem Kopf, das Rasseln in meiner Kehle – hört man das nicht kilometerweit?

„Wir sind fast da“, versuchte Neeltje Jakob anzuspornen.

Es half nicht. Jakob glaubte ihr nicht mehr. Er stolperte, seine schweißnasse Hand glitt aus ihrer, er fiel und blieb liegen. Schwere Schritte kamen näher … Hier ist er nun, der Karpfenmann, hier ist er nun, der Karpfenmann, hier ist er nun, der Karpfenmann. Die Worte hämmerten ihm rhythmisch durch den Kopf.

Die Erde zitterte unter seinem nach Luft schnappenden Körper. Die Schritte kamen näher, aber Jakob wollte nicht mehr aufstehen.

„Ende der Geschichte“, murmelte er. „Und er starb noch lange und unglücklich, ohne auch nur einen Moment zu verstehen, warum er sterben musste.“

Eine Brise schien durch das Unterholz zu wehen und ganz kurz glaubte Jakob ein messerscharfes, spöttisches Lachen zu hören. Neeltje packte ihn am Hosenbund und schleifte ihn ins Gebüsch. Gerade rechtzeitig. Der Kommandant stampfte vorbei. Schnaubend, blasend, murrend – ein Schemen, kaum sichtbar in dieser mondlosen Nacht. Aber was er in der Hand hielt, strahlte Licht aus. Weißes Licht.

Jakob blieb liegen. Auf dem Bauch, mit der Nase im welken Laub. Er atmete so schwer, dass er die Blätter vom Boden aufsaugte und sie beim Ausatmen wieder von den Nasenlöcher blies. Der Kommandant war vorbeigedonnert und verschwunden. Das Beben der Erde wurde schwächer. Aber wann würde er zurückkehren?

Lange konnte das nicht dauern. Er konnte doch riechen, wo sie sich versteckt hielten? Und wo waren die anderen zehn, zwölf Karpfenmänner?
Neeltje zog Jakob etwas hoch und lehnte ihn mit dem Rücken gegen einen Baumstamm.
„Wie stark du bist", flüsterte Jakob.
„Ich hatte Angst", sagte Neeltje. „Davon kommt das."
„Ich hab gedacht, dass unsere Geschichte zu Ende wäre, vor einer Minute", sagte Jakob. „Ich verstehe es nicht …"
„Der Brunnen hat uns nie versprochen, dass nichts Unheimliches geschehen wird", sagte Neeltje. „Und auch nicht, dass wir selber nichts tun bräuchten. Uns wurde nur versprochen, dass es gut ausgeht."
„Und?"
„Ich weiß nicht … Die Karpfenmänner folgen einer falschen Spur, und das kann nur eines bedeuten."
„Das Holzvolk?"
Neeltje nickte.
„Sind sie wirklich so nah?"
Neeltje nickte nochmals und verzog das Gesicht, als ob sie einen heftigen Stich bekommen hätte.
„Entschuldigung", sagte sie mit seltsam hoher Stimme.
Tränen schossen ihr in die Augen und sie fing an lauthals zu weinen. Sie versuchte gleichzeitig zu lachen, aber ohne Erfolg. Aus ihre Kehle kam nur ein unterdrücktes Schluchzen.
Jakob sah verblüfft zu. Ich muss was tun, dachte er. Wenn ich nicht gehört hätte, dass ich nie richtig erwachsen sein werde, würde ich denken, dass das hier ein Kurs ist, um erwachsen zu werden. Das Problem war, dass Jakob schon wusste, was er tun sollte, aber sich nicht traute.

„Das ist das zweite Mal, dass ich das miterlebe", japste Neeltje, „aber ich kann mich nicht daran gewöhnen."
Und darüber musste sie so lachen, dass ein großer Tropfen Rotz aus ihre Nase kam. Sie wischte ihn schnell mit dem Ärmel weg, aber Jakob hatte es gesehen. Und komisch, dieses Rotzen fand er so hilflos süß, dass er auf einmal tun konnte, was er tun sollte. Er legte seine Arme um Neeltje.
„Ich hatte solche Angst", flüsterte sie.
„Und ich erst", sagte Jakob.
Er spürte, wie auch ihm Tränen in die Augen stiegen, aber er musste sich beherrschen. Von einem heulenden Tröster hatte sie nichts. Er drückte sie an sich und küsste sie auf den Kopf, genau auf ihren kerzengeraden Scheitel. Ein berauschender Duft kam aus ihrem Haar.
Es war der Geruch von Heu und Erde, den er von den Sommern in Frankreich kannte, wenn er in der größten Hitze des Tages im Schatten faulenzte und den immer geschäftigen Käfern und Schmetterlingen zusah. Es war der Geruch von Glück. Am liebsten wollte Jakob für immer so sitzen bleiben. Aber das ging nicht.
Seltsamerweise schlug sein Herz ganz ruhig, aber in seinem Hirn klopfte noch die Spannung. Waren sie endlich in Sicherheit? Neeltje gehörte zu den Mädchen, die eher aus Erleichterung heulen als aus Angst, aber wusste sie alles? Wo war das Holzvolk? Jakob küsste sie noch einmal auf den Kopf und schob sie langsam von sich.
„Müssen wir nicht weitergehen?", fragte er.
Sie nickte und stand auf. Sie nahm seine Hand und zog ihn hoch. „Ich bin stark, oder?", fragte sie mit einem Lächeln. Hand in Hand machten sich auf den Weg und liefen aus dem

Wald. Sie schwiegen, bis sie nach rechts in einen schmalen Weg abbogen, der etwas weiter auf eine große, rechteckige, düstere Wiese führte.
„Da ist es“, sagte Neeltje.
„Es ist noch niemand da.“
„Doch, sie sind da. Alle. Aber sie warten.“
„Worauf?“
„Das verrate ich nicht, das ist zu schön …“
Sie kauerten sich hinter einen Strauch. Die Erde war still unter ihren Füßen. Die Karpfenmänner waren weit weg oder hatten sich in Nichts aufgelöst, kein Windhauch war zu spüren, kein Nachtvogel rührte sich. Die Stille war vollkommen. Jakob fühlte, dass etwas passieren würde, das er sein ganzes Leben lang nie mehr vergessen würde. Die Wiese lag vollkommen im Dunkeln unter den kalten Sternen. Neeltje hielt immer noch seine Hand. Das brauchte er auch.
Er sah es an den Schatten, die um ihn herum aus dem Boden zu wachsen schienen. Schatten von Ästen, Zweigen, Blättern, die sich immer stärker abzeichneten. Vom Himmel kam neues Licht herunter auf die Wiese, auf die Sträucher und die Bäume, die um die Wiese standen. Er schaute nach oben. Genau über der Wiese schien die Sichel des Mondes. So schmal, als habe ein scharfes Messer eine Kerbe in den Himmel geschnitten. Aus ihr fiel ein dünner Strahl helles Licht. Die Erde gab Antwort: Aus der Wiese stieg Nebel auf, dünne Schwaden, die sich im silbernen Licht streckten, bis sie wie Tänzerinnen aussahen.
„Die weißen Frauen“, sagte Neeltje leise.
„Hier war ich gestern, auf dieser Wiese“, flüsterte Jakob, „als die Karpfenmänner hinter mir her waren.“

„Das weiß ich doch … Ich war dabei."
„Weißt du, was ich nicht verstehe?"
„Was?"
„Warum du dich gerade eben, als der Kommandant hinter uns her war, nicht in eine Meise verwandelst hast."
„Ich konnte dich doch nicht alleine lassen."
„Aber ich hätte ja gewusst, dass du die Meise bist."
„Ich kann mich nur zu Hause verändern. Dann hätte ich erst nach Hause rennen müssen – wenn ich da überhaupt angekommen wäre – und dann wieder zurückfliegen. Das hätte sicher eine Viertelstunde gedauert."
„Wohnst du denn so nahe?"
Neeltje nickte. Der Mond war nun halb voll. Wie häufig in einer hellen Nacht war sein Umriss die ganze Zeit sichtbar gewesen, wie ein leuchtender, zarter Ring, sodass es schien, als würde der Mond nicht wachsen, sondern voll Licht laufen. „Noch einen Augenblick", sagte Neeltje.
Das Licht wischte alle Angst von Jakob ab. Dies war beschützendes Licht, das merkte er, und im gleichen Augenblick fühlte er, wie der Mond Wärme von sich gab. Die weißen Frauen lösten sich auf.
„Nur noch einen Augenblick", sagte Neeltje.
Jakob schaute wie verzaubert nach oben und sah, wie der Mond sich ganz mit Licht füllte und dann vollkommen rund am Himmel stand. Die Wiese lag verlassen in diesem himmlischen Licht, so hell – es schien, als würde es ringsum von Spiegeln zurückgeworfen.
Lautes Jubeln stieg auf. Zweige krachten, Hände klatschten, Füße stampften aus dem Gebüsch auf die Wiese hinaus … Und Jakob sah das Holzvolk.

Später versuchte er sich zu erinnern, wie er sich die kleinen Frauen und Männer vorgestellt hatte, bevor er sie zu sehen bekam. Laufende Bäumchen mit knorrigen Köpfen und Zweige als Arme und Beine? Tanzende Besen? Spielberg-Figuren mit gruselig dünnen Hälsen, auf denen schrumpelige Köpfe wackeln? Er wusste es nicht und würde sich auch nie mehr erinnern. Sofort hatte er alles vergessen, als er sie in Wirklichkeit sah.

Obwohl – sah? Er sah sie natürlich schon, aber Zeit, um sie in aller Ruhe zu betrachten, hatte er nicht. Sie waren klein, viel kleiner, als er erwartet hatte, und rannten über die Wiese hin und her. Sie schleppten Körbe mit Brot, Früchten und Flaschen aus den Büschen, legten Decken auf das Gras am Waldrand, stolperten an- und übereinander. Es gab nicht einen, der still stand. Ihre Körper und Gesichter waren kaum zu erkennen, so sehr quirlten sie durcheinander. Das Einzige, was Jakob deutlich sehen konnte, war ihr Haar, das lange, flauschige Haar, das im Mondlicht flatterte. Wie Schaumkronen anrollender Wellen …

„Das sind die Kinder“, sagte Neeltje.

„Ich dachte schon …“, sagte Jakob.

Er dachte nicht weiter.

Die Erwachsenen betraten die offene Wiese.

Sie kamen über den Weg, auf dem Jakob gestern geflohen war. Allen voran ging eine einzelne Frau. Sie war einen Meter groß, nicht größer, sah Jakob, als sie an einer Bank vorbeikam, aber ihr ruhiges und sicheres Auftreten ließ sie viel größer wirken. Die Kinder blieben stehen, wo sie standen, und wandten sich ihr zu. Sie strahlten. Als ob sie nach einer Woche Schullandheim ihre Mutter wieder sähen.

„Die Königin“, sagte Neeltje.
Das hatte Jakob schon begriffen.
Die Frau lief in die Mitte der Wiese, mit ein paar Metern Abstand folgten die Erwachsenen. Sie trug ein langes, grünes Gewand mit kurzen Ärmeln, das ihre nackten Füße sowie ihre Arme und Hände frei ließ. Ein silberner Gürtel lag um ihre Hüften. Sie war alt, mit tiefen Falten im Gesicht. Aber die Zeit war ein sorgsamer Künstler gewesen: Die Falten verliefen rund wie die Jahresringe eines Baumes. Sie umrandeten ihre dunkelgrünen Augen, ihre Nase, ihre vollen Lippen. Sie war sehr alt, ihr Haar war glatt geworden und fiel wie ein silberner Schleier über ihre Schultern. Sie trug keine Krone, keinen Lorbeerkranz, nichts von alledem. Sie schritt vorwärts und schaute dabei, das wusste Jakob sicher, zu der Stelle, wo Neeltje und er sich versteckten. Entdeckt wollte Jakob aufstehen, aber Neeltje hielt ihn zurück.
„Warte, bis sie uns auffordert zu kommen!“
Jakob hockte sich wieder hin. Die Königin erreichte die Mitte der Wiese und wartete auf ihr Gefolge. Direkt hinter ihr standen im Halbkreis Frauen, die genauso alt schienen wie sie und die gleiche Kleidung trugen. Ihnen fehlte nur der silberne Gürtel.
„Der Rat der Siebzehn“, flüsterte Neeltje.
„Alles Frauen?“, fragte Jakob.
„Natürlich, es gibt keine erwachsenen Männer.“
„Aber …?“
„Psst!“
Hinter dem Rat der Siebzehn versammelte sich eine große Gruppe Frauen. Einige waren noch jung, mit vollem, flauschigem Haar, andere älter, mit glattem Haar, viele schienen

schwanger zu sein. Sie trugen Reisigbündel auf dem Rücken. Hinter ihnen kam eine Gruppe von sehr jungen Frauen und Männern. Sie bildeten Paare, liefen Hand in Hand, und als sie auf der Wiese erschienen, brachen die Kinder des Holzvolkes wieder in lautes Jauchzen und Jubeln aus.

„Es ist ihr Fest“, sagte Neeltje.

„Die Leute da, werden die ... mit Liebe und so?“

Neeltje nickte.

„Und die anderen?“

„Die schauen zu.“

„Oh“, sagte Jakob. „Und wir?“

Die Antwort kam sofort. Aber nicht von Neeltje. Die Königin hob die Hand, das Jubeln verstummte, die Königin ließ ihre Hand wieder fallen, wies zu der Stelle, wo Jakob und Neeltje saßen, und sprach:

„Kommt, Kinder.“

„Jetzt“, sagte Neeltje. Sie stand auf und zog Jakob mit.

„Lass meine Hand los“, zischte Jakob. „Sonst denken sie, wir würden auch ...“

Neeltje kicherte. Aber sie ließ seine Hand los. Sie trat aus dem Gebüsch auf die Wiese, dicht von Jakob gefolgt. Vor der Königin und ihrem Rat blieb sie stehen und machte eine kleine Verbeugung. Jakob tat dasselbe. Die Frauen neigten den Kopf.

„Willkommen“, sagte die Königin.

Ihre Stimme klang warm und zart, wie ein Tremolo auf der höchsten Saite eines Cellos. Sie hob den Kopf und schaute Jakob und Neeltje freundlich an.

„Ich bin Neeltje“, sagte Neeltje, „und das hier ist Jakob. Er ist etwas schüchtern, er ist zum ersten Mal in eurer Mitte.“

„Neeltje“, sagte die Königin nachdenkend. „Die Neeltje?“
„Ich glaub schon“, sagte Neeltje.
„Bist du es wirklich? Wie wundervoll! Deine Abenteuer werden immer noch erzählt. Als Kind fand ich sie großartig. Es ist lange her, dass du hier warst. In unserer Zeit dann … Damals hattest du auch Ärger mit den Soldaten.“
„Stimmt“, sagte Neeltje. Es kam aus tiefstem Herzen. „Aber damals haben Ihre Vorfahren mir geholfen.“
„Wir kamen diesmal gerade noch zur rechten Zeit, habe ich den Eindruck“, sagte die Königin.
Neeltje nickte. Jakob nickte auch. Er war unsicher, er wollte etwas sagen, etwas fragen, aber alles schien ihm wieder so unwichtig. Er hatte sich einigermaßen an die schnelle Zeit gewöhnt, an Karpfen, die zu Soldaten wurden, an Mädchen, die sich in Meisen verwandelten und umgekehrt, aber jetzt, wo er nicht mehr um sein Leben rennen musste, schien alles wie ein Märchen, wie ein Traum. Reden mit der Königin eines Volkes, von dem er dachte, dass es nur in Geschichten existierte! Es war, als ob er mit seiner kleinen Schwester Puppen spielte und dabei lauter Abenteuer erfand. Unwillkürlich schaute Jakob um sich.
„Uns gibt es wirklich“, sagte die Königin. Sie lächelte.
Jakob sah ihr Lächeln und war froh, dass es sie gab. Und er begriff, dass man in dieser Welt besser sagen sollte, was man dachte, weil es sowieso schon jeder wusste.
„Darüber bin ich sehr froh, Madame“, sagte er.
„Danke schön“, sagte die Königin.
„Und die Karpfenmänner?“, fragte Jakob.
„Die gibt es auch.“
„Und?“

„Du bist in Sicherheit. Wir haben sie weggelockt, ins Meer. Es waren vierzehn. Du hast ganz schön geblutet."
„Ich hab schon gedacht, dass ich was gehört hätte", sagte Jakob, „vorhin im Wald, Gelächter oder ... Also ihr wart das?"
„Wenn die Not am größten ist, glaubt der Mensch am meisten." Die Königin lächelte.
„Lockt ihr sie immer wieder ins Meer?", fragte Neeltje. „Gelingt das immer noch?"
„Es wird immer gelingen. Diese Soldaten haben keine Erinnerung. Sie sind nichts weiter als abgerichtete Mordmaschinen. Sie müssen töten, was kleiner ist als sie, und das tun sie mit teuflischer Inbrunst. Aber sie können sich nicht in die Gedanken des Gegners versetzen. Sie werden immer wieder in dieselbe Falle laufen."
„Vielen Dank", sagte Neeltje.
„Es war uns ein wahres Vergnügen."
„Vielen Dank", sagte Jakob, „und es tut mir Leid, dass wir das Fest stören."
„Nichts und niemand kann unser Fest stören", sagte die Königin.
Sie hob die Hand. Einen Augenblick lang war es ganz still auf der Wiese.
Dann sagte sie leise: „Zündet die Feuer an!"

Vezel

Die Kinder sprangen auf. Das Getrampel und Gejohle und Getobe ließ die ganze Wiese erbeben. Die Frauen ließen die Reisigbündel von den Schultern gleiten. Sie knieten sich hin, schichteten das Holz schnell und geschickt auf dem Boden zusammen und zündeten es an. Jakob schielte zu den jungen Frauen und Männern, die Händchen haltend dastanden. Sie hatten nur Augen füreinander und strahlten Liebe und Entschlossenheit aus. Die eine ist nachher schwanger, der andere tot, dachte Jakob. Die außergewöhnliche Freude ringsum verblüffte ihn völlig.

Er setzte sich neben Neeltje auf die Bank. Sie schauten dem Reigen zu, den das Holzvolk tanzte, und lauschten den Liedern, die dabei gesungen wurden. Es waren aufpeitschende Melodien. Den Text konnte man nicht verstehen, weil die Kinder mit ihren schrillen Stimmen alles und jeden übertönten und von Texten nichts wissen wollten. Jeder tanzte und sang, von der Königin bis zum kleinsten Kind. Die Säuglinge auf dem Arm der Mutter. Jakob schaute zu den jungen Männern. Sie tanzten wild und ausgelassen, als ob sie eine schwere Aufgabe gemeistert hätten und einer unbeschwerten Zukunft entgegengingen, als ob ein großes Tor aufgemacht wurde und sie nur hindurchtanzen mussten, um für immer glücklich zu sein. Er begriff das nicht.

Jakob hatte Großmutter gesehen, als sie gestorben war. Sie lag in ihrem schönsten Kleid und mit ihren schönsten Schuhen auf dem Bett. Sie trug ihren goldenen Schmuck. Sie sah beängstigend aus. Später, als sie begraben war, wurde sie durch Erzählungen, Fotos und Erinnerungen wieder lebendig. Sie war zwar da gewesen, damals auf ihrem Bett, aber eigentlich auch nicht.

„Es scheint, als ob sie schliefe", hatte seine Mutter gesagt. Aber das war nicht so. Es war umgekehrt. Es schien, als ob sie tot wäre. Das war das Unheimliche: Sie war tot, aber man wollte es nicht wahrhaben, es sah nur so aus. Das machte einem Angst. Jakob hatte sich vorgenommen, nie mehr eine toten Menschen anzusehen. Nicht mal seinen Großvater, wenn er …

Nur nicht daran denken! Hier waren sie sicher. Und morgen würden sie wieder zurück in ihrer eigenen Welt sein. Zumindest wären sie nicht mehr hier … Das hatten sie im Brunnen gesehen. Schade, dass er nichts von einer Frucht der Götter oder von einem roten, hölzernen Schwan gezeigt hatte … Nur nicht meckern! Bis jetzt war alles so geschehen, wie Neeltje es vorhergesagt hatte. Sie waren in Sicherheit. Aber später, all die fröhlichen Tänzer … Zuerst lieben sie sich die ganze Nacht, dann fallen die Männer zu Boden und verwandeln sich innerhalb einer Stunde in fruchtbare Erde. So hatte Neeltje es gesagt und so würde es geschehen. Jakob wollte das nicht miterleben. Er wollte am liebsten davonlaufen. Die Karpfenmänner waren besiegt, er konnte einfach so durch den Wald ins Dorf gehen. Aber würde er damit auch diese Zeit hinter sich lassen können?

Die gleiche Beklemmung, die er an Großmutters Sterbebett gespürt hatte, überfiel ihn wieder: Er war wirklich bei einer

Feier des Holzvolks, das wusste er sicher. Der Neumond war innerhalb einer Viertelstunde voll geworden, er war den Karpfenmännern entkommen, hatte die Königin des Holzvolks getroffen und auf der Wiese tanzten und sangen kleine braune Männer und Frauen und noch kleinere Kinder.
Aber gleichzeitig schien es auch nur so! Er saß einfach neben Neeltje auf einer Bank! Eine Bank von Menschen gemacht neben einer eisernen Mülltonne, in der eine Plastiktüte hing. Jakob hob den Deckel und schaute hinein: leere Apfelsaftpäckchen, Bonbonpapier – und darauf, ganz ruhig, zwei Wespen.
Zu Jakobs Füßen lag eine Decke, auf der ein Korb stand, aus dem Brot und Obst und Flaschen ragten. Den hatten die Kinder für Jakob und Neeltje hingestellt. Jakob bückte sich und nahm eine Flasche heraus. Wo er schon hier war, konnte er ruhig hier bleiben, bis es Zeit war nach Hause zu gehen. Er konnte nur abwarten. Und vielleicht würde noch etwas geschehen, das ihn auf die Spur des Schwans oder der Frucht bringen würde.
Er zog den Korken aus der Flasche und roch einen unbekannten, süßen Duft.
„Traust du dich davon zu trinken?“, fragte er Neeltje.
„Ich schon“, sagte sie. „Und du auch.“
Sie nahm zwei Becher aus dem Korb und hielt sie hoch.
Jakob schenkte die Becher voll. Dann stellte er die Flasche zurück, nahm einen Becher von Neeltje und hielt ihn hoch.
„Auf ein gutes Ende“, sagte er.
„Prost“, sagte Neeltje.
Sie stießen an und dieser kurze Tick war das einzige Geräusch, das in diesem Moment zu hören war. Der Tanz und

das Lied hatten aufgehört. Das Holzvolk stand regungslos auf der Wiese. Die Königin in der Mitte. Nichts rührte sich, außer den Flammen der Feuer. Aber auch die machten keine Geräusche. Die Stille schien endlos zu dauern. Jakob traute sich nicht mal einen Schluck zu nehmen. Dann fing die Königin an zu singen – mit einer herrlichen Stimme, die wie ein Cello, so hörte Jakob jetzt, auch in die Tiefe gehen konnte, bis zur tiefsten Saite.
Sie sang:

Gib Körper und Seele in diesen Reigen.
Er, der zur Erde sich muss neigen,
Gib alles hin, nimm nur einen Rest.
Küsse das Holz und feier das Fest.
Gib deine Seele und gib dein Leben.
Nimm, was fliegt, was bleibt, sollst du geben.

Während des Gesangs schlichen die Frauen und die Kinder zum Waldrand.
Sie setzten sich um die Feuer und schauten voller Vorfreude in die Körbe. Auch der Rat der Siebzehn zog sich zurück. Nur die jungen Männer und Frauen blieben bei der Königin auf der Wiese. Jakob nahm einen Schluck aus seinem Becher und spürte sofort ein warmes Gefühl durch seine Adern rieseln. Er zählte die Pärchen. Es waren vierzig. Ein Junge des Holzvolks setzte sich neben ihn auf die Bank.
Jakob erschrak, als er sein Gesicht sah. Es war schmal und braun, das Gesicht eines Jungen aus dem Holzvolk, einem Volk, dass Jakob vor nicht mal einer halben Stunde zum ersten Mal gesehen hatte – und doch schien es, als ob er den

Jungen schon seit Jahren kannte und sie die ganze Zeit die besten Freunde gewesen waren. Die Zeit hier spielte mit allem. Jakob nahm einen Becher aus dem Korb, schenkte ihn voll und gab ihn dem Jungen. Er bekam ein breites Lächeln als Dank. Sie schwiegen, bis das Lied zu Ende war und länger, weil nach dem Lied der Königin die Frauen anfingen zu singen:

Junge ist ein Mann,
Junge ist ein Mann.
Mädchen aus den Wäldern,
Mädchen,
Mädchen ist eine Frau.
Du bist mein Liebster,
mein Junge,
ich bin deine Liebste.
Wir werfen das Kind hoch
und fangen es übermorgen wieder auf.

Die Königin schritt über die Wiese zu dem Feuer, das offensichtlich nur für sie und den Rat entfacht war. Sie setzte sich und hörte zusammen mit den anderen die Antwort der jungen Männer:

Mädchen ist eine Frau,
Mädchen ist eine Frau.
Junge aus den Wäldern,
Junge,
Junge ist ein Mann.
Du bist meine Liebste,

mein Mädchen,
ich bin dein Liebster.
Wir werfen das Kind hoch
und fangen es übermorgen wieder auf.

Die Frauen und Männer auf der Wiese gaben sich die Hände und fingen an zu tanzen, langsam, ganz langsam, wobei sie ihr Lied ständig wiederholten, zusammen jetzt, und ohne Worte. Die Kinder und Frauen am Waldrand schauten zu und sangen mit. Mit vollem Mund.

Die Körbe wurden geplündert.

Der Junge neben Jakob schaute mit glänzenden Augen dem langsamen Schauspiel zu. Er trank und aß und summte die Melodie.

„Und jetzt?", fragte Jakob Neeltje.

„Jetzt essen wir auch was Leckeres."

„Nein, ich meine da." Jakob zeigte auf die Tanzenden. „Ist es das nun?"

„Es wird noch viel schöner", sagte Neeltje.

„Und ob!", sagte der Junge neben Jakob und lachte.

Jakob hielt ihm die Hand hin.

„Ich heiße Jakob", sagte er.

„Ich heiße Vezel", sagte der Junge. „Nun ja, so heißen wir fast alle. Wir sind mehr Vezel, also Fasern, als dass wir so heißen. Wir benützen eigentlich keine Namen."

„Wir schon", sagte Neeltje. „Ich heiße Neeltje."

Sie aßen Brot und Obst, tranken ihre Becher leer und schenkten wieder nach.

„Wie langsam sie sind!", sagte Jakob.

„Was dachtest du denn!", sagte Vezel. „Für die Männer ist es

das erste und das letzte Mal … Sie nehmen sich viel Zeit dafür."
„Haben sie vorher noch nie … äh … Liebe gemacht?"
„Nein. Heute ist ihr großer Tag. Unsere Frauen wollen nur bei Vollmond Liebe machen."
„Und die Männer?"
„Ha!", rief Vezel. „Ich habe jetzt schon Lust!" Er lachte aus vollem Hals und beruhigte sich dann. „Na ja", sagte er, „ich muss mich noch etwas gedulden. Ich bin noch nicht ausgereift."
„Aber wenn du ausgereift bist …"
„Dann ist der nächste Neumond mein Fest. Dann wächst der Mond allein für mich zur Rundung seines vollen Lichts."
„Und dann", sagte Jakob, „wirst du sterben."
„Nicht doch!", rief Vezel entsetzt. „Hast du das gedacht?"
„Wenn wir Menschen uns hinlegen und zu fruchtbarer Erde werden, sind wir normalerweise tot", sagte Jakob.
„Aber wir sind keine Menschen!", rief Vezel.
„Nein, aber ihr seid uns unheimlich ähnlich. Wir können uns unterhalten, wir können zusammen lachen und essen und trinken."
„Wir sehen euch nur ähnlich", sagte Vezel, „bevor wir erwachsen sind, bevor wir unsere Wurzeln haben."
„Das verstehe ich nicht", sagte Jakob.
„Wir sind doch Bäume!", sagte Vezel.
Jakob schaute den Jungen neben sich erstaunt an. Gut, er hatte ein braunes Gesicht und seine Haut schien hier und da wie mit grünem Puder bestäubt, aber seine Augen glänzten wie Menschenaugen und sein Mund bewegte sich wie bei einem Menschen, wenn er lachte und sprach, aß und trank. Sein Ge-

sicht war sogar ein wenig menschlicher als das der meisten Menschen, fand Jakob. Und dann dieses komische Gefühl, als seien sie schon seit Jahren befreundet …

„Verstehst du es jetzt?“, fragte Vezel.

„Nein“, sagte Jakob. „Ich verstehe immer weniger.“

„Wir sind Bäume! Nur in unserer Jugend sind wir noch nicht verwurzelt. Wir müssen wachsen, bis unsere Seele reif ist. Dann erst dürfen wir zum Baum werden.“

Langsam wurde es Jakob klar.

„Also eigentlich“, sagte er, „seid ihr eine Art Larven.“

„Herzlichen Dank für das Kompliment“, sagte Vezel sauer. „Wir vergleichen es lieber mit einer Raupe, die zum Schmetterling wird.“

„Entschuldigung“, sagte Jakob, „ich versuche zu verstehen.“

„Nun ja“, sagte Vezel, „das ist dir auf jeden Fall gelungen.“ Er lachte schon wieder. „Wir sind eine Faser von dem Baum, der wir einmal sein werden.“

„Und die Frauen?“, fragte Jakob. „Es gibt doch auch weibliche Bäume?“

„Die Frauen wurzeln später. Sie sind wichtiger in ihrer unverwurzelten Form. Wir haben die Kraft, sie die Weisheit, sie führen die Unverwurzelten.“

„Siehst du, dass es nur halb so schlimm ist?“, fragte Neeltje.

„Ja“, sagte Jakob, „aber ich möchte doch lieber kein Baum sein. Ich meine, jetzt kannst du noch rennen und springen und lachen …“

„Ich hab schon verstanden, dass Menschenkinder gerne erwachsen werden wollen“, sagte Vezel mit einem höhnischen Lächeln. „Aber als erwachsener Mensch kannst du auch nicht mehr rennen und spielen und lachen. Und wenn du Schmerzen hast, darfst du nicht weinen, du darfst nicht mehr mit einem Kuscheltier schlafen … Und du sollst den ganzen Tag nur Sachen tun, auf die du keine Lust hast! Meiner Meinung nach ist es besser ein Baum zu sein."

„Bestimmt nicht!", sagte Jakob. „Das sieht vielleicht so aus. Du kennst uns doch nicht so gut, wie du denkst. Als mein Großvater schon alt war, ist er immer noch wie ein Junge in seinem Haus herumgerannt, wenn wir Versteck spielten, und jetzt hat er Schmerzen und er schreit und weint, aber wenn er wieder gesund ist, wird er alles machen, worauf er Lust hat … Gerade als Erwachsener kannst du eine Menge Sachen machen, die du als Kind nicht machen darfst und als Baum nicht kannst."

„Täusche dich nicht über das Leben eines Baumes." Vezel grinste. „Wir können mehr, als du denkst: hören, sehen, denken, essen, trinken, tanzen im Sturm, und noch vieles mehr, wovon ihr Menschen keine Ahnung habt. Was hältst du von Liebe machen auf dem Wind?"

„Jakob wird nie so sein wie die erwachsenen Menschen, von denen du sprichst", sagte Neeltje. „Er wird einem Baum ähnlicher sein als einem erwachsenen Menschen. Er wird winken im Wind, Lieder singen im Sturm, tanzen auf einem Bein. Und er wird sich wohl dabei fühlen, davon bin ich überzeugt."

Wie erwachsen sie redet, dachte Jakob. Sie ist noch ein Mädchen, aber sie redet wie eine Nachrichtensprecherin.

„So wird es sein", sagte Neeltje. „Weil er euch gesehen hat."

Jakob mochte es nicht, wenn Leute über ihn sprachen, als ob er gar nicht dabei wäre. Außerdem wusste er immer noch nicht, ob er sich über die Zukunft, die Neeltje ihm vorhersagte, freuen sollte. Er entschied sich zu einem Ablenkungsmanöver, deutete mit dem Kopf zur Wiese und sagte: „Jetzt scheint es richtig loszugehen.“

„Neumond eben“, sagte Vezel wie ein Mann von Welt.

Sie lachten und schauten zu. Alle Trägheit war aus dem Tanz der jungen Frauen und Männern verschwunden. War es eigentlich noch ein Tanz?

Es wurde gelaufen und gesprungen und geschrien vor Freude. Die Männer rannten vor den Frauen davon, ließen sich aber gerne wieder einfangen, und dann wurde geküsst und gestreichelt, dann rannten die Frauen den Männern davon, und die Männer hinterher, und dann folgte eine Umarmung, wie man sie im Fernsehen viel zu selten sah, und die Kleider flogen herum.

Es ging so wild zu, es war so spannend zuzuschauen, dass Jakob vergaß zu atmen. Er schielte zur Seite, zuerst zu Neeltje, dann zu Vezel. Sie feuerten die kleinen Männer und Frauen an, als ob sie einem Wettlauf zuschauten. Auch die anderen Kinder des Holzvolkes schrien wie Besessene und die älteren Frauen klatschten rhythmisch in die Hände. Alle hatten riesigen Spaß.

Und dann fing das richtige Lieben an. Manchmal war ein Pärchen ganz nahe und rollte vor der Bank durchs Gras und Jakob sah, wie die Liebenden Licht ausstrahlten. Sie spiegelten nicht das Licht des Mondes wieder, es kam aus ihnen selbst. Ihre Körper waren nicht mehr braun, sondern rosa wie der Gaumen einer Katze, und aus der rosafarbenen Haut strahlte das Licht. Das schönste Licht kam aus ihren Köpfen. Als ob man zum Lieben nicht genauso den Kopf braucht wie … Na ja … Das war richtiges Lieben. Das sah er deutlich. An allem. Manchmal war das Licht so hell, als ob der Vollmond in die Liebenden hineingeglitten wäre und durch ihre Stirn nach draußen schien.

Es herrschte so eine gigantische Fröhlichkeit auf der Festwiese und um sie herum, dass Jakob nicht mehr still sitzen konnte. Auch er begann zu schreien und in die Hände zu klatschen, um die Liebenden zu noch mehr anzustacheln. Es klappte. Es wurde nun überall und auf die verrücktesten Arten geliebt. Sie hingen zusammen an den Zweigen, rollten zusammen um die Feuer und purzelten sogar zusammen durch das Feuer.

Manchmal lagen sie da und verschnauften, aber das dauerte nie lange. Nach fünf Minuten sprangen sie wieder auf, um weiterzumachen, und das Spiel ging von vorne los, dann wurden Mann und Frau wieder ein rollendes, schnaubendes Wesen. Jakob sah, dass es sicherlich hundert verschiedene Arten des Liebe-Machens gab. Er staunte. Beinah hatte auch er Lust zu … Nein, nein! Er war schon froh darüber, dass er nicht musste.

„Juhuh!", schrie Vezel. Er stieß Jakob an und schrie: „In neun Monaten bin ich dran!"

„Wow!", sagte Jakob.

Sie aßen und tranken, klatschten in die Hände, jauchzten und lachten. Aber als sich langsam Körbe und Flaschen leerten und die Feuer kleiner wurden, änderte sich das Schauspiel. Jakob beobachtete, wie die Männer vor Erschöpfung umfielen. Nicht um neue Kräfte zu sammeln, sondern für immer. Sie standen nicht mehr auf. Ihre Frauen knieten sich neben sie und streichelten ihre erhitzten Köpfe. Das Feuer ihrer Körper erlosch. Die Frauen sammelten Kleider und Decken ein. Das Holzvolk am Waldrand schaute schweigend zu. Die Flammen der Feuer flackerten noch einmal auf und zogen sich dann zurück in die Asche. Der Mond wurde kleiner. Das konnte man nicht sehen, das spürte man. Die Königin stand auf und schritt in die Mitte der Wiese. Dort sang sie erneut ihr Lied:

Gib Körper und Seele in diesen Reigen.
Er, der zur Erde sich muss neigen,
Gib alles hin, nimm nur einen Rest.
Küsse das Holz und feier das Fest.
Gib deine Seele und gib dein Leben.
Nimm, was fliegt, was bleibt, sollst du geben.

Vezel stand auf und sammelte die Essensreste in den Korb. Jakob half ihm dabei, froh darüber, dass er was tun konnte. Er spürte, wie er traurig wurde.
„Und jetzt?“, fragte er.
„Jetzt kommt das Schönste“, sagte Vezel. „Nun bringen die Frauen ihre Männer zu der Stelle im Wald, die sie vorher zusammen ausgesucht haben. Niemand darf dabei sein.“
Gott sei Dank, dachte Jakob.
„Jede Frau bleibt bei ihrem Mann“, sagte Vezel, „die ganze Nacht. Sie legt die Frucht in seinen Mund und wartet, bis er eins wird mit der Erde. Dann zieht seine Seele in die Frucht und wird in dem Baum, der er sein wird, wohnen.“
Jakob verstand immer noch nicht, was daran so schön war. Er versuchte sich vorzustellen, wie die Verwandlung des Körpers vor sich ging. Es gelang ihm nicht. Stattdessen sah er

Großmutter auf ihrem Sterbebett. Und danach Großvater auf seinem …

Nicht daran denken!, dachte er wieder. Aber dieses Mal half es nicht. Auf der Wiese gab es nichts mehr, das ihn aufmuntern oder von den Bildern ablenken konnte, die seinen Kopf bestürmten. Das Liebemachen war toll gewesen, aber der Abmarsch, der nun stattfand, der Abschied später …

Die Kinder und Frauen sammelten sich an der Stelle, wo Neeltje und Jakob sich vor Beginn der Feier versteckt hatten, die Feuer waren verlöscht und der Mond stand im letzten Viertel. Die jungen Frauen zündeten Fackeln an und trugen, höchstens eine Stunde schwanger, ihre gefallenen Männer stolz in den Wald. Sie sangen.

„Wunderbar, nicht?“, sagte Vezel.

Aber Jakob fand nichts mehr wunderbar. Er konnte nur noch an seinen Großvater denken. Er sah den Schweiß über das alte Gesicht rinnen, er sah die verwirrten Augen, er hörte die Stimme schreien wie ein Kind, das einen Albtraum hat: „Hau du auch ab …!“

So hat er seinem roten Schwan angeschrien, wie die alte Dame erzählt hatte, seinen fliegenden roten Schwan aus Holz … „Schau mich nicht so an und lach nicht!“ So hat er die alte Dame angeschrien, als sie ein Mädchen war. Vielleicht war er in diesem Moment in der anderen, langsamen, weit entfernten Welt immer noch am Schreien. Was sah er alles, während er Fieber hatte? Die alte Dame wollte es nicht erzählen. Es war alles ihre Schuld, hatte sie gesagt – mehr nicht.

Warum dauerte hier alles so lange? Das Getue auf der Wiese und jetzt dieses Herumtrödeln! Warum konnten sie nicht sofort zurück? Er entschloss sich die Königin zu fragen. Sie würde sicher etwas von diesen Sachen verstehen. Sie würde doch sicher wissen, wo der Ausgang war! Neeltje vermutete nur, dass sie morgen wieder zu Hause sein würden, vielleicht konnte die Königin das bestätigen. Den Gedanken, dass Großvater einer Pflegerin, die nichts verstehen wollte, ausgeliefert war, konnte er auf einmal nicht mehr ertragen. Die Tabletten der Ärztin wirkten nicht, Mutter saß gefangen mit ihrem Auto in dieser zähfließenden Zeit, vielleicht sogar in einem Stau in einer zähfließenden Zeit, und die Einzige, die etwas davon verstand, die alte Frau, die früher Großvaters Nachbarin war, hielt ein Nickerchen!

Jakob ließ Neeltje und Vezel bei der Bank zurück und lief zur Königin, die noch auf der Wiese stand. Sie wurde umringt von vielen kleinen Leuten, aber Jakob ließ sich von nichts und niemandem aufhalten.

„Frau Königin!“, rief er.

Sie schaute auf, sah ihn kommen, nickte ihm ermutigend zu und sagte zu ihrem Volk: „Wir gehen.“

Die Kinder und Frauen verließen die Wiese. Sie gingen den schmalen Weg in den Wald hinein. Es wurde nicht mehr gejohlt, geklatscht, getanzt, die Erregung war verschwunden. Sie gingen ruhig und unterhielten sich leise. Die kleinen Kinder wurden getragen. Die Königin wartete, bis alle im Wald verschwunden waren und nur sie, Jakob, Neeltje und Vezel auf der Wiese zurückblieben.

„Kommt“, sagte sie, „jetzt gehen wir auch.“

In diesem Moment strömte das letzte Licht aus dem Mond und Wolken schoben sich vor die Sterne. Die Welt wurde rabenschwarz. Jakob spürte, wie jemand seine Hand nahm, und die Stimme der Königin war dicht neben ihm, als sie sagte:

„Vezel, gehst du ein Stück vor uns? Du hast die Augen einer Eule … Neeltje, wo ist deine Hand? Ach … da.“

Da geh ich hier Hand in Hand mit einer Königin!, dachte Jakob. Da denkst du, du hast alles schon erlebt! Hoffentlich muss ich nicht nächste Woche in der Schule einen Aufsatz mit dem Thema „Meine Ferien“ schreiben.

Die Hand der Königin war kleiner als Neeltjes Hand und auch fester. Echtes Holz. Aber es konnten natürlich auch die alten Knochen sein.

Die Hand war angenehm trocken und warm.

„So“, sagte die Königin, „und jetzt zu uns, Jakob. Du machst dir Sorgen. Stimmt's?“

„Ich möchte nach Hause“, sagte Jakob. „Nein, ich meine … nicht zu mir nach Hause, zu meinem Großvater … Und nicht nur zu diesem Haus, ich meine … äh …“

„Du möchtest hier weg“, sagte die Königin.

„Ja“, sagte Jakob und er schämte sich für den tiefen Seufzer, den er ausstieß.

„Das wäre möglich“, sagte die Königin.

„Jetzt sofort?“

„Wenn du möchtest.“

Jakobs Herz machte einen Purzelbaum vor lauter Freude.

„Ich möchte nicht unhöflich sein“, sagte er schnell, „Sie haben uns fantastisch geholfen.“

„Höflichkeit ist für ruhige Zeiten“, sagte die Königin. „Die Frage ist: Möchtest du wirklich jetzt schon weg?“

„Wirklich“, sagte Jakob. „Ich bin mir sicher. Mein Großvater ist krank. Er hat Wundfieber. Er redet wirres Zeug. Ich wollte nur kurz in den Wald, aber ich bin hier, jetzt schon zwei Tage.“

„Wie kannst du ihm helfen, wenn du zurück bist?"
„Bei ihm sein. Er kennt mich."
„Kannst du ihn heilen?"
„Das nicht."
„Wirklich nicht? Warum bist du hergekommen?"
„Hierher? Zu Ihnen?"
„Ja."
„Aus Versehen. Ich bin auf der Brücke gefallen."
„Wie konnte das passieren?"
Jakob schwieg. Er sah die versteinerte Frucht der Götter mit dem so frisch aussehenden Abdruck der Zähne. Er sah sich selbst auf das Brückengeländer klettern, er sah die zwei kleinen Kinder mit ihren Eltern, er sah sich fallen. Die Königin wusste alles und verstand alles. Dieser Gedanke war ihm bereits vorhin bei ihrer ersten Begegnung gekommen.
„Du bist hierher gekommen", sagte die Königin, „um etwas zu finden, womit du deinen Großvater heilen kannst. Du solltest nicht weggehen, bevor du es gefunden hast. Sonst war alles umsonst."
„Gibt es die Frucht der Götter wirklich?", fragte Jakob.
„Nicht mehr", sagte die Königin. „Und dein Großvater wird noch lange nicht sterben. Er muss nur sein Fieber überstehen."
Jakob hielt den Atem an. Er nickte zögernd.
„Ich muss den Schwan finden", sagte er. „Den roten Schwan."
„Es geht also um den Schwan", sagte die Königin.
„Aber wo kann er nur sein?", fragte Jakob.
„Es ist nicht gut, seine Zukunft zu kennen", sagte die Königin.

„Stirbt Großvater wirklich nicht?“
„Nein. Und mehr kann ich nicht sagen … Junge, wenn du wüsstest, wie wunderbar ich es finde, dass du hier neben mir gehst. Das erlebt nicht jede Königin, weißt du. Unsere Zeiten schieben so schnell aneinander vorbei, manchmal vergehen Jahrhunderte, bevor wieder ein Menschenkind zu Besuch kommt.“
„Aber …“
„Der, den du brauchst, schläft. Sein Rauch kringelt nicht. Gehe auf den Rauch zu.“
„Aber was sollen wir denn jetzt machen?“
„Auch schlafen. Du bist willkommen bei uns. Aber …“
Jakob erschrak. Er lief bestimmt schon eine Viertelstunde Hand in Hand mit der Königin des Holzvolkes durch die finsterste Dunkelheit, die er jemals um sich herum gesehen hatte, und er hatte nicht mal Angst, aber er erschrak furchtbar, als aus der Dunkelheit auch seine freie Hand auf einmal gepackt wurde.
Es war Vezel.
„… ich habe noch nicht mal mit Neeltje gesprochen!“, sagte die Königin aufgeregt. „Unsere Heldin! Ich bin sehr geehrt, dass ich die Hand halten darf von jemandem, den ich nur aus unseren alten Geschichten kenne. Ich fand sie als Kind großartig, aber manchmal dachte ich auch: Dies ist später dazu erfunden worden. So geht das nämlich immer mit Geschichten. Stimmt es zum Beispiel, dass du …“
„Komm“, sagte Vezel. „Ich möchte mit dir reden. Was die Königin gesagt hat, ist wahr, wir sehen fast nie Menschen. Ja, wir sehen sie, aber sie sehen uns nie. Also reden ist nicht möglich. Ihr seid die Ersten, denen ich begegne. Komm jetzt!“

Er fing an zu rennen und zog Jakob mit sich. Jakob ließ die Hand der Königin los.
„Solltest du der Königin nicht den Weg zeigen?“, fragte Jakob.
„Sie kann genauso gut sehen wie ich. Als sie fragte, ob ich voraus gehen würde, meinte sie, dass ich bei euch bleiben dürfte.“
Sie gingen langsamer und Jakob versuchte vorsichtig, seine Hand aus Vezels zu lösen. Er war schon Hand in Hand mit Neeltje gegangen und mit der Königin und Arm in Arm mit der alten Dame. Jetzt auch noch mit einem Jungen seines Alters Hand in Hand zu gehen – es gab Grenzen. Aber Vezels Hand schloss sich extra fest um seine.
„Komische Wesen seid ihr“, sagte er. „Immer Angst voreinander. Ich sehe es oft im Wald. Sitzt jemand gemütlich in der Sonne auf einer Bank, kommt jemand anderes vorbei, der sich auch hinsetzen möchte, setzt er sich auf eine Bank ein Stück weiter weg. Und wenn es nur eine Bank gibt, setzen sich beide nur mit eine Arschbacke so weit wie möglich voneinander entfernt jeder auf ein Bankende. Und sie sagen gar nichts!“
Es stimmt, dachte Jakob. In der Straßenbahn suche ich auch immer einen Platz, wo noch niemanden sitzt.
„Es ist doch viel schöner sich behaglich aneinander zu lehnen“, sagte Vezel. „Und wenn du jemanden magst, ist es doch schön Hand in Hand zu gehen? Oder nicht?“
Vezels Hand glitt aus Jakobs Hand. Jakob blieb sofort stehen. Er sah überhaupt nichts mehr. Entfernt hörte er das Stimmengewirr des Holzvolks, etwas hinter sich die leisen Stimmen von Neeltje und der Königin und ab und zu, links, rechts, vorne, hinten, das helle Gekichere Vezels. Der umkreiste ihn

scheinbar. Jakob hielt seine Finger ganz nah vors Gesicht. Er sah buchstäblich keine Hand vor Augen. Er hob seine Arme in einer hilflosen Geste.
„Komm schon“, sagte er. „Du hast gewonnen.“
Die kleine, kräftige Hand von Vezel glitt wieder in Jakobs und weiter ging es durch die totenstille, rabenschwarze Nacht. Jakob hatte keine Ahnung, in welche Richtung sie gingen.
„Warum rauschen die Bäume nicht?“, fragte er. „Die gehören doch auch zum Holzvolk?“
„Die Bäume schon“, sagte Vezel. „Aber der Wind nicht.“
Dumm von mir, dachte Jakob. „Wie können sie dann rauschen in meiner Welt?“
„War nur ein Scherz“, sagte Vezel. „Du hast Recht. Wenn wir Baum werden, betreten wir eure Welt, eure Zeit. So wie das ganze Holzvolk vor der Ankunft der Römer. Und unsere Bäume können gesehen werden, oder?“
„Wie ist es möglich, dass du so viel über die Menschen weißt?“
„Beobachten, zuhören.“
„Aber sie sind so langsam! Du siehst nicht, wie sie sich bewegen, und du hörst nichts.“
„O doch, das kannst du üben. Mit Geduld. Wir haben uns daran gewöhnt geduldig zu sein.“
„Aber Neeltje sagt, dass ihr euch nur nachts sehen lasst.“
„Sehen lassen, da sagst du etwas. In dieser Form lassen wir uns seit der römischen Zeit nur nachts sehen, und dann auch nur von denen mit dem richtigen Blick. Aber tagsüber … Neeltje kam zu dir als eine Meise.“
„Könnt ihr das auch?“

„Alle.“
„Kann ich das auch lernen?“
„Wenn du etwas länger bleibst.“
„Das geht nicht …“
„Wegen deinem Großvater?“
„Ja.“
Und Jakob fing an zu erzählen. Von dem Haus, die Geschichte von der Frucht der Götter, von Großvaters Sturz, seinen Albträumen, dem roten Schwan, der alten Dame und danach auch noch von seinem eigenen Sturz auf der Brücke und von den Karpfenmännern. Er erzählte alles bis ins kleinste Detail, die Geschichte schien Stunden zu dauern. So lange an einem Stück hatte Jakob noch nie geredet! Es war die Dunkelheit, niemand konnte ihn sehen, das machte das Sprechen leichter. Obwohl … Vezel konnte ihn sehen. Aber solange Jakob nicht sehen konnte, dass Vezel ihn sehen konnte, war es egal.
Und Vezels Hand in seiner Hand half auch. Jemand, der deine Hand hält, hört dir zu, das sollte man nicht ungenutzt lassen. Der ist dir nahe, sowohl in Gedanken als auch körperlich.
„Aber“, beendete er seine Geschichte, „morgen bin ich weg aus dieser Welt, dann bin ich wieder bei Großvater, wir haben es in dem Brunnen gesehen, Neeltje und ich. Und vielleicht habe ich dann den roten Schwan gefunden. Es geht um den Schwan, hat deine Königin gesagt. Und sie hat mir auch versprochen, dass Großvater noch nicht stirbt.“
„Der Tod ist ganz wichtig für euch, stimmt's?“, fragte Vezel.
„Wie meinst du das?“
„Es scheint das Wichtigste in eurem Leben zu sein. Jeder hat Angst zu sterben oder dass seine Kinder sterben oder seine

Eltern oder seine Freunde oder seine Großeltern. Ihr habt euer ganzes Leben lang Angst. Und die nennt ihr dann Todesangst."
„Ja, aber", sagte Jakob. „Es ist doch auch das Schlimmste, was es gibt. Stell dir vor, dass dein Großvater sterben würde."
„Ja", sagte Vezel, „stell dir das mal vor. Wie würdest du das finden?"
„Furchtbar natürlich."
„Du wirst schon traurig, wenn du daran denkst?"
„Ja."
„Nun, das brauchst du nicht, weil er noch nicht stirbt!"
Vezel brach in schallendes Gelächter aus. Er krümmte sich offenbar vor Lachen, denn Jakobs Hand wurde nach unten gezogen. Jakob verstand überhaupt nicht, was es zu lachen gab.
„Wieder eine Minute deines Lebens an traurige Gedanken verschwendet!", brüllte Vezel. „Es scheint, als ob ihr Menschen nur in eurem Kopf wohnt, mit geschlossenen Läden. Ihr seht nicht, was geschieht, ihr seht nur, ‚was geschehen könnte, wenn …' Meiner Meinung nach ist ‚wenn' das meist benutzte Wort bei den Menschen. Nein, da geht es uns viel besser."
„Erzähl mal", sagte Jakob und versuchte seine Stimme so kalt und zynisch wie möglich klingen zu lassen, „vielleicht gibt es für mich dann auch was zu lachen."
„Bei uns", Vezel gluckste dabei, „ist ‚jetzt' das meist benutzte Wort. Wir …" Seine Stimme stockte. Ganz kurz war es still, dann spürte Jakob, wie Vezel seine Hand fester nahm.
„Jakob?", fragte er.
Jakob reagierte nicht.

„Jakob, habe ich dich beleidigt?“
„Ich amüsiere mich nicht gerade“, sagte Jakob kurz.
„Was sagt ihr noch mal, wenn ihr erschrocken seid, wenn ihr etwas ganz schlimm findet?“, fragte Vezel.
„Scheiße“, sagte Jakob.
„Scheiße“, sagte Vezel, „es tut mir Leid, Jakob.“ Er drückte Jakobs Hand noch fester. Es tat fast weh.
Jakob fing an zurückzudrücken. Langsam ließ der Druck von Vezels Fingern nach. Der Schmerz ließ nach. Er drückte weiter. Vezel schien nicht darauf einzugehen. Bis er auf einmal mit voller Wucht zudrückte.
„Au! Scheiße!“, rief Jakob. „Das ist unfair!“
„Warum?“, fragte Vezel kichernd und lockerte seine Finger.
„Du bist aus festerem Material“, sagte Jakob, und dann lachte er auch. Er konnte nichts dagegen tun.
„Schau!“, sagte Vezel.
Jakob blinzelte. „Wohin?“
Schon seit einiger Zeit hatte er gar nicht mehr versucht etwas zu sehen, er war sogar immer wieder mit geschlossenen Augen gegangen.
„Geradeaus.“
Jakob schaute hin und sah weiter vorne ein Licht.
„Dort wohnen wir“, sagte Vezel.
Jakob blickte genauer hin und erkannte ein offenes Feuer. Um die Flammen herum sah er die Umrisse kleiner Hügel. Es war herrlich wieder etwas zu sehen. Der Wald lag hinter ihnen.
„Ich bin froh, dass dein Großvater gesund wird, Jakob“, sagte Vezel. „Das meine ich wirklich.“
Er ließ Jakobs Hand los und ging zu einem Baum, der am

Rande der Ebene stand. Er lehnte seinen Kopf an den Stamm und sprach leise. Jakob schaute zu. Er konnte nicht verstehen, was Vezel sagte, und vermutete, dass das auch so sein sollte. Vezel drehte sich um, hielt aber seinen Arm um den Baumstamm gelegt. „Das ist mein Vater“, sagte er.
Jakob ging ein paar Schritte vor und betrachtete den Baum. Der war alt und groß, aber in der Finsternis konnte Jakob nicht erkennen, was für ein Baum es war. Er suchte nach einem ... Er musste lachen.
„Was ist los?“, fragte Vezel.
„Wie dumm!“, sagte Jakob. „Ich wollte deinem Vater die Hand geben, ich hab einen Ast gesucht, den ich erreichen könnte.“
Vezel fing an zu grinsen.
„Langsam lernst du es“, sagte er. „Leg deinen Kopf an den Stamm, so wie ich es gemacht hab. Das wird Vater gefallen.“
Jakob machte, was Vezel ihm gesagt hatte. Er legte seinen Kopf an den Stamm.
„Kann dein Vater sprechen?“, fragte er.
„Und ob.“
„Und kannst du ihn verstehen?“
„Natürlich.“
„Ich höre nichts.“
„Das kannst du lernen, wenn du etwas länger bleibst.“
„Leider ...“, sagte Jakob. Er legte seinen Kopf zum Abschied noch einmal kurz an den Stamm und danach gingen sie weiter.
Sie kamen zum Feuer. Ein paar ältere Frauen kamen zwischen den Dünen hervor und legten einen Stapel kleiner Decken

und Kissen auf den Sand. Die Kinder waren alle verschwunden.

„Ihr schlaft draußen", sagte die Königin, die zusammen mit Neeltje den Lichtkreis betrat. „Unsere Unterkunft ist zu klein für euch Menschen, aber das Feuer ist für euch."

„Danke schön", sagte Neeltje.

„Eure Anwesenheit hat unserem Fest einen besonderen Glanz gegeben", sagte die Königin.

„Danke schön", sagte Jakob.

„Ich bin mir sicher", sagte die Königin, „dass noch lange von eurem Besuch gesprochen wird. So wie über das Mädchen Neeltje, das Jahrhunderte nach ihrem ersten Besuch zu uns zurückkehrte und für Vezel einen Freund mitbrachte …"

Sie verbeugte sich. Jakob und Neeltje verbeugten sich auch, und als sie wieder hinschauten, waren die Königin und die Frauen schon in den niedrigen Dünen verschwunden. Zu dritt standen sie um das Feuer, Jakob, Neeltje und Vezel, und starrten in die Flammen.

„Sehe ich dich morgen noch, Vezel?", fragte Jakob.

„Fängst du schon wieder an!", sagte Vezel. „Morgen, Abschied, Tod … Ich bin jetzt hier! Du verdirbst diesen Moment noch durch deine düsteren Gedanken an den bevorstehenden Abschied."

„Es tut mir Leid", sagte Jakob.

„Für dich selbst", sagte Vezel. „Du verdirbst dir deinen eigenen Spaß, nicht meinen … Ich stehe hier ganz, ganz glücklich darüber, dass wir uns begegnet sind."

Jakob traten Tränen in die Augen. Was sollte er damit anfangen? Es war, als ob Vezels kräftige Hand sich um sein Herz geschlossen hätte und zudrückte. Er konnte doch nichts da-

für, dass er ein Mensch war und weinen musste, wenn etwas einfach aufhörte.
„Vezel", flüsterte er. „Wenn alles wieder in Ordnung ist mit Großvater und ich komme zurück, bist du dann noch hier?"
„Wie willst du zurückkommen?"
„Das weiß ich nicht", sagte Jakob.
„Das weiß niemand", sagte Vezel. „Aber ich kann zu dir kommen. Es dauert für dich, wenn du wieder zu Hause bist, nicht lange, bis ich verwurzelt bin. Dann stehe ich rauschend im Wind deiner Welt. Vielleicht erkennst du mich."
„Oh, ganz bestimmt!", rief Jakob. „Weißt du schon, was du werden möchtest? Weißt du schon, wo du stehen wirst?"
Ganz kurz war er sehr froh, dass er Vezel wieder sehen würde, aber eigentlich war er doch mehr Mensch, als hierfür gut war, denn der Gedanke, dass Vezel ein Baum sein würde …
„Ich sorge dafür, dass du mich findest", sagte Vezel.
Er lächelte. So kann ein Baum nie lächeln, dachte Jakob. Er kniff die Augen fest zusammen, fühlte Tränen an seiner Nase entlanglaufen und schlug die Hände vor die Augen.
Er spürte eine kräftige, kleine Hand auf seinen Haaren. Nur ganz kurz.
Jakob konnte ein Schluchzen kaum unterdrücken. Als er wieder aufsah, war Vezel verschwunden.
„Komm", sagte Neeltje.
Sie hatte es sich unter einem Berg von Decken gemütlich gemacht.
„Kann ich wirklich nicht hierher zurückkommen?", fragte Jakob.
„Doch", sagte Neeltje.
„Wie denn?"

„Wie Vezel schon sagte: Das weiß niemand. Das kannst du nicht selbst bestimmen, das geschieht einfach."
„Dir auch?"
„Mir auch. Und ich habe zwar eine Ahnung von dem Warum, aber nicht von dem Wie. Es gerne zu wollen hilft."
Sie streckte ihre Hand aus. „Komm."
Jakob ließ sich unter die Decken ziehen. Neeltje umarmte ihn und kuschelte sich an ihn. Er dachte nach. Nicht, um Antworten zu finden – nein, es war alles so verwirrend und kompliziert, dass er schon froh sein würde, wenn er ein paar gute Fragen bedenken konnte. Dann konnte er andere besser um eine Antwort bitten.
Neeltje schlief schon. Jakob spürte, wie ihr Atem seine Schläfen streifte.
Er grübelte, bis er fast schlief. Dann schreckte er hoch.
Er hörte Gelächter. Vorsichtig, um Neeltje nicht aufzuwecken, setzte er sich auf. Am Himmel im Osten brach der Tag bereits an. Jakob sah ein seltsames Schauspiel. Vierzehn Frauen des Holzvolkes zogen an ihm vorbei. In ihren Armen trug jede einen zappelnden Karpfen.

Der Schwan

„Ich muss dir etwas zeigen“, sagte Vezel.

Sie liefen durch eine Wüste und ringsherum wüteten Wirbelstürme. Wolken, die sonst wie artige Schäfchen über den Himmel zogen, kreiselten wie irre umeinander und saugten Bretter, Türen, ganze Dächer und sogar Tiere in ihre Raserei hinein. Diese Wolken jagten einander wie Kinder in einem zu kleinen Zimmer. Es war ein packender Anblick, aber Jakob und Vezel sahen nicht hin. Sie quälten sich durch den heißen Sand.

„Bist du ganz sicher, dass das ein Traum ist?“, fragte Jakob.

„Ganz sicher.“

„Aber meistens wacht man auf, wenn man weiß, dass man träumt.“

„Du nicht. Ja, wenn du es wirklich willst, kannst du jetzt wach werden.“

„Ich bleibe lieber noch“, sagte Jakob, „auch wenn ich einen riesigen Durst habe.“

Sie kamen an einen Fluss. Am Ufer lag ein Ruderboot. Der Fährmann war ein Kranich.

„Für ein Lied setze ich euch über“, sagte er. „Aber wenn ihr nicht singen wollt, tue ich es auch. Ich bin nur verrückt nach Liedern.“

Jakob und Vezel tranken aus dem Fluss und stiegen in das Ruderboot. Der Kranich ruderte mit seinen Flügeln. Als das

Lied zu Ende war, sagte er: „Eigentlich bin ich schon tot. Beide Beine abgebrochen – da kommst du nicht weit als Kranich.“
Jakob betrachtete die Beine des Vogels. Sie waren sehr praktisch in zwei Löcher im Boden des Bootes gestopft und hielten so das Wasser draußen.
„Weißt du, dass du nicht mehr fliegen kannst, wenn deine Beine abgebrochen sind?“, fragte der Fährmann. „Du kommst nicht weg vom Boden! Deshalb starre ich gerne ins Wasser. Da kann ich mein Spiegelbild sehen und hoch über mir die Wolken, dann ist es fast so, als würde ich fliegen.“
„Was für ein idiotischer Traum das ist“, sagte Jakob.
„Dein Traum“, sagte Vezel.
„Ist der nur in meinem Kopf oder auch in deinem?“
„Ich träume dasselbe. Du kannst von nun an träumen, was du willst. Wenn du von mir träumen willst, komme ich.“
„Und andersrum? Wenn du …?“
„Andersherum klappt es auch. Aber das hier ist dein Traum.“
„Aber wieso geht das plötzlich? Ich meine …“
„Das ist mein Abschiedsgeschenk an dich.“
„Wow!“, sagte der Fährmann. „Ich habe meine Aufgabe erfüllt! Jetzt kriege ich meine Beine zurück und kann wieder fliegen!“
Das Boot stieß sanft ans Ufer. Jakob und Vezel stiegen aus.
„Aber dann“, begriff Jakob, „haben wir gar nicht wirklich Abschied voneinander genommen!“
„Du hast es kapiert.“ Vezel grinste.
„Dann hättest du mir auch nichts schenken brauchen.“
Die Jungen lachten. Sie drehten sich noch einmal um und sahen den Kranich am Ufer stehen. Er hatte offensichtlich ver-

gessen seine Füße aus den Löchern zu ziehen, denn das Ruderboot hing wie ein runtergerutschter Rock um seine knochigen Knie.
„Will ich das träumen?“, fragte Jakob.
„Offensichtlich.“
„Und was kann ich dir schenken?“
„Nichts“, sagte Vezel vergnügt. „Wir haben doch gar nicht Abschied genommen.“
„Ich werde viel von dir träumen“, sagte Jakob.
Sie gingen weiter und kamen an ein kleines, weißes Haus. Hinter dem Haus saß eine alte Frau in der Sonne. Sie war nicht alt, sah Jakob, sie schien nur alt – wie ausgezehrt durch eine Krankheit. Auf ihrem Schoß lag ein Stück Holz, das sie mit einem kleinen Messer bearbeitete. Zu ihren Füßen saß ein kleines Kind, das die Späne aufhob und in ein Eimerchen warf.
„Das musste ich dir zeigen“, sagte Vezel. „Der kleine Junge ist dein Großvater.“
Aber Jakob schaute auf die weißen Hände der alten Frau. Er sah, was sie schnitzte.
Sie schnitzte einen Schwan.
Das Messer rutschte ab. Blut schoss aus den Fingern der Frau und tropfte am Kopf des Schwans entlang. Sie sah hin, nickte und steckte ihren Finger in den Mund.
„Es wird ein roter Schwan, Jakob“, sagte sie zu dem Kind. „Ein roter Schwan … Fragst du Papa, ob er den Schwan rot anmalt?“
„Ja, Mama“, sagte der kleine Junge.
„Wie kann ich das träumen …?“, flüsterte Jakob.
„Diesen Traum kriegst du von mir“, sagte Vezel.

Er nahm Jakobs Hand und zog ihn mit sich in den Wald. Auf der Lichtung mit den Tannen blieb er stehen. Er begann zu summen, und Jakob wurde wach durch ein fröhliches Getiedeldiedomtiedom dicht an seinem Ohr. Tiedeldiedomtiedom, tiedeldiedomtiedom, tiedeldiedom, tiedom, tiedom, tie, tiedeldiedomtiedee …

Richtig wach wurde er nicht. Er schwebte behaglich zwischen Grund und Erwachen, da, wo man glaubt, dass man schon denkt, aber eigentlich noch träumt. Er sah Vezel auf einem riesigen Podest zwischen Tannen stehen, umgeben vom hellen Schein vieler flauschiger Haarschöpfe. Er hörte das Lied und sang die Worte mit:

„Junge ist ein Mann, Junge ist ein Mann …“

Die Stimme an Jakobs Ohr sang:

„Mädchen aus den Wäldern, Mädchen, Mädchen ist eine Frau.“

Es war Neeltje. Sie saß dicht neben ihm und murmelte vergnügt in einen Korb, der bis zum Rand mit Käse, Marmeladentöpfchen und Broten gefüllt war. Auch eine Flasche mit dem Getränk, das sie gestern Abend getrunken hatten, war darin.

Neeltje nahm die Sachen nacheinander heraus und deckte ein festliches Frühstück.

Jakob hob langsam die Augenlider und schaute zu den niedrigen Dünen ringsum. Dort war das Holzvolk verschwunden. Die Kinder, die Frauen, die Königin, Vezel. Aber nirgends sah er eine Öffnung, eine Höhle, ein Loch, eine Tür … Ja, er sah undeutlich Kaninchenlöcher, aber auch im hellen Licht des Morgens konnte er nicht tiefer hineinsehen. Ringsherum nur Sand. Das Holzvolk war verschwunden. Ihr Feuer

war zu kalter Asche geworden. Nur der Korb mit dem Essen war von ihnen übrig geblieben.
Es war früh am Morgen, die Sonne lag noch tief hinter den etwas entfernten Bäumen. Jakob hatte zwar nur zwei Stunden geschlafen, aber durch die Reise in seinem Traum fühlte er sich, als wäre er einen Tag unterwegs gewesen. Er befand sich immer noch in der anderen Welt, in der anderen Zeit. Stiller denn je, jetzt, wo das Holzvolk verschwunden und das Stampfen der Karpfenmänner nicht mehr zu hören war. Nicht der leiseste Windhauch. Das niedrige Dornengestrüpp oben auf den Dünen war gestochen scharf im Licht der aufgehenden Sonne zu erkennen. Dies war Vezels Welt, Vezels Zeit. Nur Vezel war nicht da. Neeltje bewegte ihre Hand vor seinem Gesicht auf und ab.
„Jakob, Schlafmütze“, sagte sie.
Wenn sie jetzt ‚Bruder Jakob, schläfst du noch‘ singt, schreie ich, dachte Jakob. Aber das tat sie nicht. Sie setzte sich neben ihn, gab ihm ein Stück Brot und öffnete die Flasche.
„Ich weiß, wo wir sind“, sagte sie. „Schau …“
„Ich möchte nach Hause“, sagte Jakob.
„Denk an deinen Großvater, Knirps.“
Auf einmal kam sein Traum wieder.
„Ich habe den Schwan gesehen“, sagte Jakob. „Großvaters Mutter hat ihn geschnitzt, meine Urgroßmutter, als sie krank war. Fast tot. Sie saß in der Sonne hinter dem Haus und Großvater zu ihren Füßen. Sie hat sich in den Finger geschnitten, sie sah, wie schön das Blut ihres Fingers am Kopf des Schwans entlang lief und sagte: ‚Der Schwan soll ein roter Schwan werden, Jakob. Fragst du deinen Papa, ob er ihn rot anmalt?‘ Vezel war auch dabei.“

„Also so ist es gewesen“, sagte Neeltje. Sie schlug die Hände vors Gesicht und presste die Lippen aufeinander. „Seine Mutter hatte ihn gemacht … Nun, sie hat ihren Willen bekommen, Jakob. Der Schwan war rot, der Schwan war röter als rot, als er flog.“

Was wusste Neeltje von dem Schwan? Was konnte sie darüber wissen? Jakob wurde es schwindelig. Was hatte er ihr erzählt?

„Schau“, sagte sie plötzlich wieder ganz normal: „Siehst du da die Wassertürme von Duin und Bosch über die Bäume rausragen? Etwas nördlich davon liegt Bakkum. Wir müssen einfach geradeaus der Sonne nach, dann kommen wir nach Hause. Aber zuerst …“

„Ja, genau“, sagte Jakob. „Aber zuerst …“

Er starrte zur Sonne, die wie in ein durchsichtiges rosa Gewand gehüllt über den Wald stieg. Er starrte und starrte, vertrieb mit Gewalt den Traum aus seinem Kopf, kniff die Augen zu schmalen Schlitzen zusammen, um schärfer sehen zu können, und … sprang auf!

„Komm mit!“, schrie er.

Er war schon auf dem Weg, bevor Neeltje ihn fragen konnte, was in ihn gefahren wäre.

„Komm schon!“, rief Jakob. „Je schneller das alles vorbei ist, desto besser.“

„Willst du nicht erst essen?“

„Los, komm, steh auf …! Jetzt sieh doch!“

Er blieb stehen und zeigte zur Sonne. Neeltje starrte, bis ihre Augen davon tränten. Auf einmal nickte sie und stand auf. Jakob wartete, bis sie bei ihm war, wendete aber seinen Blick nicht eine Sekunde von dem dünnen Rauchfaden ab, der aus

dem Wald aufstieg und die große rote Sonne zu teilen schien – so sehr fürchtete er, dass der Rauch verfliegen könnte, bevor sie das Feuer gefunden hatten. Hand in Hand rannten sie durch die Dünen zum Wald.
„Mensch!“, sagte Jakob. „Wie soll man nun wissen, in welche Richtung man muss in so einem großen Wald? Ich sehe keinen Rauch mehr.“
„Einfach weiterrennen.“
„Soll ich auf einen Baum klettern?“
„Nein“, sagte Neeltje, „das kannst du immer noch. Ich weiß ganz genau, dass das Feuer hier irgendwo am See ist. Ich kenne den Weg. Komm.“
Sie rannten nicht mehr, sie gingen, auch wenn es mehr nach marschieren aussah. Sie kamen an einer Wiese vorbei, stiegen über einen Graben und schließlich zog Neeltje Jakob auf einen Sandweg, der tief in den Wald führte.
„Sind wir gestern auch hier gewesen?“, fragte Jakob. „Als der Karpfenmann hinter uns her war?“
„Nein“, sagte Neeltje.
„Und mit dem Holzvolk?“
„Auch nicht.“
Stille. Nichts als Stille. Die Erde dröhnte nicht unter ihren Füßen, nirgends erklang das Tieritti einer Meise, nirgends das anheimelnde Gemurmel des Holzvolks … Es gab nichts, wovor man Angst haben musste, nichts, worüber man sich freuen konnte. Da war nichts. Überhaupt nichts. Nur Neeltje und Jakob. In einer Welt, langweilig wie eine alte Hose.
Sie liefen weiter und kamen zu einer Weggablung. Ein Weg ging nach rechts, einer nach links.
„Geradeaus“, sagte Neeltje.

Nun musste er schon wieder über Stacheldraht klettern! Jakob war froh, dass es heller Tag war und dass er sehen konnte, wohin er trat und was er tat.
„Weißt du es genau?“, fragte er.
„Schau doch.“
Neeltje schaute zu den Baumwipfeln hinter dem Zaun. Jakob folgte ihrem Blick und sah den Rauch. Dicke Wolken stiegen zur Sonne. Das Feuer musste ganz in der Nähe sein.
Er überquerten den Weg, trat den unteren Draht nach unten und zog den oberen nach oben.
„Nach Ihnen.“ Er grinste.
Er wusste nicht, was ihn jetzt wieder erwarten würde, aber er hatte keine Angst. Es war nichts mehr da, das ihn bedrängte, und wenn alles gut ging und der Brunnen und die Königin des Holzvolks die Wahrheit gesagt hatten, dann würde er bald zu Hause sein und könnte seinen Großvater vom Fieber heilen.
„Es geht um den Schwan … Mehr sage ich nicht.“ Das waren die Worte der Königin.
Neeltje kroch zwischen den Drähten durch. Jakob ließ los, setzte seinen Fuß auf den oberen und sprang drüber. Sie stiegen einen kleinen Sandhügel hoch.
„Nun was habe ich dir gesagt?“, fragte Neeltje.
Zu ihren Füßen lag der See. Und etwa vierzig Meter vor ihnen die Insel. Sie war dicht bewachsen. Zwischen Bäumen und Sträuchern stieg Rauch auf.
„Worauf wartest du noch?“, rief Neeltje.
Sie rannte zwischen den Bäumen hindurch nach unten. Jakob folgte ihr langsam.
„Hier muss irgendwo ein kleines Boot sein“, rief er. „Ich hab

zwei Angler gesehen, kurz bevor ich auf der Brücke gestürzt bin."
Er suchte den See ab, aber je näher er ans Wasser kam, umso weniger sah er. Die Insel und eine Landzunge nahmen ihm die Sicht. Die Aussicht auf den See, nicht die auf Neeltje ...
Ihre Holzschuhe und Socken lagen neben ihr im Sand und sie war dabei, eine endlose Reihe Knöpfe vorne an ihrem Kleid zu öffnen. Den Kopf gebeugt, schaute sie auf ihre Finger. Ihr Scheitel leuchtete hell im Sonnenlicht.
„Ich hab wirklich ein Boot gesehen", sagte Jakob.
„Kann schon sein", sagte Neeltje ohne aufzublicken.
Sie stieg aus dem Kleid und zog ihre Unterwäsche aus.
„Wir waten oder schwimmen", sagte sie. „Hängt davon ab, wie tief das Wasser ist. Die Kleider halten wir über den Kopf, damit sie trocken bleiben."
Sie faltete ihre Kleider zu einem kleinen Bündel und legte die Holzschuhe oben drauf. Sie warf ihr Zöpfe nach hinten über die nackten Schultern und sagte: „Nun komm schon, Kleiner."
Jakob schlug die Augen nieder. Sein Kopf schwirrte. Gleichzeitig musste er an tausend Dinge denken ... Er hätte genauso gut an nichts denken können. Er erschrak richtig, als sein Mund sich öffnete und etwas sagte:
„Die Karpfen sind wieder in den See gebracht worden, ich habe sie selbst gesehen heute Nacht. Sie schwimmen hier wieder rum. Sie beobachten uns."
„He!", sagte Neeltje.
Jakob schaute auf.
„Blute ich? Blutest du?", fragte sie.
Ich muss verrückt sein!, dachte Jakob. Das wollte ich doch

gerne sehen! Das Blut wich ihm aus dem Kopf. Er setzte sich gerade hin und betrachtete Neeltje andächtig.
Sehr andächtig.
Es schien Sunden zu dauern.
Ein Wanderer der richtigen Zeit, der am See entlang lief, konnte sie wahrscheinlich sehen – so lange blieben sie unbeweglich. Zumindest schien es Jakob so. Ob Eva auch so aussieht?, dachte er. Natürlich wusste er sehr genau, wie Frauen unter ihren Kleidern aussehen, er hatte oft genug mit seiner Mutter geduscht, aber hier stand ihm ein junges Mädchen gegenüber …
Neeltje lief zum Wasser.
Der Wanderer zwinkerte überrascht und lief um eine schöne Fatamorgana reicher weiter am See entlang.
„Es war ein warmer Sommer!“, rief Neeltje und drehte sich nach Jakob um. „Das Wasser ist noch herrlich. Komm schon!“
Jakob spürte Glück in sich aufsteigen. Pures Glück. Dass sie ihm so vertraute! Dass sie so einfach nackt herumsprang, obwohl er dabei war! Kaum zu glauben, dass er sich vor zwei Tagen nicht einmal getraut hatte die Wölbung ihrer Brüste anzuschauen, obwohl sie vollkommen angezogen war! Das Leben ist schön, dachte Jakob. Er hatte nur ein Problem: Sein Pimmel reagierte.
„Dreh dich um!“, rief er.
Sie tat, worum er sie bat, und Jakob zog sich schnell aus. Er rollte seine Kleider zusammen und hielt sie sich vor den Bauch. So rannte er ins Wasser. Ließ sich fallen, drehte sich während des Falles um und schwamm. Auf dem Rücken.
„Man kann hier gut stehen, hörst du“, sagte Neeltje und da

war wieder dieses freche Glitzern in ihren Augen, „und die Karpfen beißen heute nicht."
„Kennst du das Lied vom Schnapp nicht?", fragte Jakob.
„Nein", sagte sie, „sing es."
Jakob fing an zu singen. Wieder etwas … Er konnte sich nicht erinnern, dass er jemals für jemanden ein Lied gesungen hatte. Nur für den Kranich, zusammen mit Vezel, aber das war in einem Traum gewesen. Er sang:

Ich bin allein im See,
das Wasser ist kalt
und dunkel und so tief.
Und dann hab ich Angst,
denn dicht unter mir
da schwimmt … der Pimmelschnapp!
Junge schwimm auf dem Rücken!
Der Pimmelschnapp liegt auf der Lauer
und gibt nie wieder was zurück …

Neeltje lachte laut auf. Sie war schon bei der Insel, hängte ihre Kleider an einen über das Wasser ragenden Ast, warf ihre Holzschuhe an Land und spritzte mit den Händen Jakobs Kopf und Kleider nass.
„Hör auf!", schrie Jakob. „Das ist nicht fair, ich kann mich nicht wehren!"
„Das ist ja das Schöne daran!", schrie Neeltje.
Sie machte einfach weiter. Jakob ließ seine Beine sinken, bis er wieder Sand zwischen den Zehen spürte, drehte sich um und … erstarrte fast in seiner Bewegung. Von der Insel rief eine Stimme:

„Seid ihr da …?“ Ein reißender Husten klang durch die Stille, als ob der Besitzer der Stimme, eindeutig ein Mann, Pergamentpapier aß, während er rief: „Seid ihr endlich da?“ Jakob stand wie angewurzelt. War es einer von den Anglern? Das konnte nicht sein, die waren höchstwahrscheinlich nicht in dieser Zeit. Aber wer dann? Wer saß da morgens in aller Frühe und machte Feuer auf der Insel? Und wer befand sich, außer Neeltje und ihm, in der schnelleren Zeit? Jemand vom Holzvolk? Ein Karpfenmann …?

Neeltje warf ihre nassen Zöpfe über die Schultern und rief zu Jakobs Erstaunen: „Wir kommen gleich!“

„Das wird aber … hust … hust … auch Zeit.“

Neeltje machte eine einladende Handbewegung zur Insel. Das Ufer war steil.

„Du gehst voraus“, sagte Neeltje, „so gehört sich das.“

Jakob schob sich an ihr vorbei und zog sich an dem Ast hoch, an dem ihre Kleider hingen. Er spürte ihre Hände auf seinem Hintern. Sie schob ihn die Insel rauf. Er drehte sich um und streckte die Hand aus. Neeltje packte sie und stieg auch ans Ufer.

Die Stelle, auf der sie standen, bot Platz für vier Füße. Der Rest der Insel war überwuchert mit Bäumen und Sträuchern, und Brombeeren und Weißdorn hatten sich um und durch Äste und Stämme zu einem dichten Flechtwerk gewebt. Jakob fragte sich, wie sie da durchkommen sollten. Ja, mit einem Schwert … Dornröschen. Neeltje stand dicht an Jakob gedrängt, aber seine Erregung war abgeklungen.

„Weißt du, wer das ist, der da ruft?“, fragte Jakob.

„Keine Ahnung. Dreh dich um.“

Jakob tat, was sie sagte. Neeltje rieb seinen Rücken trocken.

Jakob spähte über seine Schulter. Sie benutzte ihr Hemd als Handtuch.

„Eigentlich bräuchte man so ein Hemd gar nicht“, sagte sie, „mit so einem blöden Kleid um den Körper.“

„Warum hast du es dann angezogen?“

„Gute Frage“, sagte Neeltje.

Bevor sie mehr sagen konnte, klang die Stimme wieder über die Insel: „Kommt ihr bald?“

Die Frage war so kurz, dass sie nicht von Hustenanfällen unterbrochen werden musste.

„Wir ziehen uns nur noch an!“, schrie Neeltje.

„Aber du weißt doch überhaupt nicht, wer er ist!“, flüsterte Jakob.

„Wir müssen zum Rauch“, sagte Neeltje, „das ist unser Auftrag, also ist es egal, wer er ist.“ Sie schrie: „Wo bist du?“

„Im Nord… hust … hust … hust …osten!“

„Wir im Südwesten. Ist es noch weit?“

„Rund dreißig Meter!“

„Ich wusste nicht, dass Südwesten und Nordosten so nah beieinander liegen“, schrie Neeltje. „Was ist die Welt doch klein!“

„Kommt jetzt … hust … hust … endlich, Neel!“, rief die Stimme. „Der Fisch ist fast fertig … Und für dich … hust … hust … hab ich etwas anderes, Jakob.“

Eisige Kälte strich über Jakobs Haut. Die Stimme gehört jemand, der uns kennt, dachte er, jemand, der uns gut kennt. Er kennt unsere Namen! Er macht Fisch und weiß, dass mir von Fisch schlecht wird. Er macht für mich etwas anderes. Wer ist er? Plötzlich sah Jakob nichts mehr. Neeltje hatte ihm seine Unterhose über den Kopf gezogen.

„Zieh dich an, du“, sagte sie.
Sie reichte ihm ihr nasses Hemd. Er trocknete sich noch etwas ab und schlüpfte in seine Kleider.
„Wir kommen!“, schrie Neeltje.
Unbeirrt stapfte sie durch den Dschungel. Jakob folgte. Sie zwängten sich zwischen Zweigen, Ästen und Dornen durch. Und sie mussten klettern. Dass die Insel ein Hügel war, hatten sie bei dem dichten Bewuchs nicht sehen können. Und Großvater hatte es auch nicht erwähnt, als er die Geschichte von der Frucht der Götter erzählte.
„Schau dir an, was hier alles wächst!“, sagte Neeltje begeistert. „Weiden, Kastanien, Ahorn … Es ist unvorstellbar, aber es ist so. Von allem etwas. Diese Insel sieht aus wie eine Kurzfassung des Waldes!“
„Bist du noch nie hier gewesen?“
„Noch nie“, sagte Neeltje. „In all den Jahren nicht.“
Sie spricht nicht nur so, als ob sie älter ist, dachte Jakob, sie fühlt sich auch älter. Er half ihr einen Zopf zu lösen, der sich in einer Brombeerranke verhakt hatte.
„Vielleicht hätten wir noch ein Stück weiterschwimmen sollen“, sagte er, nachdem er schon wieder zurückfedernde Zweige ins Gesicht bekommen hatte, „um die Insel herum. Wir hätten im Nordosten an Land gehen können …“
Er sah eine Eiche, die über die anderen Bäume herausragte. War dort die Kuppe des Hügels? Dann war das die Stelle, an der der Baum stand, der die Früchte der Götter trug. Wenn er in die Krone der Eiche kletterte, könnte er sehen, was der Junge sah, als er von der Schlangenzunge nach oben geschleudert wurde.
Jakob stieg weiter hinter Neeltje her, und als sie zur Eiche

kamen, standen sie am Rand einer großen Lichtung: eine hellgrüne Wiese, die steil zum Wasser hin abfiel. Auf der Wiese stand eine Hütte, vor der Hütte brannte ein Feuer, am Feuer saß ein Mann.

Jakob schaute sich um. Sein erster Gedanke galt nicht dem Mann, nicht dem Ekel erregenden Geruch des Fisches, sondern einem kleinen Strand unten an der Wiese. Dort wuchs ein Rosenbusch. Tausende von Blüten hingen an den Zweigen. Neben dem Busch stand eine Trauerweide, die sich in der glatten Wasseroberfläche spiegelte. Siehst du, dachte Jakob, wir hätten nur weiterschwimmen müssen, hier hätten wir ohne Anstrengung an Land gehen können ... Jetzt erst roch er den Fisch, jetzt erst sah er den Mann. Und er dachte: Robinson Crusoe, Schiffbrüchiger.

„Geh zur Seite“, sagte der Mann. „Jakob, du da, aus dem Wind, dann ... hust ... hust ... riechst du den Fisch nicht.“

Diese Stimme ...!

Der Mann selbst saß auch nicht im Rauch, war aber offensichtlich so erkältet, dass er andauernd nach Luft schnappen musste. Aber die Stimmen, die aus diesem behaarten Kopf kam ...

Die Stimme hatte Jakob schon früher gehört.

Irgendwo.

Irgendwann.

Aber er wusste hundertprozentig, dass er den Mann noch nie in seinem Leben gesehen hatte. Robinson Crusoe, gehüllt in Lumpen, einen Strick um die Taille. Und erst dieser Kopf! Jakob wusste nicht, dass so viel Haar auf einem Kopf wachsen konnte. Hinten hing es weit über die Schultern, vorn weit über die Brust und unter seiner Nase weit über den Mund.

Aber diese Stimme …
Und der Mann kannte ihn! Er wusste sogar, dass Jakob nicht mal den Geruch von Fisch ertragen konnte. Jakob setzte sich. Aus dem Wind. Hand geben und sich vorstellen gehörten offensichtlich nicht zum guten Ton auf dieser Insel. Er muss reden, dachte Jakob, viel reden, dann komm ich schon dahinter, woher ich seine Stimme kenne. Aber der Mann schwieg, er schaute von Jakob zu Neeltje und zurück, zog geräuschvoll die Nase hoch und nickte dabei zufrieden. Auch Neeltje schwieg. Es dauerte ewig lange. Action!, dachte Jakob, und er fragte: „Kennen Sie die Geschichte von der Frucht der Götter?"
„Ja, natürlich", sagte der Mann. Er drehte den Spieß, an dem ein großer, schon brauner und knuspriger Fisch über dem Feuer hing. „Und wenn du es … hust … hust … wissen willst … hust … Ja, es ist wirklich passiert. Die Götter verhalten sich noch ruhig und ich habe keine Frucht im Angebot, aber manchmal kannst du die Zunge der … hust … hust … Schlange auf dem Hügel tanzen sehen. Ich habe es früher oft gesehen, als dein … hust … hust … hust … Großvater hier als Junge wohnte und ich mich auf dieser Insel fast zu Tode … hust … hust … langweilte. Ich bin froh, dass ich endlich wieder etwas … hust … tun kann."
Das Wort „Großvater" brachte es.
Jakob seufzte tief auf und ließ sich erleichtert rückwärts ins Gras fallen. Aus dem erkälteten Kopf kam eindeutig Großvaters Stimme!
„Jetzt weiß ich, wer Sie sind!", sagte er.
„He, he", sagte der Mann, „das wurde aber auch … hust … Zeit. Ich hatte dich für intelligenter gehalten. Immerhin bist

du auch ein … hust … hust … hust … ein bisschen mein Enkelsohn."
Großvaters Stimme. Jakob erinnerte sich an das Gespräch in der Kneipe, er hörte geradezu Großvaters Stimme: „Menschen, die sehr bewusst leben, haben einen nachlässigen Weggefährten, und nachlässige Menschen haben einen sehr wachsamen … Menschen wie ich, die versuchen alles selbst zu regeln, haben wenig Glück. Sie apellieren fast nie an ihren Weggefährten – also wird er faul, träge im Geist und vergesslich …"
Jakob saß dem Weggefährten gegenüber!
Großvaters Weggefährten!
„Ich dachte eigentlich", sagte er und richtete sich wieder auf, „dass Ihr Geist auch schon träge ist."
Der Weggefährte lachte auf, wurde von einem heftigen Hustenanfall durchgeschüttelt und spuckte dann einen dicken Schleimbollen in seine Hand. Er betrachtete ihn eingehend, grinste und schmierte ihn an seine Hose.
„So", sagte er, „den sind wir los. Das kommt davon, wenn man so lange nicht mehr gesprochen hat."
„Logisch", sagte Neeltje.
Jakob musste sich fast übergeben.
„Dein Großvater hat keine Ahnung von Weggefährten", sagte der Weggefährte. „Herr Ganzgenau, der er ist. Man wagt doch schon mal ein klein bisschen was, oder, und wenn es schief geht, dann braucht man den Weggefährten. Stimmt's? Und der kann noch ein bisschen was retten. Aber dein Opa? Immer auf Nummer Sicher. Ich bin schon zu drei Viertel wie ein Zombie hinter ihm hergeschlichen. Anstatt vor ihm herzugehen … Aber was glaubst du? Nicht das kleinste Stück

Bonbonpapier ließ er fallen, und wenn doch, dann hob er es selbst wieder auf … Ich bin ernsthaft in Gefahr total zu verwahrlosen."

Das ist kaum zu übersehen, dachte Jakob.

„Ich wusste gar nicht, wie mir geschah", sagte der Weggefährte, „als er tatsächlich vom Dach fiel! Es musste so kommen. Ich wusste es doch! Aber ich konnte es die ganze Zeit nicht glauben. Aber huppedi!, da rutschte er auch schon nach unten …"

„Sind Sie dabei gewesen?"

„Die ganze Zeit."

„Konnten Sie ihn nicht aufhalten, als er fiel?"

„Wie sagt dein Opa so schön?", spottete der Weggefährte. „Nachlässig, faul, träge im Geist, vergesslich. Und nicht allmächtig. Auch nur eine Art Mensch … Das bin ich. Genau."

„Aber …", sagte Jakob.

„Aber", sagte der Weggefährte, „weißt du noch, dass der Meister sich wunderte, dass dein Großvater so lange an der Dachrinne hängen konnte? Dass er so viel Kraft in seinen Händen hätte …? Die hatte er nicht. Er hing nicht, er stütze sich auf mich … Ich danke dem Himmel, dass ich endlich wieder etwas tun konnte."

„Und danach?"

„Danach? Was denn danach?"

„Er ist fürchterlich krank geworden! Ich dachte, er würde sterben!"

„Er stirbt nicht. Wo denkst du hin! Wenn er stirbt, muss ich mit ihm gehen. Ich tu, was ich kann."

„Und Sie können nichts tun?"

„Abwarten."
„Und warum sind Sie nicht bei ihm?"
„Bin ich."
„Aber Sie sitzen auch hier!"
„Hier und da. Ich habe keine Probleme mit Raum und Zeit – hat dein Großvater dir das nicht erklärt?"
„Doch, schon", sagte Jakob, „aber Sie sagten doch, dass er keine Ahnung davon hat."
„Er weiß schon Kleinigkeiten", sagte der Weggefährte, „und er kann sie wunderbar erzählen, aber er begreift lange nicht alles, was er weiß und erzählt."
„Wie geht es ihm jetzt?"
„Er fantasiert im Fieber."
„Und Sie sitzen hier in aller Ruhe und braten Fisch!"
„Hier schon."
„Und was tun Sie dort?"
„Nichts."
Wut stieg in Jakob auf.
„Ganz ruhig", sagte der Weggefährte beschwichtigend. „Ich könnte schon etwas für ihn tun, aber dafür brauch ich deine Hilfe."
„Dein Fisch brennt!", schrie Neeltje.
Sie beugte sich vor und zog den Spieß vom Feuer. Stinkende Wolken stiegen aus dem Fisch. Jakob fand den Brandgeruch wunderbar. Ha!, dachte er, das würde Großvater nie passieren. Großvater war der weltbeste Grillmeister vor dem Herrn. Der Weggefährte übernahm den Spieß von Neeltje und versuchte, die kleinen Flammen im Fisch dadurch zu löschen, dass er ihn so wüst herumschwenkte, dass das verkohlte Biest losschoss und im Gestrüpp verschwand.

„Scheiße!“, sagte der Weggefährte.
„Sie müssen ‚Merde‘ sagen“, sagte Jakob.
„Jetzt ist es aber gut“, antwortete der Weggefährte. „Ich bin nicht dein Großvater.“
Nein, dachte Jakob, das ist deutlich. Er betrachtete das Haar, das wie ein durchsichtiger, schmieriger Duschvorhang um den Kopf des Weggefährten hing, und dachte an Großvater, der noch unbedingt vor dem Umbau das Badezimmer sauber machen wollte, um sich, wenn er Lust hatte, jederzeit waschen zu können.
Aber die Stimme war dieselbe, und könnte man durch das Haar und die schmuddelige Kleidung sehen, wäre es gut möglich, dass darunter jemand zum Vorschein kam, der Großvater wie aus dem Gesicht geschnitten war. Der Weggefährte stand auf und ging zu seiner Hütte.
„Das Einzige, was ich je für deinen Opa habe tun können“, rief er, „war seine Krankheiten zu übernehmen. Hast du deinen Großvater jemals krank gesehen? Oder vielleicht mal erkältet? Husten oder Schleim auswerfen wie mich? Nein, bestimmt nicht. Diese Art Gelegenheitsjob habe ich für ihn übernommen … Will jemand ein Butterbrot?“
„Nein, danke“, sagte Jakob.
„Eigentlich“, sagte Neeltje, „kommen wir wegen dem Schwan.“
„Dem roten Schwan“, sagte Jakob.
„Der Schwan“, sagte der Weggefährte und blieb vor dem Eingang der Hütte stehen. Er schaute grübelnd in die Ferne. Dann sagte er: „Bevor er vom Dach fiel, war das das einzige Mal in seinem Leben, dass ich ihm helfen konnte. Aber er war so panisch. Ich trug ihm den Schwan hinterher, aber er rannte

weg. Wie ein Verrückter. ‚Hau ab!‘, schrie er. ‚Hau du auch ab!‘“

Der Weggefährte drehte sich zu Jakob: „Verstehst du, warum ich dich jetzt nötig habe?“

„Nein“, sagte Jakob.

„Wenn ich ihm seinen Schwan bringe … Er liegt da, Fieber, Träume von früher, sein Schwan fliegt hinter ihm her, und in einem lichten Moment sieht er, wie der Schwan zu ihm zurückfliegt …! Er kann mich nicht sehen. Dann dreht er vollends durch.“

„Sie können den Schwan doch einfach neben ihn legen.“

„Dass er aus dem Nichts auftaucht? Vielleicht findet er es gut, während er fantasiert, aber wenn er wieder klarer ist, wird er darüber nachdenken, und dann kriegst du dieselbe Wirkung: Er wird seinen Augen und seinem Verstand nicht trauen und wieder anfangen zu spinnen.“

„Aber was kann ich denn tun?“, fragte Jakob.

„Den Schwan finden. An der Stelle, an der er ihn vor langer Zeit verloren hatte. Das würde er glauben.“

„Haben Sie den Schwan?“

Der Weggefährte bückte sich, ging in seine Hütte und kam im nächsten Augenblick wieder heraus. In der Hand trug er ein Stück verwittertes Holz, das er Jakob gab. Es war ein Stück von einem Ast, sah Jakob, das so gewachsen war, dass es an einen Schwan denken ließ. Jakob kam sein Traum in aller Deutlichkeit zurück:

Er sah die kranke Frau in der Sonne hinter dem Haus sitzen. Den Schwan auf ihrem Schoß, Großvater als Kind zu ihren Füßen, das Messer in ihrer Hand … Sie hatte es schön gemacht: schmale Augen, einen kräftigen Schnabel und fein ge-

schnittene Linien entlang der Flügel. In den Vertiefungen sah er noch Spuren roter Farbe.
„Ach herrje“, sagte Neeltje.
„Er lag gut im Wasser“, sagte der Weggefährte. „Aufrecht. Als würde er schwimmen.“
„Ja!“, sagte Neeltje. „Schön war das! Vor allem, wenn der Wind stärker ging und er auf den Wellen schaukelte.“
Sie stand auf und ging zu Jakob. „Und wie rot er war!“ Sie streckte die Hand aus und strich über den Kopf des Schwans. „Darf ich mal?“, fragte sie. Sie nahm den Schwan und ließ sich neben Jakob ins Gras plumpsen.
Jakob schaute sie an und dachte: Ich hatte noch nie in meinem Leben so viel Angst wie jetzt …
Er hatte Angst, als er Großvater blutend auf der Luftmatratze liegen sah, er hatte Angst, als das Schwert des Karpfenmanns ihm dicht über den Kopf sauste, er hatte noch mehr Angst, als er auf dem Speicher des Restaurants saß und ihm bewusst war, dass er in einer anderen Zeit gelandet war und keine Hilfe von außen erwarten konnte, er spürte eine ganz andere Art Angst, als sich Neeltje am Ufer des Sees auszog … Aber so viel Angst wie jetzt?
Und plötzlich, als würde er eine Zeitung aufschlagen und es darin lesen, wusste er: Sie ist kein Mädchen. Ich weiß nicht, wer sie wirklich ist, aber ein Mädchen ist sie nicht. Sie ist jemand anderes, sie spielt ein Spiel, genauso, wie sie im Körper der Meise steckte …
Ruhig, dachte Jakob und rieb sich mit den Händen die Schläfen. Nur Ruhe bewahren kann uns retten.
„Du beginnst zu begreifen“, sagte der Weggefährte.
„Überhaupt nicht! Ich begreife immer weniger!“

„Das meine ich", sagte der Weggefährte.
„Ich begreife überhaupt nichts!", schrie Jakob. „Ich begreife nicht, warum ich hier bin und wer ihr seid!"
Neeltje legte ihm den Arm um die Schultern.
„Bleib mir vom Leib!" Jakob ließ sich rückwärts fallen und rollte über das Gras weg. „Hab ich das alles wegen diesem blöden Schwan durchmachen müssen? All die Abenteuer, all die Angst! Gab es keine andere Möglichkeit, es Großvater besser gehen zu lassen?"
„Willst du ein Brot mit Erdnussbutter?", fragte der Weggefährte.
„Lass mich doch in Ruhe!", schrie Jakob.
„Dann eben nicht", murmelte der Weggefährte. „Ich habe doch kein Helfer-Syndrom."
Jakob richtete sich auf und schaute Neeltje an. Ruhig!, dachte er. Und er fragte: „Wer bist du?"
Neeltje klopfte mit der flachen Hand neben sich auf die Erde.
Jakob zögerte. „Erzählst du jetzt endlich alles offen und ehrlich?", fragte er.
„Es ist keine lange Geschichte", sagte Neeltje.
Jakob setzte sich neben sie und bekam den Schwan in den Arm gedrückt. Er roch Neeltjes Haar.
„Muss ich später auch von dir Abschied nehmen?", fragte er.
„Nicht von mir, wohl aber von diesem Mädchen hier … Ich werde dir die Geschichte deines Großvaters erzählen. Wenn sie zu Ende ist, wirst du alles verstehen. Höre, mein Lieber …"
„Ich bin nicht dein Lieber und du nicht meine Liebe. Du bist

nicht, wer du bist, nicht die, die du zu sein scheinst. Vielleicht bist du doch eine Frau vom Holzvolk."
„Nein", sagte Neeltje. „Ich habe das Holzvolk gesehen, mehr nicht. Genau wie du."
„Aber ich bin Jakob, Jakob dreizehn Jahre alt, überall, in dieser Welt und in der Welt, in der ich zu Hause bin ... Du bist nicht Neeltje, dreizehn oder vierzehn Jahre alt, du bist jemand anders."
„Dreizehn", sagte Neeltje. „Entzückende dreizehn. Du sitzt genauso da mit dem Schwan wie dein Großvater damals. Der Schwan war sein Ein und Alles. Er sprach mit ihm, erzählte ihm nachts, was er am Tag alles erlebt hatte, und die Geschichten, die er gehört hatte. Und der Schwan hörte ihm zu und gab ab und zu Antwort – da war sich dein Großvater ganz sicher."
Sie erzählte nichts Neues. Jakob wusste aus eigener Erfahrung, wie lieb ein Kuscheltier sein kann. Aber die Art, wie Neeltje erzählte, ihre Stimme, die Bewegungen ihrer Lippen vor allem nahm ihn doch wieder gefangen. Um den Bann zu brechen, wendete er sich ab, schaute um sich und nach oben. Ein Reiher hing bewegungslos über dem See.
„Ich habe nie gewusst, wie er zu dem Schwan gekommen ist. Bis du es mir heute Morgen erzählt hast. Vielleicht wusste er es selbst auch nicht mehr, als er älter wurde."
„Er wusste es noch genau", sagte der Weggefährte.
„Dann hat er es mir nie erzählt", sagte Neeltje. „Wie dem auch sei, seit seiner frühen Kindheit waren sie unzertrennlich, dein Großvater und sein Schwan. Sie spielten zusammen, schliefen zusammen und nur, wenn dein Großvater zur Schule ging, ließ er den Schwan zu Hause. Ihre glücklichsten Stun-

den verbrachten sie am Dünensee. Es gab noch nicht so viel Stacheldraht, du konntest kommen und gehen, wohin du wolltest, und manchmal spielten sie den ganzen Tag im Wasser. Der Schwan konnte anmutig schwimmen, schön gerade. Und in der Nacht schlief er dann, nass wie er war, neben Großvaters Kopf auf dem Kissen. An einem Sommertag hat er den Schwan dann am See verloren ... Und es war meine Schuld. Dein Großvater war zwölf oder dreizehn ..."

„Das kann doch nicht sein!", sagte Jakob. „Das war vor sechzig Jahren! Und außerdem kenne ich noch jemanden, der sagt, dass er Schuld ist", sagte Jakob. „Dass sie Schuld ist, meine ich. Und das kann wirklich stimmen, denn sie ist eine alte Frau, die früher ..."

„Jakob ...", sagte Neeltje.

Und Jakob erkannte die Stimme.

Die Stimme der alten Dame.

Die Stimme der alten Dame, die mitklang in der Stimme des Mädchens Neeltje. Jakob spürte, wie ihm so kalt wurde wie dem Jungen im Schlund der Schlange.

Sie war es.

„Begreifst du nun?", fragte sie.

Jakob sprang auf und rannte weg. Er kletterte, den Schwan zwischen den Zähnen, auf die Eiche am Rand der Lichtung. Er kletterte bis in die Krone, wo die Äste dünn waren und brechen konnten. Sie brachen nicht. Er streckte seinen Kopf hoch über die höchsten Blätter und wartete auf kühlen Wind. Es gab keinen Wind in dieser Welt, dieser Zeit.

Jakob wollte nachdenken, aber er konnte nicht denken. Er schaute unher. Er sah die Dünenreihe im Westen, die Türme von Duin und Bosch im Süden, das Dorf im Osten und zwischen Türmen und Dorf die grelle Sonne im Südosten. Der Haagsche Weg lief wie ein dünner Strich vom Wald zum Heereweg. Rechts von der Stelle, wo die Wege alle zusammentrafen, musste Großvaters Haus stehen. Jakob strengte seine Augen an, aber er konnte in dem Wirrwarr von Häusern, Gärten und Scheunen nicht entdecken, unter welchem Dach sein Großvater im Fieber lag. Er holte tief Luft und schüttelte den Kopf wild hin und her wie ein Hund, der Wasser aus seinem Fell schüttelt. Er musste runter. Großvater wartete auf seinen Schwan. Den musste er ihm bringen. Jetzt. Und vielleicht, dachte Jakob, ist meine Aufgabe dann endlich erfüllt. Dann bin ich endlich zurück. Endlich zu Hause. Dann heile ich nicht nur Großvaters Krankheit, sondern auch meine eigene.

Noch einmal versuchte er Großvaters Haus zu finden, aber auch diesmal hatte er kein Glück. Aber dafür sah er den alten, weißen Volvo seiner Mutter auf dem Haagschen Weg fahren. Das Auto schien stillzustehen, aber Jakob wusste es besser. Sein Herz hüpfte vor Freude. Noch keine fünfhundert Meter trennten ihn von seiner Mutter und der sicheren, trägen Welt, in der sie lebte, fünfhundert Meter und eine Grenze zwischen zwei Welten, von der er nicht wusste, wo sie sich befand, die er aber so schnell wie möglich überschreiten musste.

Er wollte winken, aber er begriff, dass das keinen Sinn hätte. Und außerdem konnte er, so sehr er sich auch bemühte, seine Mutter nicht hinter dem Steuer sitzen sehen. Er sah nur das Auto. Er kletterte leichtsinnig schnell den Baum runter.

Neeltje und der Weggefährte saßen beim Feuer und redeten. Jakob rannte an ihnen vorbei die Wiese runter zum Ufer zwischen Rosenstrauch und Weide.

„Jakob!“, rief der Weggefährte. Mit Großvaters Stimme.
Jakob blieb stehen.
„Ich werde dir den Rest erzählen“, sagte Neeltje. Mit einer Stimme, in der die Stimme der alten Frau durchklang.
Jakob drehte sich um.
„Meine Mutter ist da …“
„Gib uns noch zehn Minuten“, sagte Neeltje.
„Ein Fingerschnippen in der Zeit deiner Mutter“, fügte der Weggefährte hinzu.
Das stimmte natürlich. Auch wenn sie eine Stunde auf ihn einreden würden. In der Zeit hätte seine Mutter das Auto noch nicht einmal geparkt. Aber sie war so nah. Obwohl … Vielleicht würde er nicht mal mit ihr sprechen können, sah sie ihn nicht einmal, musste er den Becher dieses Abenteuers bis auf den letzten Tropfen austrinken, bevor er in die wirkliche Welt zurückkehren konnte. Mit großem Widerwillen ging Jakob zurück zum Feuer.
„Zehn Minuten“, sagte er und setzte sich, ein Stückchen von den anderen weg. „Und dann will ich zurück …“
„Versprochen“, sagte der Weggefährte.
Neeltje nickte ihm freundlich zu. Ihre nassen Zöpfe tanzten um ihren Kopf. Sie war schön. Jetzt noch. Neeltje, die niemals fehlte, wenn man auf sie zählte, Neeltje mit den duftenden Haaren, die irgendwo anders eine alte Frau war, aber hier nicht, nicht hier, nicht an dieser Stelle, nicht in dieser Welt, nicht in dieser Zeit, wo sie ein Mädchen war, die ihn in diese Verwirrung gebracht hatte, die ihn ihre Nacktheit sehen ließ, in die er sich beinahe, fast verliebt hatte …
„Warum haben Sie nicht früher gesagt, wer sie sind?“, fragte er.

„Weil“, sagte sie, „ich keine Lust hatte die ganze Zeit mit Sie angeredet zu werden.“
„Verzeihung“, sagte Jakob. „Aber warum bist du ausgerechnet als Mädchen meines Alters gekommen?“
„Wegen der Schnelligkeit der Jugend.“
„Aber warum dann nicht als Rennpferd? Oder als Elefant – wenn du doch alles kannst?“
„Wegen der Schnelligkeit und der Geselligkeit.“
„Das meinte ich gerade. Die …“
„Hast du es nicht schön gefunden?“
Die Funken in ihren Augen! Jakob versuchte die alte Frau in ihrem Gesicht zu sehen, wie er in ihrer Stimme die Stimme der alten Frau hörte. Es gelang ihm nicht. Sie blieb ein schönes Mädchen.
„Lass nur“, sagte Jakob. „Du verstehst mich sehr gut.“
„Der blöde Schwan, wie du ihn nanntest“, sagte der Weggefährte auf einmal klarer und gut formuliert, als ob er lange darüber nachgedacht hatte, was er sagen wollte, und es dann auswendig gelernt hatte, „der Schwan ist das Einzige, was deinen Opa heilen kann. Er will zurück in seine Jugend, darum ist er nach Bakkum gekommen, aber es gelingt ihm nicht. Zurückkehren an den Ort deiner Jugend ist gefährlicher, als du denkst. Deine Erinnerungen stimmen nie mit der Wirklichkeit überein. Denn alles hat sich verändert. Und wenn du das merkst, dann fängt es in deinem Kopf an zu rumoren. Das kannst du nicht brauchen. Erst recht nicht, wenn du Fieber hast. Dein Großvater hat den Schlüssel zu seiner Jugend verloren. Der Schwan ist der Schlüssel.“
„Sie gleichen Großvater mehr, als Sie glauben“, sagte Jakob. „Genauso ernst.“

„Mit dem einzigen Unterschied“, sagte der Weggefährte, „dass ich es nicht zum Vergnügen mache wie dein Großvater. Ich bin nur ernst, wenn es nötig ist. Und jetzt ist es nötig. Und du musst zuhören. Du kannst einen Auftrag nicht gut ausführen, wenn du nicht alles weißt, was damit zusammenhängt.“
Er schaute Jakob unverwandt an. Er sieht nicht aus wie Großvater, dachte Jakob, er ist Großvater. Er war wirklich Großvater … Und Jakob hörte zu.
„In jedem Leben kommt einmal der Tag, wo man seine Jugend hinter sich lässt und erwachsen wird. Die meisten Menschen wissen nicht, welcher Tag es war, und nicht mal, ob sie zwölf, dreizehn oder älter waren, aber dein Großvater weiß es noch ganz genau, und von diesem Tag träumt er. Er will zurück in seine Jugend, aber er kommt nicht weiter als bis zu diesem Tag. Er ist damals so erschrocken vor dem, was er erlebt, dabei gedacht und gefühlt hat, dass er seinen Schwan vergaß. Nein, es war noch schlimmer. Er vergaß ihn nicht, er ließ ihn zurück. Ich trug ihm den Schwan noch nach … Ich musste doch, ich wusste doch, dass er nicht zurückkommen würde, um ihn zu suchen. Nein, es war noch viel schlimmer. Er ließ ihn nicht zurück, er jagte ihn fort! ‚Hau du auch ab!‘, rief er. Zu dem Schwan, den seine Mutter gemacht hatte.“
„Und wo noch das Blut seiner Mutter dran war“, sagte Jakob.
„Das wusste er nicht mehr“, sagte der Weggefährte.
„Warum ist er ihn nicht suchen gegangen?“
„Tausend Ausreden, immer wieder. Er fühlte sich zu alt, zu erwachsen für ein Kuscheltier, er wollte absolut nie mehr an dem Haus vorbei, in dem Neeltje wohnte, und vergiss nicht: Er hatte den Schwan in meiner Hand wirklich fliegen sehen.

Und dein Opa ist verrückt auf Märchen, aber sobald sie wirklich zu passieren scheinen, weiß er nicht, wie er sich am schnellsten aus dem Staub machen kann ... So hat er ihn verloren und jetzt will er ihn wieder zurück. Wie sagt er es selbst immer so witzig? So sticht sich der Skorpion seinen giftigen Stachel in den eigenen Kopf ...? Er nimmt es sich nicht übel, dass er den Schwan damals zurückgelassen hat, nein, er nimmt sich übel, dass er ihn nie gesucht hat ... Und nun glaubt er, dass er ohne den Schwan niemals ganz in seine Jugend zurückkehren kann. Und weil er das glaubt, ist es wahr. Der rote Schwan ist der Schlüssel ... Begreifst du nun?"
„Nein", sagte Jakob ehrlich. „Noch immer nicht."
„Du hast Recht." Der Weggefährte seufzte. „Ich kann es nicht gut erklären. Ich habe zu lange nicht mit Menschen gesprochen. Versuch du es mal, Neel." Unter seinem Schnurrbart erschien ein Lächeln. „Denn immerhin war alles deine Schuld."
„Das habe ich die ganze Zeit geglaubt", sagte Neeltje.
Jakob schaute auf. Der Reiher stand noch immer an der gleichen Stelle am Himmel, seine Mutter war wahrscheinlich noch nicht mal am Parken. Doch er konnte nicht länger warten.
„Neeltje", fragte er, „willst du mir den Rest erzählen, während wir nach Hause laufen? Oder schwimmen ..."
Der Weggefährte stand auf.
„Es liegt ein Ruderboot mit zwei Anglern unter der Trauerweide", sagte er und nieste bedrohlich. Er streckte Jakob seine Hand hin. „Denkst du auch an mich, wenn dein Großvater irgendwann stirbt?"
Jakob drückte die Hand. „Irgendwann?", fragte er.

„Es wird schon noch eine Weile dauern. Vor allem jetzt, wo du ihm seinen Schwan zurückbringst. Aber denke daran: Du hast ihn gefunden."
„Im Schilf, nicht weit von der Brücke", sagte Jakob.
Der Weggefährte nickte und küsste Neeltje auf beide Wangen.
„Es war herrlich dich wieder einmal in dieser Vergangenheit zu sehen", sagte er. „Es erweckte schöne Erinnerungen."
„Ich war verliebt in ihn, ehrlich verliebt", sagte Neeltje. „Das darfst du nie vergessen!"
Sie gingen zum Ufer hinunter. Jakob voran, Neeltje tief in Gedanken hinter ihm her.
„Ich habe die ganze Zeit geglaubt, dass es meine Schuld war", sagte sie leise. „Aber es war, weil er mehr oder weniger seine Mutter verraten hatte."
„Übertreib nicht so!", sagte Jakob.
„Mehr oder weniger, sagte ich", sagte Neeltje. „Mehr oder weniger."
Sie fanden das Ruderboot unter den Ästen der Weide. Ein Angler saß an den Rudern, der andere in der Mitte des Boots mit einer Leine in den Händen. Sie stiegen ein und nahmen dem einen die Ruder aus den Händen.
„Zack! Weg die Ruder!", sagte Jakob.
Neeltje lächelte.
Sie nahmen alle beide ein Ruder und setzten sich nebeneinander auf die Bank. Zwischen der Weide und dem Rosenstrauch konnten sie die Lichtung sehen. Es stieg noch dünner Rauch zum Himmel, aber den Weggefährten sahen sie nicht mehr.
Sie ruderten los.

„Schau“, sagte Neeltje, „siehst du die Frucht der Götter?“
Sie deutete mit dem Kinn. Jakob schaute und sah sie liegen, rechts von der Brücke, zum Wald hin.
„Da ist es passiert“, sagte sie.
„Ich will es nicht hören“, sagte Jakob.
„Wegen der Vertrautheit zwischen dir und mir?“
„So in etwa …“
„Dann hast du Pech. Du wirst es anhören müssen, denn ich will es erzählen. Und die Ohren kannst du dir nicht zuhalten, denn du musst rudern … Es ist eine kurze Geschichte, aber in Wirklichkeit war sie noch kürzer. Wir gingen schwimmen, ich, dein Großvater und sein Schwan. Das taten wir öfter. Wir waren sehr anständig in diesen Tagen. Es waren anständige Zeiten, wie verliebt du auch warst … Ich hatte einen anständigen Badeanzug, er hatte eine anständige Badehose, und wir zogen uns immer sehr anständig um, jeder auf einer anständigen Seite von einem anständigen Busch. Aber an diesem Tag hat mich der Hafer gestochen. Ich weiß nicht, wie es kam, aber ich wollte deinen Großvater ein wenig ärgern, herausfordern … Ich war verrückt nach ihm, aber er ließ mich nie spüren, was er für mich empfand. Er war viel mehr in sich gekehrt als du. Ich zog mich rasend schnell aus, spähte durch den Busch, wartete, bis er nackt war, sprang nackt hervor, schnappte all seine Kleider und hielt sie über meinen Kopf. So stellt ich mich vor ihn. ‚Hol sie dir, wenn du kannst‘, sang ich.“
Jakob sah es vor sich. Haargenau.
„Ich wollte nur mal sehen, wie er reagieren würde“, sagte Neeltje, „als ich da so vor ihm stand. Ich dachte, ehrlich gesagt, er würde es schön finden. Spannend … Ich wollte weiter

nichts. Ihn nur ein bisschen ärgern, herausfordern vielleicht. Und natürlich wollte ich ihn auch sehen lassen, wie lieb ich ihn hatte." Sie schwieg einen Moment, dachte nach und sagte dann: „Aber er wurde wütend …"

„Er hatte Angst", sagte Jakob. „Ich hatte auch Angst, als du da so dagestanden hast. Aber ich hab es dich nicht merken lassen. Das ist der einzige Unterschied."

„Du dachtest an den Moment selbst", sagte Neeltje, „an das, was im Moment passierte. Dein Großvater dachte an die Zukunft, an das große ‚wenn', auch wenn die Zukunft nur eine Minute weiter in der Zeit war: Was muss ich tun, wenn sie … Er begann zu schreien: ‚Bleib weg von mir! Fass mich nicht an! Geh weg!' Und weil ich wirklich nicht die Absicht hatte ihn anzufassen, brach ich in Lachen aus. Er wurde wütend: ‚Lach nicht! Gib mir meine Kleider zurück. Mir ist kalt!' Es war so ein heißer Tag, ich musste noch mehr lachen …"

Das waren die Worte, die Großvater in seinem Fieberwahn geschrien hat, dachte Jakob. Jetzt kommt der Schwan.

„Ich hatte deinen Großvater noch nie so böse gesehen", erzählte Neeltje weiter, „aber gerade, als er anfing zu rufen: ‚Ich mag deine Spiele nicht, ich will dich nie mehr sehen', begriff ich, dass es ihm ernst war. Ich stand zwischen ihm und der Brücke und plötzlich stürzte er auf mich zu. ‚Aus dem Weg!', schrie er und rannte an mir vorbei auf die Brücke. Ich glaubte in diesem Moment tatsächlich, dass er im Stande wäre, ohne Kleider nach Hause zu gehen. ‚Warte!', rief ich. ‚Deine Kleider!' ‚Hau ab!', rief er. Er drehte sich um und drohte mir mit der Faust. ‚Hau ab!' Dann schwieg er. Ich sah seine Augen groß werden vor Angst. Seine Faust sackte langsam runter und sein Mund öffnete sich. Ich drehte mich um … Ich sah

den Schwan … Den roten Schwan … Er stieg aus dem Wasser und flog zur Brücke.
Es war eins der schönsten Dinge, die ich jemals gesehen habe, Jakob, der anmutig fliegende, grellrote Schwan … Er flog nicht wirklich, er schwamm, er trudelte durch die Luft – wunderschön. Aber dein Großvater begann noch lauter zu schimpfen: ‚Hau du auch ab', rief er dem Schwan zu. Er lief die Brücke runter, nackt wie er war … Ich fand es toll. Ich war verrückt nach Märchen und fand es immer so schade, dass es nur Worte und Bilder in meinem Kopf waren, aber mehr nicht, doch als ich den Schwan fliegen sah, wusste ich: Sie können wirklich geschehen und sie geschehen auch wirklich, jetzt …! Ich bin in einem Märchen gelandet!
Ich hatte es noch nicht gedacht, da … Die Welt stand still. Alle Geräusche blieben aus, nichts bewegte sich. Ich hatte es erst gar nicht begriffen. Ich sah deinen Großvater still stehen auf dem Dünenweg und dachte, dass er doch seine Kleider zurückwollte. Ich rannte auf ihn zu, über die Brücke, ich stolperte, ich fiel, ich blutete … Ich schrie um Hilfe, aber er schaute sich nicht um."
Jakob betrachtete das alte, farblose Stück Holz auf seinem Schoß. Er schloss die Augen und sah, wie er flog, rot, blendend rot im Sonnenlicht, wie er schwamm, durch die Luft trudelte … ein roter Schwan.
„Und dann?", fragte er.
„Den Rest kannst du dir denken."
Jakob nickte. „Ich hab zuerst die Frucht der Götter gesehen", sagte er, „dann wurde alles still, und danach fiel ich erst …"
„Du wolltest die Frucht sehen … Ich wollte den hölzernen Schwan fliegen sehen … Aber dein Wille war stärker, du hast

es aus eigener Kraft getan. Mir wurde durch Jakobs Weggefährten geholfen."
„Hast du dann das Holzvolk gesehen?"
„Ich bin ein paar Jahre geblieben. Es gab für mich keinen Grund früher zurückzukehren. Ich vermutete, dass dein Großvater mich nicht mehr sehen wollte, und ich hatte Recht. Als ich zurück war, sah ich ihn manchmal im Dorf, aber wenn er mich sah, machte er sich immer schleunigst davon ... In den vier, fünf Jahren, bevor er wegging, ist er auch nie mehr zum See gekommen. So gab es für den Weggefährten keine andere Aufgabe, als den roten Schwan aufzubewahren, bis dein Großvater ihn irgendwann nötig haben würde. Nun ist es also so weit. Und darum musstest du ihn finden, im Schilf, an der Stelle, wo er ihn irgendwann zurückgelassen hatte ... Denn bringen konnte ihn der Weggefährte nicht. Das hat er dir ja erklärt."
Sie waren bei der Brücke angekommen.
„Lass uns noch etwas weiterrudern", sagte Neeltje. „Zum Steg dort, dann müssen wir nicht über die Brücke."
Im Wasser unter der Brücke, dicht unter der Oberfläche hingen die stillen Leiber der Karpfen. Das Sonnenlicht schien auf ihre grausigen Mäuler und Barteln.
„Schwimmende Staubsauger", murmelte Jakob wie zur Beschwörung, „schwimmende Staubsauger ..."
Sie ruderten weiter.
„Im Nachhinein bin ich den Karpfenmännern auch noch dankbar", sagte Neeltje. „Durch sie hab ich das Holzvolk kennen gelernt. – Machst du das Seil fest?"
Jakob kroch zur Mitte des Boots, nahm die Leine und band sie am Steg fest. Neeltje legte die Ruder in den Schoß des

Anglers zurück. Sie kletterten auf die hölzerne Plattform und folgten einem schmalen Pfad zwischen Büschen und hohen Bäumen. Nach nicht mal dreißig Metern kamen sie an einen Stacheldrahtzaun mit einem Gattertor aus Holz. Es war ein Vorhängeschloss daran. Hinter dem Zaun stand der schiefe Baum. Etwas weiter vorn sah Jakob das Haus der alten Frau. Nun ist es gleich so weit, dachte er, jetzt werde ich Abschied von ihr nehmen müssen.

„Das ist das letzte Mal in meinem Leben, dass ich über Stacheldraht klettere", sagte er entschieden.

Aber in dem ‚klettere' saß ein Schluchzen. Er schluckte, grinste, zog die Drähte des Zauns weit auseinander.

„Nach Ihnen."

„Danke dir, Junge."

Neeltje kroch durch die Öffnung. Jakob kletterte ohne sich zu verletzen über die Drähte. Er machte eine kleine Verbeugung zum schiefen Baum.

„Sehr gut", sagte Neeltje.

„Ist das die Grenze?", flüsterte Jakob.

„Die Grenze ist da, wo du wirklich aussteigen willst. Für mich ist sie immer wieder bei meinem Häuschen. Da möchte ich sein."

Sie nickte zu ihrem Haus, etwas weiter vorn. Die Zöpfe tanzten ihr um den Kopf. Wunderschön … Sie begann zu rennen. Tu's nicht!, dachte Jakob. Aber sie tat es doch. Er rannte mit ihr. Sie rannten, bis sie vor dem Häuschen standen.

„Kommst du noch kurz mit rein?", fragte Neeltje.

„Wirst du da wieder …?"

„Ja."

„Dann gehe ich nicht mit."

Sie standen sich gegenüber. Sie schauten sich an und schwiegen und Jakob hatte das Gefühl, dass er sich schon wieder in einer andern Zeit befand. Eine Zeit, in der alles ewig dauerte. Als er sprach, schien es, als würden seine Worte von weit her kommen, als ob sie aus vergangenen Zeiten angeflogen kämen: „Und was nun?"
„Schau", sagte Neeltje und wies mit dem Kopf zum Anfang des Haagschen Wegs. „Ist das deine Mutter?"
Jakob schaute. Das weiße Auto war geparkt, die Tür stand offen, seine Mutter streckte den Kopf raus.
„Mams!", schrie er.
Die ganze Welt schien wie eine Kirmes voller Radau über ihn hereinzubrechen. Alles bewegte sich und machte Geräusche: Vögel stiegen mit großem Gekreische aus den Bäumen auf, Radler kamen mit fröhlich bellenden Hunden an der Leine singend aus dem Wald, Hähne krähten, Flugzeuge dröhnten über sie hin.
„Mams!"
Er rannte los und die alte Dame beobachtete ihn.
„Lauf nur, mein Lieber", sagte sie leise.
Jakob ließ seinen Tränen freien Lauf. „Mams! Ich bin zurück!"
Radler drehten sich lachend nach ihm um, der Wind jagte um seinen Kopf, Kiesel knirschten unter seinen Füßen, er hörte Grashalme rascheln und sich beugen.
„Mams!" Er winkte.
Sie winkte zurück.
„Ich bin wieder da!", rief Jakob.
Seine Mutter breitete die Arme aus. Im richtigen Moment. Jakob warf sich an ihre Brust. Sie umarmte ihn.

„Aber Junge“, sagte sie. „Was ist mit dir?“ Sie strich ihm durch das Haar und küsste ihn auf den Kopf. „Wo kommst du her? Was hast du gemacht?“
Sie schob Jakob vorsichtig von sich und betrachtete ihn mit schief gelegtem Kopf, als ob sie ein neues Hemd begutachtete.
„Was ist mit deinem Arm? Blut? Und mit deinen Fingern? Und deine Hose? Wie du aussiehst! Und was hast du unter dem Arm?“
Jakob betrachtete den alten, farblosen Schwan unter seinem Arm.
Alles war wirklich geschehen.
Das hatte er befürchtet.

Das Trinkgeld

„Hast du noch etwas geträumt?“, fragte Großvater Jakob. „Etwas Spannendes? Oder nur etwas Schönes?“

„Oder von Scheiße?“, fragte Liv, Jakobs kleine Schwester, die zwischen ihnen auf der Rückbank saß. „Ich habe heute Nacht sehr schön von Scheiße geträumt.“

„Lies du mal schön weiter“, sagte Jakob und strich ihr eine Haarlocke hinter das Ohr.

„Ich kann lesen und zuhören zugleich“, sagte sie. „Und sogar noch erzählen, wenn ihr den Traum hören wollt.“

„Nun …“, sagte Großvater.

„Nein“, sagte Jakob. „Livs Träume sind eklig. Ich kenne sie. Hör zu, was ich geträumt habe. Es war ein Traum über nichts, aber schön zu träumen. Ich lief durch den Wald, in Bakkum, beim See, und es wimmelte nur so von Touristen. Sie hatten alle riesige Kameras um den Hals, sie wollten Vögel fotografieren. Aber die Vögel flogen immer weg, und da sagte ich: ‚Wartet einen Augenblick.‘ Und ich streckte meinen Zeigefinger aus, und dann haben sich die Vögel darauf niedergelassen, einer nach dem anderen, und ließen sich geduldig fotografieren. Das war alles.“

Das stimmte nicht. Er hatte Vezel verschwiegen.

„Und, gefällt er dir?“

„Ich werde ihn mir merken“, sagte Großvater.

„Willst nicht doch lieber meinen Traum hören?“, fragte Liv.

„Ein ander Mal. Wir sind fast da … Diese Aufschüttung haben sie mit Sand von der Stelle gemacht, wo nun der See ist."
Jakobs Vater lenkte den Wagen über die Überführung.
„Sandbedürfnis", murmelte Jakob.
„Sandbedürfnis." Großvater grinste.
Sie bogen rechts ab in den Heereweg.
„Schau mal raus, Liv", sagte Großvater. „Da, schau … Das ist mein Häuschen. Das weiße."
Jakob schaute auch.
Da hatte alles angefangen.
„Hier links, Jacques", sagte Großvater. „Das ist der Haagsche Weg, hier kannst du dein Auto stehen lassen."
Jakobs Vater bog in die Straße ein und parkte den Wagen. Sie stiegen aus, Großvater, Liv, Jakob, Mama und Papa.
Und hier hatte sich alles zugetragen, dachte Jakob.
Sein Vater holte Großvaters aufklappbaren Rollstuhl aus dem Kofferraum und Jakobs Mutter schaute zum Wald. Sie stand genau an der gleichen Stelle wie fünf Tage zuvor, als Jakob wie ein Verrückter auf sie zu gerannt war. Sie hatte ihn gefragt, was den alles passiert wäre, und Jakob hatte gesagt, dass er das alles später erzählen würde.
„Natürlich, mein Schatz", sagte sie. „Aber wie geht es Großvater?"
„Das weiß ich nicht, ich bin eine Weile weg gewesen."
„Na, dann komm."
Sie liefen ins Haus, die Pflegerin machte auf. Sie schaute Jakob mit großen Augen an.
„Was um Himmels willen hast du gemacht?"
„Das erzählt er uns später", sagte Mama, „wie geht es meinem Schwiegervater?"

„Er hat hohes Fieber. Ab und zu tobt er ganz schön, aber im Moment ist er ruhig. Vielleicht ist es besser, Sie lassen ihn noch eine Weile in Ruhe."
„Natürlich", sagte Mama.
„Ich gehe nur mal einen Moment zu ihm", sagte Jakob.
„Lieber später", sagte die Pflegerin.
„Tu es besser nicht", sagte Mama.
„Es muss sein", sagte Jakob.
Er lief durch den schmalen Flur zur Kammer, ging hinein und erschrak über Großvaters Gesicht. So alt! So ausgezehrt und verbittert! Seine Mundwinkel hingen weit nach unten, aber er atmete noch, stockend und stoßweise, aber … er atmete. Jakob kniete sich neben ihn.
„Großvater", flüsterte er. „Großvater, der Schwan ist zurück, der rote Schwan … Schau."
Großvaters Augenlider hoben sich langsam.
„Schau nur", sagte Jakob und er hörte, dass er so sprach, als würde er versuchen ein wildes Tier zu zähmen. „Schau nur, hier ist der Schwan, schau doch … Jakob."
Großvater verzog die Lippen, aber das Lächeln, das auf seinem Gesicht erschien, lag in seinen Augen und nicht um seinen Mund.
„Bist du noch nass?", flüsterte er. „Macht nichts, hörst du, Schwan. Komm schön auf mein Kissen."
Jakob legte den roten Schwan auf das Kissen. Großvater drehte den Kopf zum Schwan. Seine Augen fielen wieder zu und ein tiefer Seufzer entwich seinem Mund. Er atmete ruhiger. Das Lächeln hatte nun auch seinen Mund erreicht. Großvater schlief durch bis in den Abend, und als er erwachte, war das Fieber verschwunden.

Nun war es Sonntag, der letzte Tag der Herbstferien. Sie waren gekommen, um Großvaters Häuschen zu bewundern. Meister Sturris und seine Männer hatten hart gearbeitet, auch am Samstag, der Umbau war fertig.
„Ich bin schon ganz neugierig. Komm, mach einen Rundgang mit uns durch deinen Palast."
„Nein", sagte Großvater. „Noch nicht. Wir gehen erst etwas trinken in ‚Johannas Hof'."
„Willst du nicht sehen, wie dein Haus geworden ist?", fragte Vater.
„Später. Wenn Neeltje auch da ist."
„Wer ist Neeltje?"
„Später. Erst was trinken."
„Kann man nicht mit dem Wagen zum Restaurant fahren?"
„Doch schon, aber ich möchte den Weg durch den Wald nehmen. Jakob schiebt mich sicherlich. Nicht wahr, Jakob?"
Jakob nickte. Zusammen mit seinem Vater hob er Großvater in den Rollstuhl.
„Losfahren!", rief Großvater.
„Darf ich dich später auch schieben?", fragte Liv.
„Natürlich", sagte Großvater.
„Du darfst jetzt schon", sagte Jakob, „dann übernehme ich, wenn wir durch den losen Sand müssen."
Liv packte die Griffe und schob kräftig los. Ihre Eltern liefen neben dem Rollstuhl her. Jakob folgte ihnen mit etwas Abstand. Er schaute zu Neeltjes Haus. Vielleicht sitzt sie am Fenster, dachte er. Und dann dachte er: Vielleicht sitzt sie auch nicht am Fenster … Oder doch …? Oder …
Am Dienstagabend, gerade als sie beschlossen hatten, dass es das Beste für Großvater sei, sich in Amsterdam auszukurie-

ren, und Mama das Auto vorgefahren hatte, war Neeltje vorbeigekommen.
Neeltje, die alte Frau.
Jakob erschrak furchtbar. Über sie und über sich selbst. Über sie, weil sie so viel älter war, als er sie in Erinnerung hatte, über sich selbst, weil er dachte: Wie hässlich sie ist …! Sie schaute ihn an, zwinkerte kurz, lächelte und ihre Falten sprangen hin und her wie Flöhe auf einer Trommel in einem Trickfilm. Jakob wusste, dass dies irgendwann geschehen würde, geschehen musste … Er wollte nicht dabei sein, wenn aus dem Mädchen Neeltje die alte Frau Neeltje wurde, aber er wusste verdammt gut, dass sie einander begegnen würden, in dieser Welt, dieser Zeit, und dass sie alt sein würde. Aber so alt …
Neeltje, die niemals fehlte, wenn man auf sie zählte …
Wo bist du geblieben?
Während ihrem Abenteuer im Wald konnte Neeltje seine Gedanken lesen. Jetzt konnte sie das glücklicherweise nicht mehr. Oder sie hatte keine Lust sie zu lesen. Sie lief zu Großvater, der auf seiner Matratze saß, den Schwan unter seinem Arm.
„Guten Tag, Jakob“, sagte sie, „ich bin Neeltje.“
Ganz langsam begann Großvater zu strahlen.
„Neel“, sagte er, „wie bist du schön geworden.“
Und dann geschah etwas Merkwürdiges. Neeltje kniete sich hin, beugte ihren Kopf zu Großvater und küsste ihn. Aber das war gar nicht so merkwürdig. Das Merkwürdige war, dass Jakob eifersüchtig wurde. Ein wenig nur, aber doch. Und dann sah auch er, wie schön sie geworden war. Nein, geblieben … immer gewesen.

„Willkommen zu Hause, Jungchen", sagte sie zu Großvater.
Sie lächelte, und in ihren Falten sah Jakob die Wege, die sie zusammen durch den Wald gelaufen und gerannt waren.
„Und hier wohnt Neeltje", hörte er Großvater sagen.
Jakob schüttelte die Erinnerungen aus dem Kopf. Liv schob Großvater am Haus vorbei. Neeltje saß nicht am Fenster. Vielleicht schlief sie oder war irgendwo anders. Ganz woanders …
„Sie kommt heute Nachmittag vorbei", sagte Großvater.
„Ihr werdet sie mögen. Dann zünden wir gemütlich den offenen Kamin an. Es wird bereits kühl abends. Ich hoffe, dass die Dreifachfenster eingebaut sind."
„Und dass die Vorhänge hängen", sagte Jakob.
„Willst du nun ein Stück schieben?", fragte Liv. Sie hatte den schiefen Baum erblickt und rannte darauf zu. Sie wollte klettern. Sie war nicht die Einzige. Mindestens zehn Kinder versuchten den schrägen Stamm zu erklimmen. Jakob nahm die Griffe des Rollstuhls und schob. Beim schiefen Baum machte er eine kleine Verbeugung.
„Gut so", sagte Großvater vergnügt.
„Was ist denn so gut?", fragte Vater.
„Das verstehst du nicht", sagte Großvater.
„Oh", sagte Vater.
Zusammen mit Mama blieb er unter dem schiefen Baum stehen, um zu sehen, wie gut Liv klettern konnte. Jakob schob Großvater durch den lockeren Sand zur Brücke. Die gelben Blumen hingen schlaff auf ihren Stängeln. Es hatte sich in fünf Tagen sehr viel verändert.
„Der Herbst ist die schönste Zeit", sagte Großvater. „Jetzt

kannst du auch den Herbst riechen. Manchmal glaube ich, dass der Geruch des Winters schon in der Luft hängt. Wenn du einen wirklichen Herbst erleben willst, musst du in Holland sein, nicht in Frankreich. Holland ist Herbst-Weltmeister. Ich bin glücklich, wieder hier zu sein … Die Menschen glauben oft, dass der Frühling ein Anfang ist, aber der Frühling ist der Knecht des Herbstes. Der Herbst ist der Beginn von allem. Im Herbst fallen die Früchte zu Boden, im Herbst werden sie mit Laub bedeckt. Hier und da beginnt das Wachsen. Der Frühling mag mit seiner Hacke umhergehen und alte Blätter entfernen, um alles, was wachsen will, freizulegen, mehr nicht. Aber jeder ist beeindruckt von der Pracht und dem Prunk des Frühlings … Wie hätte Großmutter den heutigen Tag genossen. Doch sie war so eigensinnig, sie wollte nie nach Holland kommen."

Sie kamen zu einem kleinen Hügel. Jakob pflügte mit den Reifen des Rollstuhls durch den lockeren Sand.

„Geht es? Ich kann auch ein Stückchen laufen."

„Ich pack das schon", sagte Jakob. „Später geht es wieder abwärts und dann kommen wir zur kleinen Brücke."

„Jakob … Wann erzählst du mir, was du alles durchgemacht hast?"

„Eile ist der Feind jeder Geschichte", sagte Jakob.

„Das hat gesessen", sagte Großvater.

„Es ist alles noch so riesig in meinem Kopf", sagte Jakob.

„Und der Ausgang ist zu klein?"

„So ungefähr", sagte Jakob. „Aber … ich weiß nicht, ob ich es erzählen darf, aber … du stirbst noch lange nicht."

„Hattest du so große Angst davor, lieber Junge?"

„Ja", sagte Jakob.

„Der Tod existiert nur für die, die zurückbleiben", sagte Großvater. „An und für sich ist es eine schöne Sache, dass der Mensch sterben muss. Genau so, wie ich jetzt den Herbst genieße … Wenn du niemals sterben würdest, würdest du auf nichts aufpassen, würdest nichts besonders finden, könntest nichts genießen und würdest denken: Wenn der Herbst so schön ist, kann ich auch nächstes Jahr hinsehen oder das Jahr danach oder in tausend Jahren, vielleicht habe ich dann Zeit … Großmutter hat furchtbar gut aufgepasst, besonders im letzten Jahr, das sie lebte. Sie hatte ihre Welt ganz klein gemacht, aber in dieser kleinen Welt kannte sie jedes Fleckchen, jede einzelne Rose in ihrem Garten. Und als sie wusste, dass sie sterben würde, passte sie noch besser auf …"

„Gut festhalten!", rief Jakob.

Und er donnerte mit Großvaters schlingerndem Rollstuhl den Hügel hinab. Die Brücke war gestopft voll mit Kindern und ihren Eltern und Großeltern. Dass man keine Nummer ziehen musste, um sein altes Brot ins Wasser werfen zu können, war alles. Er spähte über das Geländer. Da trieben sie. Die Karpfen. Sie schienen am Brot kaum interessiert zu sein. Sie schauten nach oben zu den Kindern.

„Schwimmende Staubsauger", murmelte Jakob, „schwimmende Staubsauger, schwimmende Staubsauger …"

„Jakob", fragte Großvater, „gibt es den Weggefährten?"

Jakob schaute zum Ufer links von der Brücke. Er sah die Frucht der Götter nicht. Von der Insel stieg kein Rauch auf.

„Ja", sagte er.

„Wann kannst du es erzählen?"

„Bald", sagte Jakob.

Er hatte noch nichts erzählt.
Ja, seiner Mutter hatte er etwas über den Förster vorgeschwindelt. Davon, was wirklich passiert war, bevor sie sich trafen, hatte er nichts gesagt. Er hatte erzählt, dass er am Dienstag wieder ohne gültigen Schein in den Wald gegangen und geflüchtet war, als er den Förster kommen sah. Es kam eine Menge Stacheldraht in seiner Erzählung vor.
Großvater hatte dagegen nur eine Frage gestellt.
Das war, als sie am Dienstag auf dem Weg nach Amsterdam zusammen hinten im Auto saßen. Großvater hatte seinen roten Schwan auf dem Schoß und Jakob, aus Solidarität, seinen alten Jip. So saßen sie zu viert auf der Rückbank und Großvater fragte:
„Hast du das Holzvolk gesehen, Jakob?"
Jakob gab keine Antwort. Er wollte schon, aber er konnte nicht. Er brach in Schluchzen aus. Er heulte erbärmlich.
„Es ist die Anspannung", hörte er Großvater sagen.
Aber es war etwas anderes … Es war ein unsagbares Gefühl von Abschied, ein Gefühl, von dem er wusste, dass es nie mehr vorbeigehen würde. Das Weinen würde aufhören, kein Problem, aber das Gefühl würde bleiben, sein Leben lang, wie oft er Vezel auch in seinen Träumen begegnen würde, wie oft er auch mit der alten Neeltje über die Abenteuer, die sie gemeinsam erlebt hatten, sprechen würde …
Er biss die Zähne zusammen und begann vor sich hin zu summen. Nur die Melodie, aber die Worte gingen ihm durch den Kopf:

Mädchen ist eine Frau,
Mädchen ist eine Frau.

Junge aus den Wäldern,
Junge,
Junge ist ein Mann.

Großvater legte seinen Arm um ihn.
„Du hast sie gesehen“, sagte er.
Jakob nickte und die Worte waren in die Melodie übergegangen:

Du bist meine Liebste,
mein Mädchen,
ich bin dein Liebster,
wir werfen das Kind hoch
und fangen es übermorgen wieder auf.

Jakob schob Großvater zum Ende der Brücke. Er schaute über die Schulter, um zu sehen, wo Liv und seine Eltern blieben.
„He!“, schrie er. Er ließ den Rollstuhl los, rannte über die Brücke zurück und zog seine Schwester vom Geländer. „Bist du jetzt total verrückt geworden!“, schrie er. „Wenn du runterfällst!“
„Ich glaube, dass hier nur einer verrückt geworden ist“, sagte sein Vater. „Und das bist du. Besorgt zu sein ist schön und gut, aber geht das nicht ein bisschen zu weit? Die Kleine kann schwimmen!“
„Sie kann ruhig ins Wasser fallen“, sagte Jakob, „aber nicht hier auf der Brücke.“
„Genau“, sagte eine Kinderstimme, „denn dann blutest du und dann kommen die Fische aus dem Wasser.“
Jakob erkannte das Mädchen, das er fünf Tage zuvor auch

hier getroffen hatte und danach mit ihren Eltern in den Wald gehen sah.
„Nun hört ihr es auch von jemand anderem“, sagte er zu seinen Eltern und ließ Liv vorsichtig runter.
Sein Vater nahm Liv bei der Hand und marschierte mit großen Schritten über die Brücke, während die anderen amüsiert zusahen. Der Vater des Mädchen betrachtete Jakob aufmerksam.
„Bist du nicht vor kurzem hier an dieser Stelle gefallen?“, fragte er.
Jakob nickte.
„Du warst auf einmal weg!“, sagte das Mädchen eifrig. „Wusch …!“
„Das erklärt vieles“, sagte der Mann zu Jakobs Mutter.
„Das nehme ich wohl an“, sagte sie.
Da war Mama einfach gut drin: Nichts fragen, wenn du weißt, dass du sowieso keine Antwort darauf erhältst. Sie legte ihren Arm um Jakobs Schultern und zusammen liefen sie über die Brücke.
„Jetzt gleich links!“, rief Jakob seinem Vater zu, der zusammen mit Liv den Rollstuhl schob. „Da ist ein Spielplatz mit einem Sandkasten für Liv.“
„Wir sollten uns was Schönes ausdenken für Großvaters neues Haus“, sagte Mama. „Da gibst sicher noch einige kahle Ecken.“
„Seine Sachen kommen doch nächste Woche.“
„Ja, aber trotzdem …“
„Warte mal“, sagte Jakob. „Darf es teuer sein?“
„Das hängt davon ab, was du unter teuer verstehst.“
„Das weiß ich eben nicht“, sagte Jakob. Er erzählte von der Begegnung mit dem Maler.

„Das ist eine großartige Idee“, sagte Mama. „Ein Gemälde als Erinnerung an Frankreich. Sind sie wirklich schön?“
„Von Frankreich oder von Bakkum“, sagte Jakob, „sie sind wirklich sehr schön. Und ich weiß, dass Großvater ein Gemälde von Bakkum am allerschönsten finden würde.“
„Darüber reden wir noch mal.“
Liv hatte den Sandkasten entdeckt, sie saß auf dem Holzrand. Aber sie spielte nicht, sie schaute zu einer Gruppe Kinder und einer jungen Frau, die mitten auf der Wiese ein Reigenspiel machten und dazu sangen.
Alles war noch genau so wie in der Nacht, als hier das Fest war. Auch jetzt flogen zwei Wespen über dem Abfalleimer neben der Bank. Da saß ich, dachte Jakob, da saß ich mit Vezel und Neeltje, da saß ich und schaute zu.
Großvater ließ sich von Jakobs Vater über die Wiese schieben. Jakob, Liv und Mama folgten ihnen.
„Ich weiß einen schönen Brunnen“, sagte Jakob zu seiner kleinen Schwester. „Vielleicht gibt es dort Salamander.“
Da, wo der Weg auf der anderen Seite der Wiese anfing, holten sie Großvater und Vater ein.
„Ich weiß einen schönen Brunnen hier in der Nähe“, sagte Jakob.
„Ich weiß, wo der ist“, sagte Großvater, „aber das ist ein Umweg. Lass uns auf dem Rückweg da vorbeigehen. Jetzt habe ich Lust auf einen Schnaps.“
„Ist es nicht noch ein bisschen früh dafür?“, fragte Vater.
„Wenn du so alt bist wie ich“, sagte Großvater, „ist nichts zu früh. Fahr schon.“
Jakob löste seinen Vater ab und schob Großvater über den schmalen Pfad. Vor ihnen tauchte die große Wiese mit den

Tannen auf. Da hatte er sich vor dem Karpfenmann versteckt. Er blickte genauer hin. Sah er richtig? Tatsächlich, zwischen dem Grün hing der gelbe Schal von Großvater.
„Schau!", rief Jakob. „Dein Schal! Den habe ich da letzte Woche verloren!"
Er rannte los.
Der Rollstuhl schlingerte bedenklich, aber Großvater protestierte nicht. Jakob blieb stehen … Der Schal hing nicht mehr an dem Ast der Tanne, an den er ihn geknotet hatte, sondern am Ast eines noch ganz jungen Ahorns. Und Jakob wusste genau, ganz genau, das dieser Ahorn fünf Tage zuvor noch nicht hier gestanden hatte.
„Warte einen Moment", sagte er, „dann hole ich ihn."
Er ließ Großvater stehen, rannte zu dem Bäumchen und legte seinen Kopf an den dünnen Stamm.
„Hier bin ich", flüsterte er. „Wie groß du schon bist!"
Die Blätter um ihn herum raschelten.
„Ich kann dich nicht verstehen", sagte er, „aber das macht nichts. Ich weiß jetzt, wo du in meiner Welt bist … Heute Nacht sprechen wir weiter."
„Was ist heute nur mit dem Jungen los?", hörte er seinen Vater fragen. „Wenn ich es nicht besser wüsste, würde ich sagen, dass er sich mit dem Baum unterhält."
„Er holt nur meinen Schal", sagte Großvater.
„Oh", sagte Vater. „Liv, komm von dem Baum runter!"
Jakob schaute sich um. Seine Schwester kletterte geschickt eine Tanne rauf.
„Bäume finden es schön, wenn Kinder in ihnen rumklettern", rief er, auch wenn er sich nicht sicher war, ob das auch für Nadelbäume galt.

„Jetzt nimm schon den Schal, dann können wir weitergehen", sagte Vater.
Jakob nahm den Schal vorsichtig vom Ast.
„Immer wenn ich Großvater besuche, werde ich auch dich besuchen", versprach er. „Jeden Tag."
Die Blätter des Ahorn raschelten wieder. Es war deutlich, dass Vezel ihn verstehen konnte. Ein Gefühl tiefer Freude breitete sich in Jakob aus. Ach was!, dachte er. Er drückte einen Kuss auf den Stamm, drehte sich um, schwang den Schal hoch durch die Luft und tanzte um Großvaters Rollstuhl.
„Tiedeldidomtiedom", sang er, „tiedeldidomtiedom, tiedeldidomtiedom, tiedom, tie, tiedeldidomtiedom."
„Gib Großvater seinen Schal", sagte Vater, „und Liv, du kommst augenblicklich vom Baum runter! Sonst kommt noch der Förster und ich hab keine Lust auf diesen Zirkus."
Jakob gab Großvater den Schal und Liv kam vom Baum runter.

Im Restaurant bekamen Vater und Mutter einen netten kleinen Streit über das Klettern auf Bäume. Mama war in Fahrt.
„Die Förster sind früher selbst auf Bäume geklettert", sagte sie. „Dadurch erst haben sie ihr Herz für die Natur entdeckt und sind darum überhaupt Förster geworden. Aber jetzt, wo sie Förster sind, verbieten sie alles."
„Bravo!", rief Großvater und erhob sein Glas Cognac.
Jakob schwieg und spähte zur Küche des Restaurants. Ab und zu konnte er kurz den Koch sehen, dem er ein paar Tage zuvor die Brötchen geklaut hatte. Und den Käse. Und den Schinken …

„Großvater", flüsterte er, „kannst du später vielleicht fünfzig Gulden Trinkgeld geben?"
„Bist du jetzt ganz durchgedreht!"
„Du kriegst es später von mir zurück."
„Aber …"
„Wie teuer ist eine neue Glasscheibe? Ich habe hier vor kurzem eine zerbrochen. Ich musste. Sonst säße ich jetzt nicht hier. Und du auch nicht … Du kriegst es zurück, das schwöre ich."
Großvater winkte dem Ober.
„Kann ich bezahlen?", fragte er.
„23,75 Gulden, der Herr."
Großvater gab ihm einen Hunderter.
„Der Rest ist für Sie", sagte er.
„Ist das nicht ein bisschen übertrieben?", fragte der Ober.
„Ich bin nicht verrückt", sagte Großvater, „aber mein Enkel hier. Es war seine Idee."
Jakob hörte Neeltjes Stimme in seinem Kopf:
„Du wirst nicht wirklich verrückt, die Menschen werden bloß glauben, dass du verrückt bist …"
Es hat schon angefangen, dachte Jakob, und ein breites, glückliches Grinsen zog über sein Gesicht.